CAROL HIGGINS CLARK

Pas de veine

ÉDITIONS FRANCE LOISIRS

Titre original : *Jinxed*

Traduit de l'américainpar Michel Ganstel

Édition du Club France Loisirs,
avec l'autorisation des Éditions Albin Michel.

Éditions France Loisirs,
123, boulevard de Grenelle, Paris.
www.franceloisirs.com

ISBN 2-7441-7186-7

À la mémoire de mes grands-mères,
Nora Cecelia Higgins et Alma Claire Clark,
avec tout mon amour.

Pas de veine

Jeudi 9 mai

1

— Au chemin de terre défoncé, tu tourneras à droite.

Regan Reilly avait confié le volant de sa Lexus à son cher et tendre Jack-simple-homonyme-Reilly afin de lire les instructions du guide. En conclusion de leur visite de la Napa Valley et du comté de Santa Barbara, ils se dirigeaient vers le dernier des domaines vinicoles figurant dans le circuit.

— Ce chemin de terre-là ? demanda Jack, incrédule.

— Je n'en vois pas d'autre, confirma Regan en souriant.

La voiture s'y était à peine engagée qu'elle cahotait dans les nids-de-poule en soulevant un nuage de poussière.

— Je me demande à quoi ressemble cet endroit. Aussi loin de tout et avec un nom comme « États Seconds » ...

— On dit que c'est le lieu idéal pour se détendre en savourant un verre de bon vin, méditer, dormir dans une des charmantes chambres d'hôtes et laisser son stress derrière soi.

— Une chose est sûre, en tout cas, pour être à l'écart du monde, on y est, dit Jack en serrant tendrement la main de Regan. Et nous en avons pourtant découvert des endroits isolés depuis une semaine !

Regan et Jack s'étaient rencontrés cinq mois plus tôt à New York lorsque Luke, le père de Regan, avait été kidnappé peu avant Noël. Chef de la Brigade spéciale de Manhattan, Jack avait joué un rôle décisif dans la libération de Luke qui avait été rendu à sa famille le soir de Noël. C'est au cours de cette soirée de fête familiale, à laquelle Jack avait été convié, que Regan et lui étaient tombés amoureux l'un de l'autre. Étrange manière de nouer une idylle, peut-être, mais Luke s'en attribuait tout le mérite et jugeait scandaleux de ne pas en avoir été récompensé par les honoraires dus à toute bonne agence matrimoniale.

Lui et la mère de Regan, le célèbre

auteur de romans policiers Nora Regan Reilly, considéraient Jack comme le parti idéal pour leur fille. À trente-quatre ans, il avait toutes les qualités : outre qu'il était beau, doté d'une intelligence brillante et d'un excellent sens de l'humour, Jack était énergique et ambitieux. Diplômé de l'université de Boston, titulaire de deux doctorats, il avait pour objectif le poste prestigieux de chef de la police de New York. Ceux qui le connaissaient ne doutaient pas qu'il atteindrait ce couronnement de sa carrière.

Jack et Regan arrivaient au terme des premières vacances qu'ils avaient réussi à passer ensemble depuis leur rencontre. Partis de Los Angeles en voiture, ils avaient remonté vers le nord la spectaculaire route côtière du Pacifique avant d'obliquer vers les vignobles de la Napa Valley et de redescendre par les vallées de l'intérieur pour revenir à Los Angeles, où Regan exerçait sa profession de détective privé. Le domaine des « États Seconds » constituait leur dernière étape.

Ils n'auraient pu rêver de plus agréables vacances. Ils avaient arpenté, seuls, des plages superbes, découvert de pittoresques villes côtières et des petits restaurants dont le charme du cadre rivalisait avec l'excellence de la cuisine. Tout, jusqu'aux personnages hauts en couleur rencontrés dans des bistrots de routiers au bord de la route, les avait enchantés et amusés.

— Tu sais, dit Jack en souriant, nous ne nous sommes même pas disputés une seule fois.

Regan rit de bon cœur tout en lui lançant un coup d'œil :

— Un vrai miracle !

Il me rend si heureuse ! pensa-t-elle.

Avec son mètre quatre-vingts et sa carrure d'athlète, ses cheveux châtains qui ondulaient naturellement, ses traits virils aux harmonieuses proportions et ses yeux noisette, il s'accordait à merveille aux cheveux très noirs, au teint clair et aux yeux bleus que Regan tenait de son ascendance irlandaise.

— Ce chemin de terre défoncé, commenta Jack qui louvoyait de son mieux entre les ornières, est le pire des chemins de terre défoncés !

Le chemin paraissait, en effet, interminable. Ils roulaient depuis des heures et avaient hâte de descendre de voiture pour savourer un verre de bon vin sur la terrasse du domaine qui, selon les indications du guide, jouissait d'une vue panoramique sans égale.

Ils virent enfin se profiler au loin un groupe de bâtiments anciens en bois de pierre, entourés de vignes à perte de vue.

— On a l'impression d'arriver dans un village fantôme, comme il est écrit dans le guide, dit Regan.

— L'endroit est resté longtemps abandonné, n'est-ce pas ? demanda Jack.

— Oui. La Prohibition avait interrompu l'exploitation du vignoble pendant des dizaines d'années. Des gens ont fini par le racheter, mais ils ont fait faillite après avoir engagé des frais considérables pour le rénover. Les nouveaux propriétaires l'ont acquis depuis peu de temps, je crois.

Après avoir longé un verger de citronniers, ils arrivèrent enfin devant le bâtiment principal où Jack arrêta la voiture. Quand ils eurent mis pied à terre, ils aspirèrent une grande bouffée d'air pur.

— Comme c'est paisible et calme ! dit Regan.

Elle n'avait pas fini sa phrase que la sonnerie du portable de Jack fit voler le calme en éclats.

— Tu as parlé trop vite, dit-il en prenant la communication.

Au ton dont il répondit, Regan comprit que l'appel venait de son bureau et préféra le laisser pour se diriger vers l'entrée du bâtiment.

Trônant derrière un imposant bureau de chêne, une femme, grande et mince, salua Regan. Elle paraissait avoir une cinquantaine d'années et ses longs cheveux blonds striés de mèches grises lui donnaient une allure surannée. De nombreuses bougies brûlaient sur une étagère derrière elle.

— Bonjour, soyez la bienvenue ! Nous sommes enchantés de vous accueillir dans nos États Seconds.

Regan se demanda si l'hôtesse était elle-même dans un état second, mais s'abstint de lui poser la question.

— Merci. Je suis très heureuse d'être venue.

— Avez-vous réservé ?

— Bien sûr.

— Parfait. Si vous voulez bien signer notre registre. D'où venez-vous ?

— De Los Angeles.

— Une ville merveilleuse ! Pouvez-vous me donner une carte de visite avec vos coordonnées ? Nous voulons nous assurer que vous figurerez sans erreur dans notre fichier de clientèle.

Regan prit dans son portefeuille une carte qu'elle tendit à l'hôtesse. Celle-ci la contempla un instant avant de lever vers Regan un regard lointain, reflétant une sorte de béatitude zen.

— Vous êtes détective privé ?

— Oui.

— Oh ! c'est bien ! déclara-t-elle. C'est vraiment bien !

Regan ne put s'empêcher de pouffer de rire.

— Vous avez raison, parvint-elle à répondre.

Entendant la porte s'ouvrir derrière elle, Regan se retourna en espérant que Jack la rejoignait car la femme lui paraissait bizarre. C'était bien Jack, mais il n'avait plus l'air aussi détendu que quelques minutes plus tôt. Le sourire de Regan s'effaça de ses lèvres.

— Je suis vraiment désolé, Regan. Je dois être à New York demain. L'affaire dont je t'ai parlé.

— Oh ! Jack ! Nos vacances sont déjà finies ?

— Je sais, j'en suis aussi déçu que toi. Il faut que nous repartions pour Los Angeles ce soir même.

L'hôtesse derrière son bureau prit une mine compatissante.

— Nous reporterons avec plaisir votre réservation à la date qui vous conviendra, déclara-t-elle. Nous serons toujours heureux de vous accueillir.

— Et nous serons très heureux de revenir, affirmèrent Jack et Regan à l'unisson.

Comme s'il comparaissait comme témoin pour sceller cet accord unanime, un chat noir sauta sur le bureau.

Aucun des personnages présents ne pouvait se douter que Regan reviendrait moins de vingt-quatre heures plus tard.

2

Pour la troisième fois depuis qu'elle s'était réveillée dans la somptueuse chambre à coucher de sa demeure de Beverly Hills, Lucretia Standish pressa le bouton de sonnette sur sa table de chevet. N'y résidant pas depuis longtemps, elle éprouvait toujours autant de plaisir à presser vigoureusement le bouton chaque fois qu'il lui passait par la tête une idée requérant l'intervention de sa femme de chambre. Celle-ci faisait de son mieux pour dissimuler son exaspération et regrettait d'autant son ancienne patronne, morte à peine trois mois auparavant aussi paisiblement qu'elle avait vécu. C'est alors que la maison avait été vendue, y compris l'ameublement et la domesticité, à Lucretia Standish.

Âgée de quatre-vingt-treize ans, Lucretia n'avait pas de temps à perdre pour décorer son nouvel intérieur.

— Tout arranger comme il faut, cela prend des années. Je n'ai pas l'éternité devant moi et la maison me plaît telle qu'elle est. Je veux acheter le tout en bloc.

— Mais, avait protesté l'agent immobilier, la famille ne voudra peut-être pas...

— Je fais une offre. C'est à prendre ou à laisser.

Trop heureux d'éviter la corvée de vendre les meubles, les héritiers acceptèrent sans discuter.

De fait, la maison était parfaite pour Lucretia. De style ranch, pourvue d'un vaste jardin et d'une piscine, elle était à la fois élégante et confortable. Le décor de la chambre, de l'épaisse moquette aux rideaux de soie, au couvre-lit et aux dizaines de coussins, était réalisé dans des nuances de pêche créant une atmosphère apaisante. Lourde tâche incombant à ces objets, mission impossible diraient certains. Car Lucretia possédait un caractère souvent difficile, voire impossible.

Elle avait mené une existence bien remplie au cours de ses quatre-vingt-treize années. Son père exploitait dans la Napa Valley un domaine vinicole condamné à la ruine par la Prohibition. À seize ans, Lucretia s'établit à Hollywood, où elle devint une jeune actrice prometteuse du cinéma muet. Elle commençait à atteindre une certaine célébrité quand le cinéma parlant fit son apparition. Hélas ! trois fois hélas ! la voix discordante de Lucretia tua net tous ses espoirs de poursuivre une carrière si bien engagée et, pour comble d'infortune, la Bourse s'écroula le jour de son vingt et unième anniversaire.

— Il faut que la chance se présente au bon moment, disait-elle. Dans mon cas, c'était mal parti. Pour ma famille et moi, les années vingt n'étaient pas les années folles. Mais, ajoutait-elle avec un sourire espiègle, les soixante-dix dernières n'ont pas été si mauvaises.

Elle était douée, il est vrai, d'un optimisme à toute épreuve.

En cinq mariages, Lucretia avait fait plusieurs fois le tour du monde et vécu sur trois continents. Lorsque son dernier époux, Haskell Grigsby, passa de vie à trépas pendant une partie de loto sur un navire de croisière, Lucretia regagna leur appartement de New York. Un jeune homme rencontré quelque temps plus tard au cours d'une soirée lui communiqua discrètement un tuyau en or massif.

— Je connais une nouvelle société « point com » qui va bientôt crever le plafond, murmura-t-il. Si j'étais vous, j'y investirais mes économies jusqu'au dernier penny.

— Qu'est-ce qu'une société « point com » ? voulut-elle savoir.

Treize mois de folie plus tard, persuadée de longue date que rien de bon ne peut durer toujours, Lucretia liquida son paquet d'actions juste avant que l'entreprise sombre corps et biens. Désormais pourvue d'une coquette fortune de soixante millions de dollars, elle décida de vendre son appartement de New York et de regagner la Californie et son climat nettement plus clément.

Elle sillonnait en voiture les rues de Beverly Hills le premier dimanche depuis son retour quand elle vit, devant une maison qu'elle admirait quand elle était encore une jeune actrice à la tête pleine de rêves de gloire, un panonceau À VENDRE.

— C'était écrit dans les étoiles ! s'écria-t-elle en sautant de voiture pour courir à l'intérieur.

Elle ne perdit pas une seconde pour faire une offre.

— Je mourais d'envie d'avoir cette maison il y a soixante-dix ans, expliqua-t-elle à l'agent immobilier. Je n'ai peut-être plus l'âge des grandes soirées que j'y aurais données à l'époque si les choses avaient tourné autrement, mais je vais au moins réaliser mon rêve !

Quinze jours plus tard, la maison était à elle.

Agacée, Lucretia pressa encore une fois le bouton et, cette fois, la femme de chambre arriva en courant.

— Oui, Madame ? dit-elle, hors d'haleine.

— Pourquoi Edward n'est-il pas encore arrivé, Phyllis ?

Si sa voix avait stoppé net la carrière cinématographique de Lucretia, elle sonnait toujours avec une force et une netteté surprenantes pour son âge respectable et son physique. Menue, les traits délicats sous sa chevelure teinte en rose fraise, elle avait le teint frais et la peau remarquablement lisse grâce aux miracles de la génétique avec, de temps à autre, un léger coup de pouce de la chirurgie esthétique. On comprenait pourquoi elle avait tant plu aux caméras et, malheureusement, si fort déplu aux micros.

— Je n'en sais rien, déclara la femme de chambre.

Du mauvais côté de la soixantaine, Phyllis était une femme de peu de mots. Les jeux télévisés, auxquels elle avait participé à plusieurs reprises au fil des ans, constituaient sa seule passion. La nature l'avait dotée d'un physique de pot à tabac et d'un faciès de bouledogue auquel une lèvre inférieure tombante donnait une expression lugubre.

— Moi non plus, admit Lucretia, qui savait pourtant fort bien qu'Edward ne devait pas arriver avant une bonne dizaine de minutes. Je vais m'asseoir dans le patio. Envoyez-le-moi dès qu'il sera là.

— Oui, Madame.

Sur quoi Phyllis regagna en toute hâte la cuisine où, sur l'écran du minitéléviseur, un concurrent était sur le point de gagner le jackpot.

Huit minutes plus tard, Edward Fields arrêta sa berline BMW devant la maison. Lucretia lui avait téléphoné de bonne heure pour lui dire qu'elle voulait lui parler. Ayant gagné le gros lot grâce à son bon conseil, elle lui faisait entière confiance. Et c'est tant mieux, pensait-il, car il avait besoin d'elle. Il l'avait suivie de New York en Californie et, s'il ne gérait pas encore sa fortune, elle était son seul gibier en ville.

À quarante-six ans, il cultivait une apparence terne. Trois vieilles dames avant Lucretia, il avait pris conscience que le personnage qui marchait le mieux devait tenir à la fois du dévot au grand cœur et du comptable scrupuleux, bref, de l'homme qui se soucie autant de votre bien-être moral que de celui de votre compte en banque. De courts cheveux bruns à la raie tirée au cordeau et un regard débordant de bonne volonté permanente derrière des lunettes à monture d'écaille assuraient sa crédibilité. Le contact coupé, Edward prit le porte-documents posé sur le siège à côté de lui et mit pied à terre. Sa mince personne arborait un complet gris de la coupe la plus classique, une chemise blanche et un nœud papillon noir. On ne pouvait faire plus digne.

— Elle est derrière, l'informa sèchement Phyllis en indiquant la piscine d'un coup de menton après lui avoir ouvert la porte.

— Merci madame, répondit-il avec la plus grande politesse.

Edward n'aimait pas s'avouer que Phyllis lui faisait peur. Il avait l'impression qu'elle le perçait à jour et avait l'oreille de Lucretia quand il n'était pas là. Le meilleur moyen de liquider l'ennemi, se disait-il dès qu'il devait affronter son mufle de bouledogue, consiste à l'écraser sous les bonnes manières.

Il trouva Lucretia assise au bord de la piscine, drapée dans un caftan bariolé, qui sirotait une limonade rose sous un parasol rose.

— Mon chéri ! s'exclama-t-elle à sa vue.

Il se pencha pour lui poser un baiser sur la joue.

— Chère Lucretia ! dit-il en se redressant. Je n'en reviens pas, chaque fois que je viens, de voir combien ce jardin me plaît. C'est pour vous le cadre idéal. Je suis si heureux que vous ayez pu acquérir cette maison.

De nouveau, il essayait de lui enfoncer dans le crâne qu'elle avait réalisé son rêve grâce à lui. Il le répétait aussi souvent que possible — faute de céder à l'envie de fracasser ce même crâne.

— Je l'adore aussi, répondit-elle en posant un regard satisfait sur l'eau cristalline de la piscine où flottaient des ballons multicolores, la pelouse toilettée et le pavillon rose assorti au parasol. Aussi ai-je décidé, poursuivit-elle, qu'il était temps de donner une réception.

— Excellente idée, approuva Edward en dressant déjà la liste des gens qu'il inviterait pour les impressionner.

— Une réception familiale, ajouta Lucretia. C'est ce dont je voulais vous parler.

— Familiale ? répéta Edward avec étonnement.

Il n'avait jamais rencontré aucun membre de sa famille, il croyait même qu'elle n'avait aucune parenté. Malgré lui, il sentit poindre sur sa peau les premières gouttes d'une sueur froide.

— Mon cher Haskell avait une nièce, deux neveux et une petite-nièce. Ils vivent tous en Californie, je veux prendre contact avec eux.

Les rejetons de la sœur de son défunt mari, expliqua-t-elle ensuite, étaient des sortes de hippies attardés en quête d'une paix intérieure que des coussins de nuance pêche ne pouvaient leur apporter. Peu avant la mort de Haskell, ils avaient fait l'acquisition d'une ancienne exploitation vinicole récemment rénovée après être restée à l'abandon à cause de la Prohibition, comme celle de son pauvre père. Les derniers propriétaires ayant fait faillite, ils avaient pu racheter le domaine pour une bouchée de pain et projetaient d'y adjoindre un centre de méditation, un Spa et une manufacture de bougies. Ils avaient demandé conseil à leur oncle qui les avait encouragés. « Voyez grand, avait-il dit. C'est comme cela que j'ai réussi. »

Les neveux avaient mal digéré, en fait, d'apprendre deux ans auparavant le mariage de leur oncle avec Lucretia qu'il connaissait depuis peu. Lucretia et Haskell s'étant mariés en Europe, vivant à New York et ayant passé le plus clair de leur vie conjugale sur des navires de croisière, Lucretia n'avait jamais eu l'occasion de rencontrer la parenté de son époux. Une réunion de famille était cependant prévue lorsque cette éprouvante partie de loto avait provoqué le trépas de Haskell.

— Pourquoi voudriez-vous prendre contact avec eux ? voulut savoir Edward d'un ton soudain acide.

Je n'ai vraiment pas besoin d'une famille qui risque de se mettre en travers de mes projets, s'abstint-il de préciser.

— Parce que je désire les inviter à notre mariage, l'informa Lucretia avec un doux sourire. J'ai décidé d'accepter votre proposition.

Edward empoigna sa fragile menotte qu'il porta à ses lèvres.

— Oh ! mon amour ! murmura-t-il avec ferveur. Je suis... bouleversé. Je n'aurais jamais osé espérer que vous...

— Moi non plus, admit Lucretia. Mais vous avez été si bon pour moi. Je dois dire que vous n'auriez pas du tout été mon type quand j'étais plus jeune. Très franchement, je préférais les hommes plus brillants, plus excitants. Mais maintenant que j'ai mûri, je me rends compte à quel point il est important d'avoir un compagnon sérieux, attentionné et soucieux de...

— Je suis tout cela et plus encore ! l'interrompit Edward, à la fois vexé et ravi du succès de sa comédie. À quoi bon attendre ? Marions-nous aujourd'hui même.

Lucretia pouffa de rire.

— Vilain garçon ! Non, il faut d'abord me réconcilier avec la famille de Haskell et je veux qu'ils soient présents à notre mariage. Ils ne m'avaient pas acceptée parce qu'ils me soupçonnaient d'en vouloir à la fortune de leur oncle. Ce n'était pourtant pas le cas, Haskell et moi nous aimions sincèrement. J'ai donc décidé de leur donner les huit millions de dollars qu'il m'a légués. Deux millions chacun, ce sera pour eux une bonne surprise. Mais tout le reste sera à nous.

— Encore de la limonade ?

Lucretia et Edward se retournèrent pour découvrir Phyllis qui était arrivée à leur insu, une carafe à la main.

— Pas maintenant, voyons ! la rabroua Lucretia.

Phyllis ne se le fit pas dire deux fois et battit en retraite.

Edward sentit la tête lui tourner. Donner huit millions de dollars ! se dit-il amèrement. Mais son regret ne dura qu'une fraction de seconde en pensant à tous les autres qui seraient bientôt à lui seul.

— Vous avez une maison dans le midi de la France et votre appartement de New York, dit Lucretia en lui prenant tendrement la main. Moi, j'ai la maison de mes rêves. Nous y vivrons. Je ne veux plus voyager, une voyante m'a dit un jour que je mourrais à l'étranger. C'est pourquoi je resterai désormais ici, chez moi. Vous n'y voyez pas d'objection, j'espère ?

— Aucune, aucune ! répondit-il presque trop vite.

— Asseyez-vous là, mon chéri, dit-elle

en montrant le fauteuil à côté d'elle. Nous allons préparer la noce pour dimanche prochain.

— Dimanche ? exhala Edward.

— Encore quatre jours, oui. Je brûle d'impatience. Je n'ai pas dormi de la nuit en pensant à la cérémonie. Alors, comme je ne dormais pas, j'ai sorti l'album de photos que les neveux et nièces de Haskell lui avaient donné juste avant notre rencontre. Je vais demander à Phyllis de les appeler sans tarder pour leur annoncer la bonne nouvelle, de manière à ce qu'ils se préparent à venir ici dimanche.

Edward prit son mouchoir dans sa poche et épongea la sueur qui coulait à la base de sa chevelure coiffée à la perfection. Dimanche, dans quatre jours, il vaudrait cinquante-deux millions de dollars...

Pendant ce temps, Lucretia ouvrit l'album.

— Il faut que nous reconnaissions les membres de la famille et nous souvenions de leurs noms. Nous formerons une belle grande famille heureuse, cela aurait fait tant plaisir à Haskell. Voici Earl, dit-elle en montrant du doigt la photo d'un individu entre deux âges au crâne rasé qui paraissait vêtu d'un pyjama. C'est lui qui aime tant méditer, le pauvre garçon. Celui-ci, c'est Léon qui dirige l'exploitation vinicole. Quand je pense à mon pauvre père ! soupira-t-elle. Il faisait du si bon vin jusqu'à ce que le gouvernement décrète qu'en boire était un péché. Celle-ci, poursuivit-elle en tournant la page, c'est Lilas avec toutes ses bougies et ses bâtonnets d'encens. J'en ai des démangeaisons rien que d'y penser. Qu'y a-t-il, mon chéri ? s'étonna-t-elle en voyant Edward fixer des yeux la photo au-dessous de celle de Lilas, une jolie blonde d'une vingtaine d'années.

— Qui est-ce ? demanda-t-il en dissimulant de son mieux la crainte qui l'étranglait soudain.

— La fille de Lilas. Elle s'appelle Fraîcheur.

— Fraîcheur ? répéta-t-il, soulagé.

— Oui, c'est le nom que lui a donné sa mère parce que l'air était particulièrement frais et pur le jour de sa naissance, répondit Lucretia, les yeux au ciel. Un de ces noms hippie si ridicule que Fraîcheur elle-même en a été vite convaincue. Aussi, quand elle est devenue actrice, elle a préféré se faire appeler Whitney. Whitney Weldon. Elle a déjà eu de bons petits rôles dans plusieurs films, paraît-il.

Edward sentit son sang se glacer dans ses veines.

— Et... vous comptez l'inviter au mariage ?

— Bien entendu ! Je meurs d'envie de lui parler du métier, il me manque toujours. C'est surtout elle que je désire voir dimanche.

Pas si je peux l'empêcher, se jura Edward en s'efforçant de garder son calme. Il n'était pas question de laisser Fraîcheur lui gâcher le jour de ses noces. Il y arriverait par tous les moyens. *Tous* les moyens.

Vendredi 10 mai

3

Regan ouvrit la porte et entra dans son bureau en enjambant la pile de courrier accumulé pendant son absence. Il n'était que huit heures du matin, mais elle avait l'impression d'avoir déjà vécu une longue journée. Après avoir déposé Jack à l'aéroport à sept heures, elle avait décidé de venir voir où en étaient ses affaires et, surtout, se changer les idées. En temps normal, Regan aimait son travail. Pas ce jour-là. Si elle avait imposé à son corps de venir au bureau, son esprit restait ailleurs, encore en vacances avec Jack. Mais Jack était parti et elle ne le reverrait pas avant une quinzaine de jours, quand elle irait elle-même à New York pour le week-end du Memorial Day.

Elle posa sur son bureau le sac en papier contenant son petit déjeuner, un gobelet de café et une brioche aux airelles, avant de ramasser le courrier. Cela accompli, elle jeta un coup d'œil autour d'elle. Ce cadre familier qui la réconfortait toujours lui donna, ce matin-là, un sentiment de solitude, presque d'abandon. Comme elle-même, pensa-t-elle tristement en allant ouvrir la fenêtre.

— Tant mieux, dit-elle à haute voix quand la brise du matin lui caressa le visage. Changeons d'air, il est temps de se remuer.

Regan s'installa dans le fauteuil qui lui avait coûté les yeux de la tête et dont la publicité promettait de tout lui donner, depuis un soutien orthopédique sans faille jusqu'à un amour éternel. Elle enleva le couvercle du gobelet de café et en but une gorgée. Elle commençait à trier le courrier quand la sonnerie du téléphone brisa le silence.

Étonnée, Regan se demanda qui pouvait bien l'appeler à une heure aussi matinale. Sa mère était à Los Angeles pour la promotion de son dernier roman, son père l'avait rejointe la veille pour conférer avec des producteurs sur l'adaptation cinématographique de ce livre. Jack et Regan avaient dîné avec eux la veille au soir, ils n'avaient donc aucune raison de lui téléphoner. Quant à Jack, il devait être quelque part au-dessus du Nevada.

La sonnerie insistait. Encore un vendeur de quelque chose, pensa Regan, agacée, qui décrocha quand même et s'annonça.

— Regan Reilly elle-même ? fit une voix de femme.

— Oui, confirma Regan.

— Je suis si contente que vous soyez là ! Bonjour.

— Euh... bonjour. Que puis-je faire pour vous ?

— C'est tellement bizarre ! soupira la femme. Bon, voyons...

Regan prit un bloc-notes et un stylo en attendant que sa correspondante lui dise quelque chose méritant d'être noté. Elle ne paraissait pas jouir de toutes ses facultés, mais son appel avait au moins le mérite d'aider Regan à ne plus penser à ses vacances écourtées.

— En fait, reprit la voix, nous avons

plus ou moins fait connaissance hier. Aux États Seconds.

— Ah ! C'est vous qui étiez à la réception ?

— Oui. Je m'appelle Lilas Weldon. J'étais si heureuse de découvrir que vous étiez détective privé ! Hier, voyez-vous, poursuivit-elle après s'être éclairci la voix, j'avais reçu un appel de la femme de chambre d'une vieille actrice que mon oncle avait épousée quelques années plus tôt. Il est mort depuis, elle va se remarier et veut que mes deux frères, ma fille et moi venions à son mariage dimanche prochain.

Jusqu'à présent, pensa Regan, pas de quoi fouetter un chat.

— Le problème, reprit Lilas, c'est que nous n'avons jamais eu l'occasion de rencontrer cette femme. Mon oncle et elle n'ont été mariés qu'environ deux ans et il lui a légué tout ce qu'il possédait. Nous n'avons pas eu un sou. Rien. En tout cas, j'ai été polie, j'ai dit qu'elle nous prenait de court, qu'il faudrait que je réfléchisse, que nous pourrions nous rencontrer une autre fois, etc. Vous voyez ce que je veux dire ? En plus, ce dimanche est le jour de la fête des Mères, nous avons beaucoup de clients. La femme de chambre a dû comprendre que je n'avais aucune intention de venir.

Regan n'avait toujours pris aucune note.

— Elle m'a donc rappelée de bonne heure ce matin. Et là, j'en suis restée sans voix ! Elle m'a dit que Lucretia, c'est le nom de la vieille actrice, avait l'intention de nous donner l'argent hérité de mon oncle si nous venions à la cérémonie, mais qu'elle ne voulait pas nous en avertir pour voir si nous nous donnerions la peine de nous déplacer. Elle ne nous donnerait l'argent que si nous venions tous ensemble.

— De quelle somme s'agit-il ? s'enquit Regan.

— Deux millions chacun.

— À votre place, j'irais.

Lilas eut un rire nerveux.

— Oh ! je sais ! C'est tellement bizarre, cette histoire. Je viens d'en parler à mes frères et ils veulent aller à ce mariage.

Le contraire m'aurait étonnée, pensa Regan, qui s'abstint de tout commentaire.

— En fait, poursuivit Lilas, nous aurions vraiment besoin de cet argent. Nous avons englouti toutes nos économies dans l'achat du domaine et il a encore besoin de beaucoup de travaux. Mais le problème c'est que ma fille est partie jusqu'à dimanche soir. Elle ne doit venir ici que pour dîner et ce sera trop tard.

— Vous ne pouvez pas l'appeler ?

— Eh bien, elle est actrice et elle vit à Los Angeles. En ce moment, elle tourne en extérieur près de Santa Barbara. Je l'ai eue au téléphone hier matin, avant d'être au courant de cette histoire de mariage. Elle m'a dit qu'elle était libre pour le week-end et qu'elle n'avait pas de programme précis. Qu'elle irait au fil du courant.

— Au fil du courant ? répéta Regan.

— Une expression à elle. Elle aime quelquefois prendre sa voiture, partir au hasard, rester seule un ou deux jours, se couper du monde pour être en contact avec son moi profond. Communier avec la nature. J'ai essayé de la joindre à son hôtel ce matin, sa chambre ne répondait pas. J'ai laissé un message. Elle est peut-être déjà partie.

— Elle n'a pas de téléphone portable ?

— Le portable est tabou quand elle part au fil du courant. Elle l'emporte pour les cas d'urgence, si elle a une panne ou un accident de voiture, par exemple. Sinon, elle ne supporte pas le stress de devoir répondre sans arrêt ou consulter ses messages. Par conséquent, il se peut qu'elle ait disparu dans la nature jusqu'à l'heure du dîner dimanche soir.

Quelle drôle d'idée ! pensa Regan. Elle n'arrivait pas à croire que des gens puissent vouloir s'isoler au point de se rendre injoignable. Irlandaise, elle s'attendait toujours au pire et voulait être prête à réagir. La seule idée que ses parents ne puissent pas la contacter à tout moment l'angoissait. Ces gens avaient, à l'évidence, une autre mentalité.

— Comment s'appelle votre fille ? demanda-t-elle.

— Fraîcheur.

— Fraîcheur ?

C'est au moins la troisième fois que je répète ce qu'elle me dit, pensa Regan. Il est vrai que c'est assez invraisemblable...

— Oui. Elle est née un superbe matin de printemps. Mais maintenant, elle a pris le prénom de Whitney.

Un bon point pour la fille, observa Regan.

— Que voudriez-vous que je fasse, Lilas ? demanda-t-elle par acquit de conscience.

— Retrouver Fraîcheur. Nous avons vraiment besoin de cet argent, Regan, ajouta-t-elle. Nous sommes couverts de dettes et...

— Je comprends, l'interrompit-elle.

Elle se demanda soudain pourquoi la femme de chambre s'était donné la peine de rappeler Lilas pour lui parler de l'argent. Serait-ce une ruse, un piège ?

— Il se pourrait que vous ne receviez rien du tout, reprit-elle. La femme de chambre ne vous disait peut-être pas la vérité.

— J'y ai pensé, répondit Lilas. Pourtant, si c'est vrai, nous ne risquons rien en y allant. Oncle Haskell était un brave homme, il devait aimer cette femme. D'un autre côté... Écoutez, Regan, je suis inquiète pour Fraîcheur. Je ne peux pas vous expliquer pourquoi, mais j'ai le pressentiment qu'il lui arriverait malheur si vous ne la retrouviez pas d'ici dimanche. Avez-vous déjà eu ce genre de pressentiment ?

— Oh oui ! J'avais une grand-mère irlandaise très superstitieuse, elle faisait des rêves prémonitoires qui se réalisaient souvent. Bon, voyons les faits. Où a lieu le tournage de ce film ? Je peux y aller, faire parler les membres de l'équipe, ils sauront peut-être quelle direction Whitney a prise. Et quel est le titre du film ?

Lilas eut une hésitation marquée avant de répondre à la dernière question de Regan.

— Le film s'appelle... *Pas de veine*.

4

Edward Fields n'avait pas fermé l'œil de la nuit. Il avait le jackpot à portée de la main et voilà qu'une petite imbécile au nom grotesque de Fraîcheur menaçait de tout faire capoter ! Pourquoi, bon sang, pourquoi avait-il pris ces cours de théâtre à New York ? Il avait cru qu'ils lui permettraient de parachever son personnage de respectable conseil en investissements alors qu'il n'en avait aucun besoin ! Dans l'art de tromper son monde, il était déjà passé maître.

Whitney Weldon suivait aussi ce cours. Comme Edward et elle devaient travailler une scène ensemble, ils étaient allés répéter chez lui. Un de ses amis avait téléphoné pendant qu'ils repassaient leurs répliques. Le répondeur était branché, mais Edward avait oublié de couper le son : « Félicitations ! J'apprends que tu as décidé la vieille bique à te refiler les huit cent mille. N'oublie pas ton associé, tu me dois dix pour cent. Huit mille. Et cette fois, ne va pas encore claquer ton fric sur les champs de courses ! »

— Bravo ! avait commenté Whitney d'un ton sarcastique. Je regrette de ne pas pouvoir donner l'enregistrement à la police. Vous n'êtes qu'une ordure.

Sur quoi, elle avait décampé.

Cela s'était passé trois ans plus tôt. Edward n'était jamais retourné au cours. Quelque temps après, la jeune entreprise « point com » pour laquelle il cherchait à réunir des capitaux avait richement récompensé Lucretia et, quand elle était partie pour la Californie, Edward l'y avait suivie.

Car Edward avait besoin de Lucretia ou, plutôt, de ses millions. Au lieu de suivre le sage conseil de son ami, il avait une fois de plus dilapidé tous ses gains sur les champs de courses.

Son studio meublé près de la plage de Venice était au mieux sordide, au pire invivable. Cet endroit me répugne, pensa-t-il quand il entra dans la douche en s'efforçant de ne pas voir les moisissures. Mais je n'ai plus que quelques jours à devoir le subir si tout se passe comme prévu. Il se savonna, se lava soigneusement la tête avant de plaquer ses cheveux à la gomina. Encore une contrainte qu'il supportait de plus en plus mal. Une fois marié à Lucretia, il lui dévoilerait peu à peu son véritable physique — celui du séducteur.

Penser à l'importance de l'image qu'on donne de soi au monde le fit rire. L'apparence, voilà ce qui compte avant tout. La manière dont on s'habille, on se coiffe, on se comporte. Si Lucretia voyait le vrai Eddie, avec ses chemises psychédéliques, ses jeans effrangés et sa chevelure aux bouclettes anarchiques en train de danser dans un des bars de la plage, elle en ferait probablement une crise cardiaque. Il ne pouvait pas lui montrer cet aspect de sa personnalité, bien sûr. Mais, d'un autre côté, il était mortifiant d'être pris pour un quelconque nunuche. Ne lui avait-elle pas dit qu'elle n'aurait même pas regardé un type de son genre quand elle était plus jeune ? Elle n'avait décidément aucune idée de la réalité.

Il se sécha, se ceignit d'une serviette et passa dans la chambre-living-kitchenette contenant ses maigres possessions. Une couette tristement aplatie recouvrait le lit étroit au sommier défoncé. Les nombreux locataires qui s'étaient succédé dans les lieux n'en avaient visiblement pas pris le soin jaloux qu'ils leur auraient accordé s'ils en avaient été les heureux propriétaires. La penderie suffisait à abriter ses quelques costumes élégants. Ceux-ci et sa voiture d'un modèle récent constituaient ses indispensables outils de travail. Montrez-vous dans une belle voiture, surtout à Los Angeles, ayez l'air respectable, opulent si possible, et la bataille est à moitié gagnée.

Un quart d'heure plus tard, Edward était prêt à présenter au monde extérieur l'honorable fiancé de Lucretia Standish. Il ne se rendait cependant pas tout droit à Beverly Hills. Il devait d'abord faire un détour par l'aéroport.

Il s'arrêta devant le hall des bagages du terminal A, d'où son ami l'avait appelé pour lui dire que son avion venait d'atterrir. Là, en effet, l'attendait son vieux complice Rex, Monsieur Dix pour Cent.

Après avoir mis sa valise dans le coffre, Rex ouvrit la portière et pouffa de rire en découvrant la mise d'Edward.

— Un vrai prix de beauté ! Et la coiffure, chapeau ! Quand est-ce qu'on enterre ta vie de garçon, Eddie ?

Eddie écrasa l'accélérateur et démarra dans un crissement de pneus martyrisés.

— Eh ! du calme ! Tu ne m'as même pas laissé le temps de boucler ma ceinture ! protesta Rex.

Gros costaud d'une trentaine d'années, avec sa tignasse d'un blond incertain et ses yeux verts, Rex avait une sorte de charme vulgaire. Ses traits épais, sa mâchoire carrée et son nez épaté pouvaient, selon son humeur, le faire paraître sympathique ou redoutable. Et quand il n'avait pas envie d'être sympathique, il avait un caractère exécrable.

— J'ai fini par décrocher le gros lot, Rex, annonça Eddie en se dirigeant vers la sortie de l'aéroport.

— Ce qui me rapportera dix pour cent.

Ça fera combien ? Dans les cinq millions je dirais, puisqu'à partir de dimanche, tu en pèseras une bonne cinquantaine.

— Seulement si tu réussis à retrouver Fraîcheur et à la mettre au frais jusqu'à après le mariage.

— Je ferai de mon mieux, répondit Rex d'un ton si sérieux qu'Eddie lui lança un regard étonné.

— Je m'en veux d'avoir suivi ce cours de théâtre à New York. Tu parles d'une poisse ! Je serais peinard maintenant, gémit Eddie.

— Peut-être ou peut-être pas. Tu as désobligé pas mal de monde dans ta vie. Qui sait si l'une des vieilles toupies que tu « conseillais » ne va pas te chercher des poux dans la tête un de ces jours ?

Eddie balaya l'objection d'un revers de main.

— Où est la photo de ma nouvelle petite amie ? s'enquit Rex.

Eddie plongea une main dans sa poche et en sortit une enveloppe qu'il tendit à Rex. Elle contenait la photo qu'il avait dérobée dans l'album de Lucretia.

— Pas mal, apprécia Rex. L'allure de la

petite Américaine classique. Blonde, joli minois, gentil sourire, taches de rousseur. Il faudrait peut-être que je l'épouse.

— Pas avant la semaine prochaine, lâcha Eddie sèchement.

— Ça va, t'excite pas ! Je sais que tu es sous pression, mais je tiens à ce que ton mariage se passe sans problème, crois-moi. Le mariage idéal, comme tu en as toujours rêvé.

Eddie eut un bref éclat de rire et obliqua vers le parking des voitures de location.

— Excuse-moi, Rex. Maintenant, tu vas monter dans une de ces bagnoles et aller à l'endroit du tournage près de Santa Barbara. C'est là que tu devrais la trouver.

— Devrais ?

— Où voudrais-tu qu'elle soit ? Sa mère a dit à Lucretia qu'elle joue dans un film dont le tournage doit durer plusieurs semaines.

— C'est tout ce que tu sais ?

— Pour le moment, oui. Sauf le titre du film : « Pas de veine » ou quelque chose comme ça.

— Il va faire un triomphe au box-office, ricana Rex.

Eddie s'arrêta devant le bureau d'une agence de location.

— Écoute, tu as la photo, tu as l'adresse de la production. Tu dois pouvoir la retrouver.

— L'idée de cinq millions de dollars nourrit l'imagination, dit Rex en ouvrant la portière. *Ciao*, je te tiendrai au courant. Ça ne serait pas plus mal si tu arrivais à apprendre autre chose, ajouta-t-il avant de descendre.

— J'ouvre l'œil. Appelle-moi pour me dire que tu es bien arrivé.

Rex claqua la portière et Eddie alla rejoindre Lucretia en ne s'arrêtant que pour acheter une douzaine de roses.

5

Après avoir raccroché, Regan regagna son appartement dans les collines dominant Sunset Boulevard. Le petit immeuble était paisible, les oiseaux gazouillaient et le soleil brillait dans un ciel sans nuages.

Dans son confortable appartement de deux pièces, elle trouva sa valise par terre à l'endroit où elle l'avait laissée sans la défaire. Elle fourra quelques affaires dans un petit sac de voyage, y ajouta son nécessaire de toilette. Quand elle eut terminé ses préparatifs, il n'était encore que neuf heures deux à la pendulette de sa chambre. Avant de partir, elle décrocha son téléphone et appela ses parents à l'hôtel.

Ce fut sa mère qui répondit.

— Bonjour, ma chérie ! Comment va Jack ?

— Aussi bien qu'hier soir, je pense. Je l'ai déposé à l'aéroport de bonne heure ce matin.

— Il me plaît, déclara Nora avec conviction.

— Je sais, maman.

— Quel dommage qu'il ait dû rentrer si vite !

— On avait besoin de lui à New York. Et maintenant, d'ailleurs, j'ai une nouvelle affaire.

— Déjà ?

— Oui. Je pars tout de suite pour Santa Barbara.

— Encore ?

— J'ai reçu un coup de téléphone tout à l'heure, je dois rechercher une actrice qui travaille sur un tournage dans la région.

— Tu as déjà reçu un appel d'un client ?

— Oui, j'étais passée au bureau. En ce moment, je suis chez moi où je prends mes affaires. Je voulais simplement te prévenir que je ne pourrai pas me joindre à vous ce soir pour dîner.

— Quel dommage ! Wally et Bev comptaient sur toi.

Wally était un producteur ayant déjà adapté deux ou trois romans de Nora pour la télévision et Beverly, dite Bev, son épouse taciturne et résignée. Wally adorait claquer des doigts pour souligner l'action qui se déroulait dans ses téléfilms et, le reste du temps, s'adonnait au captivant passe-temps consistant à mastiquer un cure-dents.

— Je serai désolée de les manquer, répondit poliment Regan, mais je ne crois pas pouvoir revenir à temps pour le dîner.

Elle expliqua ensuite en quelques mots pourquoi elle devait partir à la recherche de la jeune actrice.

— Deux millions chacun ? s'exclama Nora. Rien que pour être présents à ce mariage ?

— Oui. Pourquoi n'avons-nous jamais eu de tantes comme elle dans notre famille ?

— Bonne question. N'oublie quand même pas que tante Aggie t'a légué ce ravissant buffet et ce service de porcelaine introuvables de nos jours.

— J'aurais préféré deux millions de dollars, déclara Regan.

— Sans doute, admit Nora. Une ancienne vedette du muet, disais-tu ? En tout cas, ma chérie, sois prudente. Je te passe ton père, il veut te parler.

— Bonjour, ma chérie ! fit la voix grave de Luke.

— Bonjour, papa.

Regan imagina sans peine ses parents dans leur luxueuse chambre d'hôtel en train de savourer leur petit déjeuner. Luke, avec sa haute taille, sa chevelure argentée et le charme de James Stewart, et Nora, menue, blonde et distinguée dans son peignoir de soie. Depuis trente-cinq ans, ils formaient un couple idéal.

— Comment va Jack ? voulut savoir Luke.

Regan sourit, amusée. Ils pensaient tous deux aux mêmes choses – ce qui, au bout de trente-cinq ans, était somme toute compréhensible.

— Très bien, papa. J'espère vous revoir tous les deux ce week-end, mais il faut que je m'absente pour une affaire.

— C'est ce que j'ai cru comprendre. Sois prudente.

— Je le serai. Je t'appellerai dès que je pourrai.

Quand elle raccrocha, Regan eut un nouveau sourire, affectueux cette fois. Elle avait de la chance d'avoir des parents comme les siens.

Une fois dans sa voiture, elle ajusta le rétroviseur, mit ses lunettes de soleil et démarra.

— Partons en quête de Fraîcheur ! dit-elle à haute voix en manœuvrant pour sortir du parking.

6

Regan prit la route 101, la route directe passant par l'intérieur, pour se rendre à Unxta, près de Santa Barbara, où avait lieu le tournage. Cette route longeait le Pacifique à certains endroits et Regan avait peine à croire que, la veille encore, elle avait vu les mêmes paysages avec Jack pendant leur retour par la route côtière.

Le panneau signalant la bretelle de sortie pour Unxta apparut moins de deux heures plus tard. Avant de partir, Regan s'était renseignée par téléphone. Le bureau de la production était installé dans un hôtel où logeaient également les acteurs et les techniciens. Le long de la petite route de montagne qu'elle emprunta pour atteindre sa destination, elle admira les maisons en adobe aux toits de tuiles rouges et pensa, une fois de plus, combien cette région lui plaisait. La beauté du comté de Santa Barbara égalait en effet sa variété. Vignobles, palmiers, boutiques élégantes, douceur du climat, proximité à la fois de la mer et de la montagne en faisaient un lieu de résidence des plus attrayants.

Peu après onze heures du matin, Regan arriva devant l'hôtel, bâtisse d'un modernisme utilitaire dépourvu de charme, sur laquelle une enseigne au néon annonçait des tarifs défiant toute concurrence et la télévision câblée. L'ensemble était cependant d'allure respectable et l'intérieur d'une propreté irréprochable. Le réceptionniste prit tout son temps pour indiquer à Regan que le bureau de la production se trouvait au bout d'un couloir qu'il lui désigna d'un doigt nonchalant.

— Entrez ! brama une voix forte derrière la porte à laquelle Regan venait de frapper.

Regan ne pouvait qu'obéir à un ordre aussi péremptoire. Dans une pièce de modestes dimensions étaient disposés quatre bureaux à touche-touche. Des plannings et des panneaux accrochés aux murs disparaissaient sous des listes et des symboles mystérieux. Une femme au téléphone parlait fort et avec impatience. Regan était à peine entrée qu'elle raccrochait et se tournait vers elle.

— Est-ce que je peux faire quelque chose pour vous ? s'enquit-elle du même ton impérieux qu'elle avait employé pour dire : « Entrez ! »

Âgée d'une quarantaine d'années, elle avait une masse de boucles blondes cuivrées sous une casquette de base-ball, un crayon derrière l'oreille et une évidente pratique de l'autorité.

— Je l'espère, répondit Regan. Je cherche Whitney Weldon.

— Whitney ? Elle est très demandée, ma parole. Oui, poursuivit-elle après avoir consulté une liste sur son bureau, c'est bien ce que je pensais, elle ne travaille pas jusqu'à lundi.

— Auriez-vous idée de l'endroit où je pourrais la trouver ?

La femme lança à Regan un regard incrédule.

— Et vous, avez-vous idée du nombre

d'acteurs et de figurants que j'ai sur les bras ? En général, quand ils ont quelques jours de repos, ils s'envolent comme des moineaux. La région est belle, ils visitent des caves de dégustation ou vont à la plage, d'autres restent dans leur chambre à s'apitoyer sur leur sort ou écument les bars des environs. Ne me demandez pas ce qu'ils font, je ne veux même pas le savoir.

Considérant avoir dit ce qu'elle avait à dire, la femme se replongea dans son travail.

— Il s'agit d'une affaire de famille, insista Regan sur le ton de la confidence. Sa mère a absolument besoin de la joindre, elle m'a demandé de l'aider à la retrouver.

Regan espéra que l'argument affectif serait plus convaincant, sinon moins sordide, que le fait de mettre la main sur plusieurs millions de dollars. D'un autre côté, l'appât du gain retiendrait peut-être mieux l'attention de ce sergent de marines du sexe féminin.

Avec un soupir, celle-ci voulut bien relever les yeux vers Regan.

— Savez-vous ce que c'est de produire un film avec des acteurs plus capricieux les uns que les autres ? Et un petit budget, en plus ! Les agents veulent ceci, les agents exigent cela. Un acteur a eu le culot de nous dire que la voiture venue le chercher à l'aéroport ne lui plaisait pas ! Vous vous rendez compte ? Et ce n'était qu'un second rôle, pas même une vedette !

— Votre métier est éprouvant pour les nerfs, n'est-ce pas ? dit Regan d'un air compatissant.

— Éprouvant ? ricana la femme. Ridicule, oui ! Tenez, le traiteur a servi hier des sandwiches au poulet avec une mayonnaise qui ne devait être pas fraîche, résultat, la moitié de l'équipe est malade aujourd'hui. On ne peut quand même pas laisser de la nourriture des heures en plein soleil ! Quoi d'autre peut nous créer des problèmes ? Tout, déclara-t-elle avec fatalisme. Au fait, qui êtes-vous au juste ? Une amie de la famille de Whitney ?

— Non. En réalité, je suis détective privé.

La femme regarda Regan comme si elle

s'apercevait de sa présence pour la première fois.

— Ah bon ? Alors, c'est sérieux ? Voulez-vous un café ?

— Avec plaisir. Ne vous dérangez pas, je vais me servir.

Regan alla chercher la cafetière dans un coin de la pièce et versa dans un gobelet en plastique un liquide ayant toutes les apparences d'un jus de chaussette réchauffé depuis vingt-quatre heures.

— Il y a du lait dans le frigo, proposa aimablement la femme.

— Merci.

Regan se pencha pour ouvrir le réfrigérateur miniature sur lequel était posée la machine à café. Elle y découvrit une brique de lait écrémé où il ne restait que quelques gouttes qu'elle vida dans son gobelet avant de la jeter dans la poubelle située à côté. En se retournant, elle put voir plus clairement un des panneaux où étaient affichées les photos des acteurs. Elle reconnut aussitôt Whitney, dont la mère lui avait transmis le matin même une photo par e-mail. Celle-ci était l'œuvre d'un professionnel et Whitney était ravissante.

— Oui, c'est elle, dit la femme qui avait suivi son regard. Je peux vous la photocopier, si vous voulez.

— Volontiers, merci.

L'autre alla décrocher la photo retenue par une punaise et disparut dans la pièce adjacente. Regan s'assit pendant que la machine bourdonnait et se félicita que le dragon se montre tout à coup aussi coopératif. Sa tâche s'en trouvait simplifiée d'autant.

Quelques instants plus tard, Regan eut en main une reproduction parfaite du portrait de Whitney Weldon, photographiée avec une expression dramatique. Celle que sa mère lui avait transmise la montrait souriante. Actrice, Whitney devait pouvoir disposer d'une gamme d'expressions différentes, sérieuse, comique, hautaine, sexy, en fonction des rôles pour lesquels elle auditionnait.

— Je m'appelle Joanne, l'informa la femme en reprenant sa place.

— Et moi, Regan Reilly.

— Vous avez bien dit Regan Reilly ?

— Oui.

— Vous êtes la fille de Nora Regan Reilly ?

— C'est exact.

— Ça alors ! J'ai travaillé sur son dernier film ! Elle m'avait dit que sa fille était détective privé.

— C'est vrai ?

— Mais oui ! On avait tourné dans les environs.

— Je m'en souviens, maintenant. Je n'ai jamais pu trouver le temps de venir à ce tournage.

— Côté suspense, c'était de premier ordre.

— Je le crois sans peine, approuva Regan.

— Dites bonjour de ma part à votre mère. Mais elle m'a sans doute déjà oubliée.

— Sûrement pas, la rassura Regan.

— On s'est bien amusés quand elle était ici. Et ça fait du bien, vous savez ! Regardez ce fouillis ! soupira Joanne avec un grand geste.

— Vous avez beaucoup de travail, s'empressa de lui dire Regan.

— Dans ce métier, ça ne s'arrête jamais. Alors, quand c'est fini, on rentre chez soi et on s'écroule.

— Je m'en doute. C'est pourquoi je ne veux pas vous déranger trop longtemps. Juste quelques questions.

— Ne vous inquiétez pas. Prenez le temps de boire votre café.

— Il est délicieux, mentit Regan.

— Je serai ravie de vous rendre service, Regan. Mais si le téléphone se remet à sonner ou si quelqu'un arrive en pleine crise d'hystérie, il faudra que je m'en occupe, vous comprenez ?

— Bien sûr. Alors, que pouvez-vous m'apprendre sur Whitney ?

— Une gentille fille. Elle a vingt-cinq ans, dont cinq dans le métier Bonne petite actrice, d'ailleurs. Ce rôle est le plus important qu'elle ait décroché jusqu'à présent. Je crois qu'elle a un peu le trac.

— C'est vrai ?

— J'en ai l'impression, du moins. Elle veut faire du bon travail. Hier, ses scènes ne se sont pas très bien passées, comme s'il y avait eu de mauvaises vibrations sur le plateau. L'assistant réalisateur passait son temps à brailler pour demander le silence. Une mauvaise journée pour tout le monde.

— Elle avait donc peut-être besoin de prendre le large.

— J'en aurais fait autant à sa place, croyez-moi.

Le pays est vaste, pensa Regan. Et Whitney n'est pas attendue chez sa mère avant dimanche soir, dans plus de quarante-huit heures. Whitney peut être allée n'importe où.

— Y a-t-il dans les environs des endroits où vos collaborateurs ont l'habitude d'aller se détendre ? Sauriez-vous où elle aurait pu se rendre ?

— Elle a grandi pas très loin d'ici, paraît-il. Mais comment savoir si elle y est ? La région est belle, il y a beaucoup à voir et à faire. Tout dépend de l'argent qu'on peut dépenser. Je serais curieuse de savoir pourquoi vous devez retrouver Whitney, ajouta Joanne en fronçant les sourcils. Il s'agit de quelque chose de grave ?

— Il y a un mariage dimanche dans la famille, sa mère tient à ce qu'elle y aille. C'est important, m'a-t-elle dit.

— Elle était au courant ?

— Non. Une vieille tante qui veut se

remarier vient de décider d'en profiter pour réunir la famille ce week-end.

— J'ai comme l'impression qu'elle a des sous, commenta Joanne avec un sourire entendu.

— Je n'en sais trop rien, répondit Regan de manière évasive.

— Écoutez, j'avais une tante, toute la famille lui a fait risette pendant des années. Et elle a laissé tout son fric à un refuge d'animaux. Incroyable ! Remarquez, on n'avait rien contre les chiens et les chats, mais là, ça dépassait les bornes ! Pas un sou à nous autres parce qu'on ne marchait pas à quatre pattes.

Regan ne put s'empêcher de rire.

— Non, c'est vrai, c'est un monde ! poursuivit Joanne sur sa lancée. En ce qui me concerne, c'est fini, je ne me décarcasserais pas pour aller à un mariage. De toute façon, c'est une perte de temps. Si on veut vous donner de l'argent, on vous le donne. Parce que les gens riches, ils savent flairer de loin ceux qui n'en veulent qu'à leur fric. Avec qui se marie-t-elle, la vieille tantc ?

— Je ne sais pas. Je ne connais ni la

mariée ni le futur. Mon seul travail, c'est de retrouver Whitney.

Joanne pianota un instant sur son bureau avant de rajuster l'inclinaison de sa casquette.

— Ça vous dirait de venir déjeuner avec nous ? Comme ça, vous pourrez parler aux gens de l'équipe. Il y en aura peut-être un qui saura où elle est partie. J'ai tellement de boulot ici que je n'ai pas le temps de *communiquer*, comme on dit maintenant, avec les acteurs.

— Je ne demande pas mieux, cela me rendra grand service, répondit Regan. Si quelqu'un a des nouvelles de Whitney, il pourra lui demander de prendre contact avec sa mère ou moi.

Joanne jeta un coup d'œil à la montre qui ornait son poignet.

— Ils feront la pause dans une heure. Le buffet sera installé dans le petit jardin public au bout de la rue. Retrouvez-moi là-bas.

Autrement dit, interpréta Regan, débarrassez le plancher, j'ai autre chose à faire.

— Parfait. Mais dites-moi, ajouta-t-elle en se penchant avec une mine de conspiratrice, Whitney est logée dans cet hôtel. Je sais que sa mère a essayé de l'appeler ce matin, mais sa chambre ne répondait pas. Croyez-vous que je pourrais y jeter un coup d'œil ?

— Je ne sais pas si...

— Je voudrais juste vérifier s'il y avait quelque chose susceptible d'indiquer où elle se serait rendue. Vous savez, un dépliant touristique, un mot d'une amie, un indice, quoi ! Si vous voulez, je peux appeler sa mère et vous lui demanderez vous-même l'autorisation.

— Vous fatiguez pas, je vais vous donner une clef. Nous avons un double de toutes les clefs pour le cas où un acteur s'aperçoit sur le plateau qu'il a oublié quelque chose dans sa chambre. Son scénario, par exemple ! précisa-t-elle d'un air désabusé. De toute façon, ça ne fera de mal à personne que vous y jetiez un coup d'œil.

Elle consulta une liste, ouvrit un tiroir et en sortit la clef de la chambre 178.

— Ça va être un mariage à tout casser, observa-t-elle en tendant la clef à Regan.

7

Quand il arriva à Beverly Hills, Edward s'étonna de ne trouver personne à la maison. Lucretia lui avait donné une clef, il put donc entrer. À l'intérieur, il faisait frais, l'atmosphère était paisible, mais la décoration ne correspondait en rien à ses goûts. Il fit une prière silencieuse pour que Lucretia reçoive le plus vite possible – dans un monde meilleur – la récompense de ses mérites afin qu'il puisse remeubler la maison dans un style à sa convenance.

Dans la cuisine, étincelante de propreté comme toujours, où il allait chercher un vase en cristal pour y mettre ses roses, il trouva sur un comptoir un petit mot de l'écriture de Lucretia :

Très cher Edward,

Phyllis et moi sommes sorties faire des courses. Il me faut une belle robe neuve pour le grand jour ! Nous serons de retour à l'heure du déjeuner. Vous me manquez déjà. Affectueusement,

LUCRETIA

— Je brûle d'impatience, ricana-t-il.

Il remplissait d'eau le vase de fleurs quand le téléphone mural sonna. Edward décrocha.

— Puis-je parler à Lucretia ? fit une voix de femme.

— Non, elle est sortie, répondit-il.

— Je suis Lilas Weldon, sa nièce. Qui est à l'appareil ?

Edward déglutit avec peine.

— Edward, son... fiancé. Enchanté de faire votre connaissance.

— Moi aussi. Nous avons tous hâte de vous rencontrer dimanche.

— Et moi, de connaître la famille de ma chère Lucretia.

— Merci, Edward. En fait, je n'ai pas vraiment besoin de parler à Lucretia, vous pouvez aussi bien me renseigner. Je veux acheter un cadeau pour votre mariage et je ne connais même pas votre nom.

Seigneur ! pensa-t-il. Heureusement que j'en ai changé.

— Edward Fields.

— Pas de deuxième prénom ?

— Non, mes parents n'avaient pas beaucoup d'imagination.

— Ma fille aurait souhaité que j'en aie moins. Je l'avais appelée Fraîcheur, mais elle préfère le prénom de Whitney.

— C'est plus... conventionnel, en effet. Elle est actrice, je crois ?

— Oui. Elle est train de tourner dans un film qui pourrait réellement lancer sa carrière, mais elle a son week-end de libre et je n'arrive pas à la joindre. Elle aime partir à l'aventure en se coupant du monde, c'est pourquoi j'ai engagé quelqu'un pour la retrouver. Je suis sûre qu'elle aimerait venir elle aussi à votre mariage.

— Engagé quelqu'un pour la retrouver ? répéta Edward, la gorge nouée.

— Oui, un détective privé, Regan Reilly. Elle est déjà sur sa piste. J'estime qu'il est grand temps que notre famille se réunisse et votre mariage sera l'occasion idéale. Lucretia sera très contente que nous venions tous ensemble, je crois.

— Elle sera ravie, j'en suis sûr, dit Edward d'une voix soudain enrouée. Elle appréciera infiniment que vous vous soyez donné la peine d'engager un détective privé.

— Ne lui en parlez surtout pas, je veux lui en faire la surprise. Regan est une excellente professionnelle, je suis convaincue qu'elle retrouvera ma Fraîcheur.

— Espérons-le.

— Votre famille viendra-t-elle aussi, Edward ?

— Non, je n'ai pas de famille.

— Oh ! Comme c'est triste ! dit Lilas avec compassion. Mais vos amis viendront sûrement, nous serons tous ravis de les rencontrer.

— Mes amis habitent New York, dit Edward en bafouillant presque. Tout s'est décidé si vite qu'ils n'auront pas le temps de se libérer pour l'occasion. Mais Lucretia et moi comptons aller là-bas cet été, j'ai encore mon appartement en ville.

— Dans quel quartier ? s'enquit Lilas.

— Manhattan, répondit-il évasivement. Ah ! Excusez-moi, on sonne sur l'autre ligne, il faut que je vous quitte. À dimanche.

— À dimanche, confirma Lilas.

Quand il eut raccroché, Edward ferma les yeux et dut s'appuyer au comptoir pour reprendre ses esprits. Quelques instants plus tard, il composa le numéro de Rex sur son téléphone portable.

— Tu vas maintenant devoir t'occuper de deux filles, dit-il quand Rex répondit. L'autre s'appelle Regan Reilly.

8

Lucretia et Phyllis sillonnaient les rues de Beverly Hills dans la Rolls Royce dont Phyllis tenait le volant. Elle en avait l'habitude, elle avait déjà servi de chauffeur à son ancienne patronne. Et la voiture faisait partie du lot quand Lucretia avait acquis la maison.

— Votre travail vous plaît ? demanda Lucretia avec sollicitude.

— Disons que si je gagnais la forte somme dans un jeu télévisé, je vous donnerais ma démission, rétorqua Phyllis.

— Vous me manqueriez beaucoup ! dit Lucretia en riant.

Pensant à son deuxième coup de téléphone à Lilas, Phyllis en éprouva des remords. Pas de gros remords, non. Juste un petit peu.

— C'est vrai ? demanda-t-elle.

— Tout à fait. Il faut avoir dans la vie des gens auxquels on s'attache. Et quand on arrive à mon âge, la plupart de vos amis sont morts depuis belle lurette.

— C'est bien que vous ayez invité votre famille au mariage, commenta Phyllis. Les liens du sang sont les plus forts.

— Ils ne sont pas de mon sang, mais de celui de Haskell.

— N'importe, c'est quand même la famille, dit Phyllis en tournant dans Rodeo Drive. Au fait, où est celle d'Edward ?

— Il n'en a pas, le pauvre, répondit tristement Lucretia.

— Pas du tout ? Allons donc ! Tout le monde a au moins un arrière-cousin caché quelque part.

— Peut-être, mais je crois qu'il souffre d'en parler.

Phyllis réfréna de justesse un soupir excédé en voyant la pendule du tableau de bord. Elle allait manquer son jeu préféré.

Après avoir dépassé des boutiques plus élégantes les unes que les autres, mais dont le style ne convenait pas à Lucretia, elles arrivèrent à Saks Fifth Avenue sur

Wilshire Boulevard. C'est là que Lucretia trouva une robe rose rebrodée de perles avec les chaussures assorties.

— Elle vous va à ravir, affirma la vendeuse.

— Pas trop mal, disons, répondit Lucretia en souriant à son image dans le miroir. Et maintenant, trouvons quelque chose pour Phyllis.

— Je n'ai besoin de rien ! protesta celle-ci.

— Mais si, déclara Lucretia.

Un quart d'heure plus tard, pendant que Phyllis s'enfermait dans une cabine d'essayage avec une brassée de toilettes, la vendeuse entreprit de bavarder avec son opulente cliente.

— Je n'ai pas encore eu le plaisir de vous voir dans notre magasin, madame. Habitez-vous ici depuis longtemps ?

— J'y ai vécu il y a des années, commença Lucretia. À l'époque, j'étais une star du cinéma muet. C'était une vie merveilleuse...

Lorsque Phyllis eut tout essayé pour fixer finalement son choix sur un sobre tailleur de soie, Lucretia terminait le récit captivant de son existence :

— J'ai gagné des millions à la Bourse et maintenant, je vais me remarier, conclut-elle.

— Le sixième mari. Quelle histoire extraordinaire ! Et vous étiez une star du muet ! Votre vie est un exemple pour nous toutes.

Lucretia la remercia d'un sourire chaleureux.

— Nous allons chercher notre licence de mariage cet après-midi. Et dimanche, je porterai ma ravissante toilette de chez Saks.

Lucretia et Phyllis avaient à peine quitté le magasin avec leurs emplettes que la vendeuse se précipita sur un téléphone.

— J'ai un scoop sensationnel, déclara-t-elle d'emblée. Attends un peu, tu n'en reviendras pas.

9

Regan ouvrit la porte de la chambre 178. Elle découvrit une classique chambre d'hôtel utilitaire avec un étroit lit double, un grand placard pourvu d'un téléviseur incorporé, une petite table-bureau, une chaise et deux tablettes de chevet. Elle se sentait déprimée chaque fois qu'elle devait passer une nuit ou deux dans un décor aussi stérile. Whitney devait éprouver les mêmes sentiments car elle avait tenté d'y apporter une touche personnelle, comme en témoignaient les deux coussins de tapisserie sur le lit, des photos encadrées sur le bureau, un chapeau vivement coloré perché en haut du placard et des bougies ressemblant à celles que Regan avait vues en abondance dans le hall de réception des États Seconds.

Son examen des lieux ne demanderait pas longtemps.

Une baie vitrée coulissante donnait accès à un étroit balcon d'où l'on découvrait le Pacifique. Si la chambre n'était pas luxueuse, la vue était splendide.

Regan s'assit au bureau et prit un des cadres qui contenait une photo de Whitney et de Lilas. La ressemblance entre la mère et la fille était frappante. Sur une autre photo, Whitney se tenait entre deux hommes qui avaient un évident air de famille. Lilas lui avait dit, en effet, que sa fille était très proche de ses oncles, car son père était un bon à rien qui avait pris le large quand elle était encore toute petite et dont personne n'avait plus entendu parler depuis.

Regan reposa les photos et ouvrit le tiroir. Elle y trouva d'abord un exemplaire du scénario du film portant, écrit en rouge sur la page de couverture, le nom du personnage de Whitney, Judy. En feuilletant la brochure, elle remarqua que toutes les répliques de Judy étaient surlignées et s'étonna que Whitney n'ait pas emporté le scénario pour avoir une chance de le relire ne serait-ce que quelques heures pendant son absence.

Elle ouvrit un peu plus le tiroir et découvrit, au fond, un carnet d'adresses et un agenda qu'elle ouvrit. La page du jour était vierge, ce qui lui parut normal. Sur celle du dimanche, le mot fête des Mères était souligné. Un bref survol des autres pages ne lui apporta aucune autre information. Elle refermait l'agenda quand un feuillet s'en échappa. Sous le titre : À FAIRE, elle lut une courte liste :

1. Acheter à maman un cadeau pour la fête des Mères. Poterie ?
2. Crème pour le visage.
3. Vitamines.
4. RESTER CALME.

Quand a-t-elle écrit cette liste ? se demanda Regan. L'autre tiroir ne lui apporta aucun élément intéressant. Le placard ne contenait, en plus de quelques vêtements, qu'une grande valise vide. Dans la salle de bains, les affaires de toilette paraissaient à peu près au complet, à l'exception de la brosse à dents et de la pâte dentifrice.

Regan allait sortir quand elle remarqua

un magazine tombé entre le lit et une tablette de chevet : *Excursions et Distractions*. Elle y releva des notes manuscrites devant des annonces d'hôtels et de restaurants du centre de la Californie.

— Vous ne m'en voudrez pas de l'emprunter, Whitney, dit-elle à mi-voix. J'espère que cela m'aidera à vous retrouver.

Il était douze heures quinze à la pendulette sur la tablette de chevet. L'heure d'aller déjeuner, pensa Regan en refermant la porte derrière elle.

10

Whitney Weldon avait passé une semaine éprouvante. Tombée sous le charme et dans les bras du réalisateur, Frank Kipsman, elle devait garder le secret sur leurs amours jusqu'à la fin du tournage. Elle était anxieuse parce qu'elle voulait faire du bon travail et Frank ne l'était pas moins, mais parce que les finances menaçaient de se tarir. De plus, l'agent de Whitney lui avait appris qu'elle venait encore de perdre un rôle sur lequel elle comptait à cause d'une actrice qui semblait s'obstiner à se mettre en travers de son chemin.

La veille au soir, après avoir roulé le long de la côte vers le nord, elle s'était arrêtée à un petit motel du bord de mer. Ce matin, réveillée tard, elle avait nerveusement arpenté la plage. Elle avait besoin de se recentrer et elle pensait au séminaire dont lui avait parlé Ricky, un des assistants de la production. Selon lui, c'était un programme remarquable qui avait lieu ce samedi dans une maison isolée au milieu des collines. Basé sur la technique du psychodrame, il était réservé aux acteurs mais, les places étant limitées, il lui avait conseillé de ne pas en parler aux autres. Le terme de psychodrame avait d'abord rebuté Whitney qui, pourtant, n'avait cessé d'y penser depuis. Si j'y allais, se dit-elle, cela me ferait peut-être du bien. De toute façon, je n'ai rien de mieux à faire. Frank est parti à Los Angeles essayer de trouver de l'argent pour finir le film.

Whitney fouilla dans son sac à la recherche du papier sur lequel était inscrit le numéro de téléphone du séminaire et le fixa un moment, encore hésitante. Voulait-elle vraiment se soumettre à cette épreuve ? Elle serait sans doute plus connue et plus expérimentée que la plupart des acteurs participant au stage. Et pourtant, elle venait de rater un bon rôle...

Elle pêcha son téléphone portable au fond de son sac, composa le numéro et ce fut le responsable du séminaire lui-même qui lui répondit. Scénariste et réalisateur, il lui dit qu'il était très heureux qu'elle se joigne au groupe. Le séminaire lui coûterait cinq cents dollars et se terminerait le dimanche matin. Parfait, pensa-t-elle. Et elle éteignit le téléphone sans se donner la peine de consulter ses messages.

— Bien, dit-elle à haute voix, j'ai fait un pas dans le bon sens.

Elle se demanda si elle n'allait pas retourner passer la nuit à son hôtel d'Unxta. Il était plus proche du lieu de la retraite et elle pourrait se munir de vêtements confortables. Dans les séminaires de ce genre, on vous fait souvent asseoir par terre toute la journée. Non, décida-t-elle, autant rester à l'écart des ondes négatives ressenties là-bas ces derniers jours. L'air vivifiant du Pacifique et le grondement régulier des rouleaux qui se brisaient sur la plage lui seraient plus bénéfiques.

11

Un buffet était dressé dans le jardin public pour les acteurs et l'équipe technique. Un assortiment de salades, de légumes chauds et froids, de sandwiches variés et de desserts y était déployé, des hamburgers et des hot-dogs grillaient sur le barbecue. La dernière prise de la matinée était finie depuis à peine cinq minutes qu'une longue file d'attente se formait déjà devant les victuailles.

Regan s'étonna une fois encore de la quantité de gens qu'il faut réunir pour faire un film. Elle repéra vite Joanne, qui lui fit signe de la rejoindre à la table où elle s'était installée à l'ombre. Le soleil brillait, tout le monde paraissait content d'être au grand air. Les tables se remplissaient peu à peu sous la fumée du barbecue que la brise rabattait par moments.

Regan se demanda s'il y avait des végétariens dans le groupe et si ces odeurs les choquaient.

— Voulez-vous déjeuner, Regan ? lui demanda Joanne.

— Merci, j'attendrai que la queue soit moins longue.

Une femme d'une soixantaine d'années aux cheveux d'un rouge éclatant, en pantalon noir, chemisier blanc et baskets, s'approcha de la table. D'énormes boucles d'oreilles et de grosses lunettes complétaient son accoutrement.

— Je m'appelle Molly, se présenta-t-elle. Je suis maquilleuse.

— Bonjour, Molly, répondit poliment Regan.

— Joanne m'a dit que vous cherchiez Whitney. Rien de grave ?

— Non, rien. Il y a un mariage dans sa famille dimanche, sa mère tient à ce qu'elle y vienne et m'a demandé de la retrouver.

Molly rajusta ses lunettes qui lui glissaient du nez.

— Je sais qu'hier elle n'était pas dans son assiette, dit-elle en s'asseyant sur le banc à côté de Regan. Le maquillage favorise une certaine intimité, vous savez. On parle, on se fait des confidences. Whitney m'a dit qu'elle voulait vraiment travailler le métier, apprendre comment se « lâcher ». Elle est déjà bonne, pourtant. Sincèrement, je lui vois même un potentiel de star.

— Savez-vous si elle prend des cours ?

— Oui, avec un coach de Beverly Hills, Clay Ruleman. Beaucoup d'acteurs avec lesquels je travaille ne jurent que par lui.

— Elle y est peut-être allée ce week-end.

— C'est possible. Je crois qu'il a un cours le samedi.

— Je vérifierai, dit Regan.

— Il se peut aussi qu'elle fasse une randonnée. Elle m'a souvent dit que la marche l'aide à se détendre.

Bonne nouvelle ! pensa Regan. Trouver une aiguille dans une meule de foin est plus facile qu'un randonneur en Californie.

Pendant qu'elle avalait un hot-dog et un Coca, Regan apprit que les acteurs se réunissaient souvent au bar de l'hôtel, que

Whitney y avait fait quelques apparitions, mais qu'elle se couchait toujours de bonne heure. Comme renseignements, c'était maigre. D'après les propos de Molly, Regan déduisit que Whitney était sur les nerfs car elle voulait réussir ce film, qui lui offrait son premier rôle de vedette, et qu'elle profiterait donc du week-end pour se détendre.

Elle donna à Joanne et Molly plusieurs cartes de visite avec son numéro de portable en leur disant que si une personne de l'équipe avait des nouvelles de Whitney, elles lui demandent de l'appeler sans tarder. Puis, de retour dans sa voiture, elle appela le studio de Clay Ruleman. On lui apprit que Clay était absent et qu'il n'y aurait pas de cours ce samedi. Whitney n'y serait donc pas.

Luttant contre le découragement, elle démarra. En passant devant la maison louée pour le tournage du film, elle ignorait que Frank Kipsman était à l'intérieur où il déjeunait seul. Frank ne se doutait pas davantage que Regan était à la recherche de Whitney.

12

Rex avait loué le plus anonyme des 4x4 équipé des vitres teintées les plus sombres que la loi autorise. Il aurait préféré une décapotable pour profiter du soleil s'il n'avait su qu'il avait tout intérêt à adopter un profil bas. Quand il prit la route vers Unxta, ses nerfs commençaient d'ailleurs à le taquiner. Cinq millions de dollars ! Voilà ce qu'il gagnerait s'il réussissait, d'une manière ou d'une autre, à séquestrer Whitney Weldon jusqu'au dimanche soir.

Eddie a une de ces veines ! se dit-il en riant. Le plus gros coup de sa vie. Car c'était vraiment par un hasard incroyable que la vieille Lucretia avait gagné autant d'argent avec l'affaire de la « point com ». Si elle n'avait pas retiré ses billes à temps, elle aurait perdu tout son investissement comme tant d'autres dont les économies avaient été englouties dans l'aventure. Rex n'en revenait pas qu'Eddie ait été engagé pour racoler des investisseurs – le seul de ses jobs honnêtes, ou presque. Qui aurait pu prévoir qu'il en retirerait un bénéfice aussi énorme alors que les petits génies qui avaient monté la boîte se retrouvaient lessivés ? Ils en feraient une tête s'ils apprenaient qu'Eddie était devenu un nabab grâce à leur affaire qui avait capoté.

Avec un soupir, Rex passa une main dans sa tignasse. Combien de temps Eddie allait-il attendre que Lucretia se décide à claquer ? Pour une rallonge de cinq millions, il s'en chargerait volontiers, lui.

En moins de deux heures, Rex arriva à Unxta et se dirigea tout de suite vers l'hôtel où logeait l'équipe du film. Je déjeunerai là en essayant de me renseigner, pensa-t-il. Mais au moment d'entrer dans le parking, il remarqua des camions de régie garés un peu plus loin dans la rue et il poursuivit son chemin. Tiens, tiens, se dit-il en voyant les tables installées dans le jardin public, ils s'offrent un pique-nique. Voyons ce que ça donne.

Il se gara au plus près, coupa le contact et baissa sa vitre juste à temps pour entendre une femme coiffée d'une casquette de base-ball dire à une rousse que Regan Reilly allait la rejoindre pour déjeuner et qu'elle cherchait Whitney Weldon. Pour un coup de pot, c'était un coup de pot ! Regan Reilly était justement le détective privé dont Eddie lui avait parlé.

Je vais attendre ici qu'elle arrive, se dit-il. Après, je la suivrai et je verrai comment elle s'y prend pour pister Whitney. Si elle la trouve, je coincerai les deux en même temps. Et ce bon vieil Eddie aura fait d'une pierre deux coups.

Quelques minutes plus tard, Rex vit en effet apparaître une jeune femme qui n'était autre que Regan Reilly. Il descendit de voiture pour s'asseoir sur le banc le plus proche de la table où Regan déjeunait avec les deux femmes. Quand elle s'en alla, il se remit au volant et la suivit discrètement. Sous aucun prétexte, il ne voulait la perdre de vue.

13

Assise dans sa voiture, Regan feuilletait le magazine *Excursions et Distractions* trouvé dans la chambre de Whitney. C'était, en fait, une brochure de publicités touristiques vantant les mérites des hôtels, restaurants, plages et centres de loisirs. Le comté de Santa Barbara pouvait s'enorgueillir de posséder quelque cent soixante kilomètres de côtes parmi les plus pittoresques du littoral californien. Whitney avait entouré ou souligné à peu près toutes les rubriques concernant les plages. Comme repères, c'est précis ! pensa Regan avec une moue déçue en reposant le magazine sur le siège à côté d'elle.

Le parking de l'hôtel était désert, la chaleur de l'après-midi incitant à la sieste. Adolescente, Regan passait ses après-midi d'été à patauger dans une piscine. Adulte, elle devait se forcer à affronter la chaleur alors qu'elle aurait préféré lézarder à l'ombre, une citronnade bien fraîche à portée de main. À la place de Whitney, pensa-t-elle, j'irais à la plage si j'avais quelques jours de repos.

Elle prit son bloc-notes et essaya de mettre ses idées au net. Inquiète de la qualité de son jeu d'actrice, Whitney voulait se perfectionner. Sa mère avait dit qu'elle aimait être seule pendant ses week-ends de liberté – se laisser « porter par le courant » ou une expression de ce genre. Quand elle essayait d'en faire autant, Regan finissait régulièrement par rentrer chez elle et inviter une amie à dîner, elle restait trop souvent seule pendant ses enquêtes. De plus, à cause de son éducation de fille unique, elle préférait la solitude dans un cadre familier plutôt que sur la route, où tout le monde semblait entouré d'amis et faire partie d'un groupe. Mais si elle voulait vraiment être seule, où irait-elle ? Whitney irait sans doute à la plage puisqu'elle avait annoté de préférence les plages recommandées dans la brochure.

Regan démarra et sortit du parking. Whitney n'avait sans doute pas pris la direction de Los Angeles, raisonna-t-elle, mais plutôt celle du nord puisqu'elle devait dîner chez sa mère le dimanche soir.

Le long de la route, elle s'arrêta à une douzaine d'hôtels et de motels où aucun voyageur n'avait été enregistré sous le nom de Whitney Weldon. Au fur et à mesure, Regan cochait leurs noms sur la liste. Puis, devant l'énormité de la tâche à accomplir, elle appela Lilas pour lui dire qu'elle venait au domaine solliciter son aide et celle de ses frères. En se partageant le travail, ils pourraient se renseigner par téléphone auprès de tous les hôtels et motels figurant dans le guide.

À dix-sept heures, Regan se retrouva donc dans le chemin défoncé menant au domaine des États Seconds. Le calme régnait quand elle y arriva. Lilas était à son poste derrière le bureau de la réception.

— Je suis si contente de vous revoir, Regan ! s'exclama-t-elle en se levant pour l'accueillir. Earl et Léon ont hâte de faire votre connaissance. Attendez-moi une minute, je vais les prévenir.

Pendant sa courte absence, Regan examina les lieux avec plus d'attention que la veille. La maison principale était une belle bâtisse de style rustique, avec de grandes fenêtres donnant sur les vignobles et les collines à l'arrière-plan. Des baies vitrées ouvraient sur une vaste terrasse. Les chambres étaient situées d'un côté du hall d'entrée et la salle à manger de l'autre.

Dix minutes plus tard, Regan, Lilas, Léon et Earl étaient assis sur la terrasse, un verre de citronnade à la main.

— Vous êtes sûre que vous ne voulez pas goûter nos vins ? demanda Léon. Notre pinot noir et notre chardonnay sont délicieux.

— Tout à l'heure, promit Regan.

Elle avait rarement vu deux frères plus différents. En jean et T-shirt, Léon était viril, voire macho. Brun, hâlé, trapu, musclé et avec une épaisse moustache, il paraissait passer le plus clair de son temps au grand air et aimer les travaux manuels. Earl, au contraire, était mince, sinon maigre, et tout en angles. Il se rasait le crâne, portait une sorte de pyjama ample et des tongs. Étonnée qu'ils aient eu tous deux les mêmes parents, elle se demanda à qui son frère ou sa sœur auraient ressemblé – si elle en avait eu.

Quant à Lilas, elle avait conservé l'allure hippie de sa jeunesse. Mince, menue, elle avait de longs cheveux blonds qui grisonnaient, le visage dépourvu de tout maquillage et une allure éthérée. Regan imagina sans peine pourquoi, vingt-cinq plus tôt, elle avait appelé sa fille Fraîcheur. Ses frères et elle appartenaient, en tout cas, à la génération des quinquagénaires issus du baby-boom.

— Il est rare de trouver des frères et sœurs qui vivent et travaillent ensemble comme vous trois, leur dit Regan.

— J'avais toujours rêvé d'avoir des vignes, dit Léon. J'aime travailler la terre. Notre grand-père, en Italie, en avait quelques arpents. D'après ce que je sais, il n'a jamais gagné de prix ni de médailles, mais il adorait faire du vin. Quand ma mère est venue avec mon père dans ce pays après la Seconde Guerre mondiale, elle envoyait à mon grand-père des photos des vignobles de Californie. Il est venu deux ou trois fois nous rendre visite avant sa mort. Je l'entends encore me dire : « Le mieux que tu feras jamais, Léon, c'est de travailler la terre. De la toucher de tes mains. » Le problème, poursuivit-il, c'est que je travaillais alors comme élagueur. Je gagnais bien ma vie, mais j'étais marié, je devais faire vivre ma femme et je n'avais pas les moyens d'acheter un vignoble. Et puis, il y a quelques années, j'ai vu une affiche annonçant que cet endroit allait être vendu aux enchères. Il était abandonné depuis des années, on disait que la maison était hantée, il n'y avait pas beaucoup de terre autour, mais le prix était si bas que je n'ai pas pu résister ! Alors, comme je ne pouvais pas l'acheter seul, j'ai persuadé mon frère et ma sœur de réaliser l'investissement avec moi car nous disposions tous les trois du petit héritage de nos parents.

Earl et Lilas l'écoutaient avec des sourires approbateurs. Léon était, à l'évidence, le leader du trio.

— Earl s'occupe du centre de méditation, Lilas de la boutique, des dégustations et des chambres d'hôtes, reprit-il. Nous voulons faire du domaine quelque chose de différent des autres. Une sorte de refuge contre le stress, de retour à la nature, si vous voyez ce que je veux dire.

Regan approuva d'un signe de tête.

— Mais l'exploitation coûte cher. Nous sommes en retard pour nos impôts, du matériel prétendument en bon état nous a lâchés, le mobilier des chambres n'est pas donné non plus. Nous voulons aussi restaurer les bâtiments annexes qui sont à moitié en ruine. Et les viticulteurs voisins ne nous voient pas d'un bon œil parce que nous leur prenons une partie de leur clientèle.

— Vraiment ? s'étonna Regan.

— Oui. Il y a des tas de vignerons dans la Napa Valley. Ils reçoivent beaucoup de visiteurs, ils arrivent à s'en sortir, mais ils ont quand même des problèmes. Les écologistes ne veulent pas que nous abattions des arbres pour planter de la vigne, certaines gens du pays trouvent que la vallée est trop envahie par le tourisme, d'autres que la Californie produit trop de vin, ce qui fait baisser les cours.

— Je ne m'en doutais pas, admit Regan.

— Qu'est-ce qu'on peut faire ? reprit Léon avec un geste fataliste. Je ne regrette pas que nous ayons acheté le domaine. Dans le coin où nous sommes, le vin n'est pas aussi réputé que dans d'autres parties de la vallée et c'est justement ce qui nous plaît. Le voisin, lui, n'est pas content du tout que nous ayons remis le domaine en état. Nous sommes les deux seuls viticulteurs dans le secteur, il croit que nous lui faisons concurrence. C'est vrai, mais nous sommes dans un pays libre !

— En effet, approuva Regan.

— Pour nous, c'est l'endroit idéal. Nous pouvons même bâtir des petites maisons dans la propriété. Comme cela, si l'un de nous se marie un jour, chacun sera chez lui.

— Ce ne sera pas pour demain, commenta Earl. Dans la famille, le taux de divorce dépasse de loin la moyenne nationale.

Regan pouffa de rire.

— Y avait-il beaucoup d'enchérisseurs à la vente ? demanda-t-elle.

— Non, c'est ce qui nous a surpris.

Nous pensions que les gens des environs voudraient s'agrandir à bon compte.

— Et maintenant que vous avez relancé les...

Elle s'arrêta net en voyant Earl se lever et se plier en deux pour toucher ses pieds. Les autres ne cillèrent même pas. En se redressant, Earl étira lentement les bras.

— On dit, déclara-t-il, que le vin favorise le bien-être, facilite la digestion et apaise l'esprit. La méditation aussi, c'est pourquoi nous proposons les deux à nos visiteurs.

— Voilà un bon programme, opina Regan.

— Mon frère et moi sommes très différents, poursuivit Earl en faisant pivoter sa tête en demi-cercles.

— Rassieds-toi, Earl ! le rabroua sèchement Léon.

Earl s'assit par terre dans la position du lotus. Léon lui décocha un regard furieux. On dit, pensa Regan, qu'il n'est pas toujours facile de travailler en famille. Visiblement, c'est vrai dans leur cas.

— Nous sommes si heureux ici, intervint Lilas d'un ton apaisant. Nous sommes très différents les uns des autres, mais nous pensons tous que ce serait merveilleux d'honorer la mémoire de notre grand-père en fondant une sorte de communauté. En Italie, dans sa jeunesse, toutes les familles vivaient ensemble dans des petits villages. Ce n'est pas comme ici, bien sûr, mais nous pouvons en reprendre la tradition. Nos amis et nos hôtes seront comme les villageois.

Je ne m'étonne plus que Whitney préfère passer ses week-ends seule, se dit Regan.

La montre d'Earl tinta. Il déplia ses jambes, se releva.

— C'est l'heure de mes vitamines, annonça-t-il.

— Attends encore un peu ! protesta Léon. Finissons d'abord cette conversation. Il faut que nous retrouvions Whitney, c'est important pour l'avenir de notre domaine !

Earl acquiesça d'un signe à peine perceptible. Il n'était manifestement pas d'un grand secours à son frère dans les vignes. Regan ne l'imaginait guère mieux dirigeant des séances de méditation. Si Léon avait les pieds sur terre, Earl avait la tête dans les nuages et Lilas tenait un peu des deux.

— D'après ce que m'a dit Lilas, dit Regan, vous devriez recevoir beaucoup d'argent si vous assistez au mariage de Lucretia.

— C'est invraisemblable ! gronda Léon. Pourquoi ne nous donne-t-elle pas cet argent sans faire tant d'histoires ?

— Et pourquoi devrait-elle nous le donner ? lui demanda Lilas. Nous ne nous sommes jamais donné la peine de faire sa connaissance.

— Si nous recevons cet argent, il faudra payer le...

— Léon ! l'interrompit Lilas.

Payer quoi ? se demanda Regan, intriguée.

— Tu n'aurais jamais dû encourager Whitney à s'isoler comme elle le fait pendant les week-ends, dit Léon à son frère. Nous devrions pouvoir la joindre en permanence.

— Elle a besoin d'espace, répondit Earl comme s'il énonçait une évidence.

— Bien, intervint Regan. Je suis allée

sur le tournage du film. J'ai cru comprendre que Whitney est un peu inquiète au sujet de la qualité de son travail cette semaine et...

— Fraîcheur est une excellente comédienne, l'interrompit Lilas.

— C'est ce qu'on m'a dit. Je sais aussi que ce rôle peut lui permettre de lancer sa carrière. Quoi qu'il en soit, elle avait son week-end libre, personne ne sait où elle est et nous devons faire en sorte qu'elle soit chez Lucretia dimanche matin pour le mariage. Je voudrais donc vous demander de téléphoner avec moi à tous les hôtels et motels des environs pour savoir si elle y est enregistrée.

Earl regarda sa montre.

— J'ai mon heure de silence tous les jours de dix-huit à dix-neuf heures.

— Dans ce cas, vous pouvez consulter les annuaires et les guides et dresser la liste de ceux que nous appellerons.

— Je peux, oui.

Alléluia ! s'abstint de crier Regan.

— Avez-vous des hôtes dont vous devez vous occuper ce week-end ? demanda-t-elle à Lilas.

— Non. Nous devions avoir trois couples de New York invités à un mariage, mais la mariée a eu des sueurs froides. Elle annulé la cérémonie et les invités se sont décommandés. Votre ami et vous auriez été seuls avec nous.

Quel dommage que Jack ne soit pas là ! pensa Regan qui avait hâte de lui raconter sa visite. C'est lui, en effet, qui avait déniché les États Seconds dans un obscur petit guide.

— Excusez-moi, dit-elle en se levant, il faut que j'aille chercher quelque chose dans ma voiture. J'en ai pour deux minutes.

Elle voulait surtout appeler Jack de son téléphone portable.

— Retrouvons-nous au bureau, suggéra Lilas. Nous avons plusieurs lignes de téléphone.

— Parfait. Je reviens tout de suite.

Regan enjambait les jambes d'Earl étendues droit devant lui quand il les retira maladroitement et la fit trébucher. Quelle plaie, ce type ! pensa-t-elle. C'est à cause de gens comme lui que les autres ont besoin de détente et de méditation.

— Excusez-moi, dit-il.

Regan reprit tant bien que mal son équilibre.

— Ce n'est pas grave, dit-elle en réprimant de justesse un fou rire.

Il va rester une heure sans parler, quelle chance ! se dit-elle en marchant d'un pas rapide vers sa voiture. Dommage qu'on ne puisse pas, en plus, le ficeler sur une chaise...

S'il avait été là, Jack aurait eu lui aussi du mal à garder son sérieux. Regan ne se priverait pas de lui dire que tout était sa faute puisque c'est lui qui avait acheté le guide, après tout.

14

Lucretia revint chez elle d'humeur plus folâtre qu'une écolière en vacances.

— Je ne vous montrerai pas ma belle robe ! cria-t-elle à Edward du pas de la porte. C'est une surprise.

— Quoi que vous mettiez, ma chère, vous serez toujours belle, affirma courtoisement l'amoureux transi.

Il prenait un bain de soleil sur un transat près de la piscine.

— Je veux me bronzer pour être beau et vous faire honneur, expliqua-t-il.

— Je sais que vous ferez tout pour être beau dimanche, répondit Lucretia avec douceur. De toute façon, vous le serez à mes yeux.

Mortifié, Eddie se consola en pensant aux cinquante millions.

Charles Bennett, ancienne star du

grand écran, soignait ses roses dans le jardin voisin. De l'autre côté de la haie de séparation, il vit Lucretia assise à côté d'Edward. L'allure du jeune homme lui déplaisait souverainement. Lucretia et lui s'étaient parlé deux ou trois fois pardessus la haie et elle l'avait invité à son mariage le dimanche suivant.

Ce mariage précipité lui paraissait fort suspect. Que la charmante Lucretia, de quelques années plus âgée que lui, soit éprise d'un gigolo qui pourrait être son fils, sinon son petit-fils, était anormal, pour ne pas dire plus. Mais comme, après tout, cela ne le regardait pas, Charles retourna à ses roses.

— Nous irons tout à l'heure chercher notre licence de mariage, annonça Lucretia. Mais Phyllis nous préparera d'abord un en-cas.

Ils déjeunèrent au comptoir de la cuisine, assis sur des tabourets trop hauts pour les petits pieds de Lucretia qui ne touchaient pas terre. Phyllis avait dû en maugréant éteindre la télévision pour leur servir des sandwiches et une salade.

— Vous n'avez vraiment pas d'amis que vous aimeriez inviter au mariage ? demanda Lucretia à Edward.

— Je serai trop ému, répondit-il. Je préférerais une grande réception dans un mois ou deux, pour que nous montrions à tout le monde combien notre vie conjugale est merveilleuse.

Phyllis, qui était en train de verser du thé glacé dans des verres, s'étrangla presque en l'entendant.

— Moi, dit Lucretia, j'ai toujours aimé les grands mariages. Mes deux derniers ont été assez intimes, mais les trois premiers étaient des fêtes superbes avec des centaines d'invités. Il faut quand même que je donne un chiffre au traiteur. J'ai invité quelques voisins.

— C'est vrai ? voulut savoir Edward, visiblement inquiet.

— Mais oui, mon chéri. Pourquoi pas ?

— Nous ne les connaissons pas !

— Eh bien, nous ferons leur connaissance. Je veux crier au monde entier que nous nous marions. J'espère surtout que mes neveux et nièces pourront venir.

Edward ressentit la plus épouvantable crampe d'estomac de sa vie.

— J'ai comme l'impression qu'ils viendront, déclara Phyllis.

— C'est vrai ? demanda Lucretia en souriant gaiement.

— Je suis prête à le parier.

Edward lui décocha un regard meurtrier.

— Êtes-vous prête ? demanda-t-il à Lucretia.

— Allons-y, dit-elle en sautant de son tabouret.

Une équipe de télévision était postée à l'hôtel de ville de Beverly Hills. Une jeune journaliste s'approcha, le micro à la main :

— Lucretia Standish ?

— Moi-même, répondit-elle avec un large sourire.

— La station GOS News réalise une série de reportages sur les couples exceptionnels qui se marient au mois de mai. Nous avons appris que vous aviez acheté votre robe de mariée chez Saks Fifth Avenue. Acceptez toutes nos félicitations.

— Merci, dit Lucretia en prenant la

pose devant la caméra, ravie d'être l'objet de tant d'attentions.

— Nous avons aussi entendu dire que vous aviez gagné une fortune en investissant dans une entreprise d'Internet. Ainsi, à ce stade de votre vie, vous avez non seulement l'argent, mais l'amour.

— Oui, je suis tombée amoureuse. Et mon fiancé...

Lucretia se tourna vers sa droite, mais Edward s'était volatilisé.

— Il est si timide ! C'est son premier mariage, alors que j'en suis au sixième, expliqua-t-elle.

— Nous avons un plan de lui quand vous êtes descendus de voiture, dit la journaliste. Nous pourrons nous en servir au montage.

— Tant mieux ! Quand le reportage passera-t-il ?

— Au journal de ce soir et nous le rediffuserons ce week-end.

— Voulez-vous venir à notre mariage ? Il aura lieu dimanche à midi, dans mon jardin. Ce sera une merveilleuse cérémonie.

— Je viendrai avec plaisir, répondit la jeune femme en notant l'adresse. Mais je voudrais vous poser encore quelques questions. Comment avez-vous su vous retirer du capital de la société « point com » avant sa faillite et comment êtes-vous tombée amoureuse ?

Retrouvant ses réflexes de star, Lucretia tapota sa coiffure et présenta son meilleur profil à la caméra.

— Eh bien, voyez-vous, je sais depuis toujours que j'étais destinée à gagner des millions, commença-t-elle.

15

Victime d'une intoxication alimentaire, le jeune assistant de production souffrait au point de préférer mourir sur place. Il n'y avait sans doute pas eu plus de deux sandwiches avariés. Comment avait-il fait pour tomber précisément sur eux ? Et pourquoi était-il le seul de l'équipe à être malade comme une bête ? La vie était trop injuste !

Il tendait la main vers le verre d'eau gazeuse tiède censée calmer les sursauts de son estomac quand la sonnerie du téléphone ranima sa migraine et la rendit insoutenable. Il se hâta de décrocher pour mettre fin à cette nouvelle torture.

— Allô ? fit-il d'une voix mourante.

— Ricky ?

— Oui.

— Norman à l'appareil. Tu as l'air mal en point.

— J'ai mangé quelque chose qui m'a empoisonné. Je vais crever.

— Mais non, ça s'arrangera.

— On voit que ce n'est pas à toi que ça arrive, rétorqua Ricky en portant une main à son front fiévreux.

— Rassure-toi, on n'en meurt pas. Dis donc, je voulais te remercier. Whitney Weldon m'a téléphoné, elle vient demain au séminaire.

— Tant mieux, tu me dois cent dollars. Ça ne m'étonne d'ailleurs pas qu'elle t'ait appelé.

— Pourquoi ?

— Plusieurs raisons. Le réalisateur, Frank Kipsman, et elle fricotent ensemble. Elle veut absolument faire du bon travail et elle manque de confiance en elle. En plus, je les ai entendus parler, il y a des gros problèmes de fric. C'est dommage, parce que ce film serait bon pour leurs carrières à tous les deux. Kipsman est stressé à mort.

— Tu veux dire qu'il n'aurait plus d'argent pour finir le tournage ?

— Oui. Il avait de quoi commencer, mais une partie du financement s'est défilée à la dernière minute ou n'est pas encore débloquée. S'il ne trouve pas de quoi continuer, il devra tout arrêter. Kipsman va à Los Angeles ce week-end pour essayer de trouver des fonds. Personne ne sait encore ce qui se passe entre Whitney et lui, ni n'est au courant de la gravité de la situation financière.

— Sauf toi.

— Tu me connais, j'ai des grandes oreilles. J'ai entendu Kipsman dire à Whitney de prendre l'air pendant le week-end, c'est pourquoi j'ai pensé que ton séminaire l'intéresserait.

— Alors, elle coucherait avec Kipsman ? soupira Norman.

— Ça en a tout l'air. Elle lui a même dit qu'elle aurait bien voulu avoir assez d'argent pour sauver son film.

— On ne fait pas plus touchant ! Soigne-toi bien. Et si tu déniches d'autres acteurs qui ont besoin de renforcer leur confiance en eux, envoie-les-moi.

— À cent dollars pièce, déclara Ricky.

— Ton premier chèque est déjà dans le courrier.

Après avoir raccroché, Ricky se recoucha en chien de fusil. Dieu merci, se dit-il, on est vendredi. Je vais pouvoir rester trois jours au lit.

16

Une fois dans sa voiture, son bureau roulant, Regan appela Jack sur son portable.

— Tu me manques, lui dit-il avec affection. Tu es chez toi ?

— Non, répondit-elle avec un sourire amusé.

— En voiture, alors ?

— Oui, mais elle est immobile.

— Tu es en panne ? Je voudrais pouvoir t'aider, mais à plus de six mille kilomètres, c'est difficile.

— Je ne suis pas en panne et je n'aime pas me rappeler que tu es si loin de moi.

— Tu veux jouer aux devinettes ? demanda Jack en riant.

— Je ne maintiendrai pas le suspense plus longtemps, dit Regan en riant à son tour. Je suis devant l'endroit où nous avions failli rester hier soir, précisa-t-elle en baissant la voix.

— Pas possible ! Je te manque tellement que tu t'es sentie obligée d'y retourner ?

— Eh oui ! Rien que pour évoquer le souvenir des instants fugaces que nous y avons passés ensemble.

— Tu profites donc de notre réservation annulée ? J'espère au moins qu'ils te font un prix.

— Non. En fait, c'est eux qui me paient.

— Alors là, tu excites ma curiosité !

Avec un sourire de plus en plus épanoui, Jack écouta Regan lui relater les événements du jour.

— C'est ma faute, je l'avoue, dit-il quand elle eut terminé. C'est moi qui ai déniché les États Seconds dans le guide. Mais tu ne cesseras pas de m'étonner, ma chérie. J'ai passé ma journée enfermé dans un avion en croyant que tu te reposais et te voilà déjà au travail !

— Si nous étions restés hier soir, nous mènerions peut-être cette enquête ensemble.

— Une enquête plutôt inhabituelle

pour toi comme pour moi, je dois dire. Retrouver quelqu'un qui doit aller à un mariage pour recevoir deux millions de dollars !

— Ce n'est pas une question de vie ou de mort, je sais. Mais pour ces gens-là, l'argent a beaucoup d'importance.

Le ton de Jack se fit sérieux.

— Je n'aime pas t'entendre dire que ce n'est pas une question de vie ou de mort. Te connaissant, j'ai peur que cela le devienne.

— Mais non, voyons, je n'ai rien à craindre ! Et tu peux quand même te rendre utile. Essaie de trouver des informations sur Lucretia Standish. J'ai l'impression que cela me rendrait service.

— Bien sûr, dit Jack. Mais j'ai un appel sur l'autre ligne, il faut que je te quitte. Je te rappellerai plus tard. Sois prudente.

Regan sourit. Que Jack soit toujours inquiet de son sort et se sente aussi protecteur lui faisait plaisir.

— Personne autant que toi ne me procure des émotions fortes, dit-elle en pouffant de rire.

— Eh bien, espérons que cela ne changera pas.

17

Whitney était en proie à une nervosité qu'elle ne réussissait pas à dominer. Après avoir marché des heures sur la plage, elle regagna sa chambre au motel, fit couler un bain et versa dans l'eau des sels calmants donnés par sa mère, férue d'aromathérapie. Pendant que la baignoire se remplissait, elle s'étudia dans le miroir. J'ai l'air fatiguée, se dit-elle. En plus, je suis angoissée. Je m'inquiète de tout, de mon jeu, de Frank, du film dont le tournage risque d'être interrompu.

Elle aurait voulu accompagner Frank à Los Angeles, mais ils ne pouvaient pas encore se permettre d'être vus ensemble. Leur idylle s'était nouée quand elle avait auditionné pour le rôle. Mais elle considérait que Frank ne la prenait pas au sérieux et voyait leur aventure comme une amourette sans lendemain. Il avait déjà assez de soucis pour ne pas s'en créer de nouveaux. Autrement dit, il s'agissait de la classique aventure entre collègues de bureau. Seul, le cadre était différent.

Tant pis, pensa Whitney en entrant dans la baignoire. Il paraît que c'est au travail qu'on fait le plus facilement des rencontres. Les choses se compliquent si on devient un couple. Et si on décide de rompre, c'est encore plus difficile, surtout quand il faut se revoir tous les jours.

La baignoire n'était pas très grande, mais elle contenait assez d'eau pour remplir son office. Les yeux clos, Whitney commença à se sentir plus détendue et à penser de manière positive. Le titre du film constituait-il un mauvais présage ? Non, conclut-elle avec optimisme. Frank trouverait les fonds et terminerait son film.

Whitney resta se prélasser dans l'eau un quart d'heure. Tout compte fait, se dit-elle, ces week-ends coupés du monde ne sont pas bons pour mon moral. Elle en avait surtout assez d'être seule.

Peu avant sept heures du soir, elle se

sécha, se recoiffa, enfila un jean et un sweater. Sa décision était prise : elle irait au domaine. Elle avait soudain envie de revoir sa mère et ses oncles, de boire avec eux un verre de vin, de parler. Elle savait que cela lui ferait du bien. Et le lendemain, elle se lèverait de bonne heure pour aller au séminaire, qui n'était pas très éloigné. Elle fourra ses affaires dans son sac de voyage, vérifia si elle n'avait rien oublié et quitta la chambre.

— Je croyais que vous restiez jusqu'à demain, s'étonna le réceptionniste de service.

— J'ai changé d'avis, se borna-t-elle à répondre.

— Je dois quand même vous faire payer cette nuit, vous savez. Vous n'avez pas libéré la chambre à midi, j'aurais pu la louer à quelqu'un d'autre.

— Je sais. Pas de problème.

Depuis une minute, il regardait Whitney en fronçant les sourcils.

— Dites, je ne vous aurais pas vue dans un film ? Il me semble...

Whitney commençait à s'impatienter.

— C'est possible, j'ai joué dans quelques films.

— Mais oui, j'en étais sûr ! Vous aviez un rôle marrant dans... attendez, j'arrive pas à retrouver le titre.

— Je fais souvent des rôles comiques, répondit Whitney dont l'impatience grandissait.

— Je peux avoir votre autographe ? demanda le réceptionniste en lui tendant une feuille de papier à lettres à en-tête du motel.

— Bien sûr. Comment vous appelez-vous ?

— Herman.

Whitney écrivit « Pour Herman, amicalement » et signa.

— Vous pouvez aussi mettre la date ? demanda Herman en regardant le précieux autographe.

— Si vous voulez.

Pendant que Whitney inscrivait la date du jour, il prit sa carte bancaire et imprima le reçu.

— Eh bien, maintenant, j'ai deux autographes de vous ! s'esclaffa-t-il quand elle signa la facturette. Mais je crois que la banque voudra garder le deuxième.

Son rire grinçant agaça Whitney qui,

par politesse, fit l'effort de rire à son tour, ce qui incita Herman à répéter sa mauvaise plaisanterie. Il lui fallut ensuite un temps anormalement long pour plier la note et la mettre dans une enveloppe avec le reçu.

— Revenez nous voir, mademoiselle Weldon. Vous serez bientôt une grande star et je pourrai dire que je vous ai connue à vos débuts.

Excédée, Whitney prit l'enveloppe, ramassa son sac et se dirigea vers la porte en lui lançant « Merci ! » par-dessus l'épaule. Le réceptionniste la suivait des yeux en souriant quand il s'aperçut qu'il avait oublié de lui rendre sa carte bancaire. Il se précipita derrière elle, mais quand il arriva dans le parking, la voiture de Whitney avait déjà disparu sur la route sans qu'il puisse deviner la direction qu'elle avait prise.

— Ah ! Ça alors, c'est trop bête ! grommela-t-il à haute voix en rentrant dans le hall désert.

Il avait à peine repris sa place derrière le comptoir que le téléphone sonna.

— Pacific Motel à votre service !

annonça-t-il. Hein ? s'exclama-t-il un instant plus tard. Vous le croirez pas, mais elle est partie il n'y a pas deux minutes... Non, elle a déjà quitté le parking. J'ai essayé de la rattraper parce qu'elle avait oublié sa carte de crédit... Oui, c'est bête, mais c'est ma faute, en réalité, je ne la lui ai pas rendue tout de suite... Si elle revient, bien sûr, je lui dirai qu'elle appelle immédiatement sa mère. C'est une bonne actrice, vous savez. Et jolie comme un cœur.

À l'autre bout du fil, Regan transmit la nouvelle aux autres. Lilas et Léon poussèrent un grognement de dépit. Earl se contenta de lever les yeux au ciel, car il s'en fallait encore de cinq minutes que son heure de silence prenne fin.

— Elle venait de partir ? s'écria Lilas. Pas possible !

Léon assena un coup de poing sur la table en dardant sur son frère un regard incendiaire. Regan comprit sans peine ce qu'il pensait : si Earl avait assumé depuis une heure sa part des appels téléphoniques, ils auraient pu joindre Whitney avant son départ du motel.

— Et maintenant, nous ne savons même pas où elle va ! reprit Lilas d'un ton désespéré. Elle a même pu retourner dans un des endroits que nous venons d'appeler. Il va falloir tout reprendre à zéro !

— Inutile de recommencer tout de suite, lui fit observer Regan. Pour le moment, elle est encore sur la route.

— Pour aller où ? gronda Léon.

La montre d'Earl tinta, signalant son retour dans le monde des êtres doués de la parole.

— Sept heures juste, annonça-t-il. Nous la retrouverons. Les forces bénéfiques de l'univers la guideront jusqu'à nous.

— Je vais rappeler le réceptionniste du motel pour qu'il dise à son collègue de permanence de demander à Whitney de vous appeler si elle revient chercher sa carte bancaire avant la fin du week-end, dit Regan, qui faisait ainsi preuve d'un meilleur sens pratique.

Tout en approuvant d'un hochement de tête, Lilas alluma le téléviseur. Le présentateur annonçait les titres de l'actualité :

« Et à la fin du journal, notre rubrique des mariages de mai, mois conjugal s'il en est. Nous vous présenterons aujourd'hui un reportage spécial sur l'union du printemps et de l'hiver qui vous captivera, mesdames ! Vous ferez connaissance d'une grande dame du cinéma muet, une star en son temps, Lucretia Standish, qui va convoler pour la sixième fois. L'heureux élu est beaucoup plus jeune... »

— Mon Dieu ! s'exclama Lilas. Lucretia, c'est elle !

Beaucoup plus jeune ? se demanda Regan. De combien ?

— Si elle se marie avec un type plus jeune, commenta Léon avec bon sens, il prendra le contrôle de son argent. Nous pourrons faire une croix sur les millions si nous n'allons pas tous à la noce.

Bien pensé, se dit Regan.

Earl se rendit enfin utile en allant chercher une bouteille de vin et quatre verres sur un plateau. Regan fut étonnée par son assurance quand il déboucha la bouteille et versa le vin. L'étiquette représentait un vieux vigneron foulant le raisin pieds nus dans un baquet. Sans doute un symbole du grand-père, pensa-t-elle.

L'air sombre, Léon vida son verre d'un trait et le remplit aussitôt. L'argent rend décidément fou, se dit Regan. L'idée d'en avoir ou de le perdre provoque chez les gens les plus équilibrés des réactions pour le moins inattendues.

— Whitney prendra sûrement contact avec ce motel d'ici dimanche, s'entendit-elle dire dans le silence qui durait. Si elle descend dans un autre motel, elle aura besoin de sa carte de crédit.

— Elle en a plusieurs, dit Lilas. Quand elle est à court d'argent, elle les alterne pour ne pas trop augmenter les débits. Elle ne se sert presque jamais de la même carte deux fois de suite.

De mieux en mieux, pensa Regan en goûtant le « vin du grand-père », qu'elle s'étonna de trouver excellent. Elle espérait que le reportage sur Lucretia ne tarderait plus, car le silence devenait pesant.

— Vous n'avez donc jamais fait la connaissance de Lucretia ? demanda-t-elle.

Ils prirent tous trois une mine contrite.

— Nous avions tant à faire..., commença Lilas.

Le présentateur du journal télévisé lui coupa la parole :

— Et voici Lucretia Standish.

Fascinés, ils écoutèrent la vieille dame détailler d'un ton guilleret les préparatifs de ses sixièmes noces pour le surlendemain.

— Mon futur époux est si timide, expliqua-t-elle pendant que passait à l'écran un plan d'Edward Fields s'engouffrant au pas de course dans le hall de l'hôtel de ville de Beverly Hills.

— Il court vite, commenta Regan.

— Je dirais plutôt qu'il prend la fuite, renchérit Léon. Cet individu ne m'inspire aucune confiance.

— Et nous ne pouvons rien faire, déplora Earl. Si nous connaissions mieux Lucretia, nous aurions pu intervenir mais il est trop tard.

Regan décida de demander à Jack de se renseigner aussi sur le compte de cet Edward Fields. Si elle se fiait à son instinct, Lucretia Standish se préparait de sérieux ennuis en disant « Oui » à ce drôle d'oiseau.

Et tandis qu'ils regardaient tous quatre

la télévision, ils ne se doutaient pas qu'ils étaient eux-mêmes épiés par un gros costaud prénommé Rex, qui se faisait aussi appeler Don Lesser quand il était en opération.

18

Rex avait suivi Regan jusqu'à l'entrée d'un chemin de terre où se dressaient deux panneaux : DOMAINE VINICOLE DES ÉTATS SECONDS annonçait l'un et SOUFFLES PROFONDS – CENTRE DE MÉDITATION, proclamait l'autre. Il n'avait pas osé aller plus loin de peur que Regan s'aperçoive qu'elle était prise en filature.

Il se coiffa d'une perruque brune et mit des lentilles de contact marron qui suffisaient à changer son apparence, assez du moins pour dérouter un observateur distrait, même si sa corpulence le rendait reconnaissable. Puis il s'engagea de quelques mètres dans le chemin, fit demi-tour, s'arrêta sur le bas-côté, baissa sa vitre et coupa le contact. Dans la lumière déclinante de ce début de soirée, les vignobles et les collines étaient superbes.

Rex aimait cette heure qui annonçait l'arrivée de la nuit. Pour lui, la nuit était le moment le plus passionnant de la journée. Il faut dire qu'il n'avait jamais été du matin, comme certains.

Ayant accordé quelques minutes à sa contemplation bucolique, il prit son téléphone portable et appela Eddie.

— Je suis à l'entrée du..., commença-t-il.

— Une minute, l'interrompit Eddie. Excusez-moi, Lucretia, ajouta-t-il en se détournant. Il s'agit d'une surprise pour vous.

Il n'a pas tort, pensa Rex.

— Bon, reprit Eddie. Je suis seul, je t'écoute.

— J'ai suivi Regan Reilly jusqu'au domaine où vit la mère de Whitney Weldon.

— Comment as-tu fait pour la trouver aussi vite ?

— Je suis allé sur le tournage du film, je t'expliquerai plus tard. Bref, je vais essayer de prendre une chambre ici pour la nuit.

— Ce n'est pas un peu risqué ?

— Si, mais je serai à pied d'œuvre pour apprendre ce qu'ils font pour retrouver Whitney. De ton côté, comment ça se passe ?

— Lucretia veut claironner notre mariage au monde entier. Je voudrais bien pouvoir lui coller une dose de somnifère qui la fasse dormir jusqu'à dimanche matin.

— Ce n'est pas une mauvaise idée.

— La bonne ne la quitte pas d'une semelle. Elle se douterait de quelque chose.

— C'est vrai. Bon, poursuivit-il en pianotant sur le volant, je vais faire un tour aux environs avant de me pointer à la baraque.

— Tu ne ferais pas mieux de réserver une chambre par téléphone ?

— Non, je ne veux pas leur laisser l'occasion de refuser. Et je ne veux pas non plus arriver tout de suite après Reilly. Il vaut mieux lui laisser une ou deux heures d'avance.

— Comme tu voudras, dit Eddie avec un soupir découragé. Tiens-moi au courant.

— Ne te frappe pas, Eddie, le réconforta son fidèle séide. Dimanche à cette heure-ci, tu seras Monsieur Lucretia Standish.

Pour toute réponse, Rex entendit le déclic du téléphone que l'autre raccrochait.

— Il n'a vraiment pas le sens de l'humour, grommela-t-il avant de démarrer.

19

Nora et Luke sortirent de l'ascenseur de l'hôtel. Ils avaient une demi-heure pour se préparer avant de sortir dîner avec Wally et Bev.

— Comment ai-je été aujourd'hui ? demanda Nora.

Elle se référait aux deux répliques de son rôle dans le téléfilm adapté d'un de ses romans.

— Parfaite comme toujours, répondit Luke en ouvrant la porte de leur suite. Mais je suis un fan inconditionnel, tu le sais bien.

Nora s'esclaffa. En entrant dans le petit salon, elle lança un regard de regret à la chambre contiguë.

— J'aurais bien voulu faire une petite sieste, mais il vaut mieux ne pas tarder pour nous changer.

Elle se dirigeait vers la salle de bains quand le téléphone sonna. Luke décrocha.

— Bonsoir, Wally... Vous passerez nous chercher ?... Sept heures et demie ? Parfait. À tout à l'heure. Wally a été retardé par son dernier rendez-vous, annonça-t-il après avoir raccroché. Nous disposons d'un peu plus de temps.

— Tant mieux, répondit Nora. Je vais pouvoir me reposer.

À vingt heures, Nora, Luke, Wally et Bev prirent place autour d'une table tranquille dans un petit restaurant italien de Beverly Hills.

— Ici au moins, je peux m'entendre réfléchir, déclara Wally en claquant des doigts comme à l'accoutumée.

Bev se contenta d'approuver d'un signe de tête.

— Je suis désolé que Regan n'ait pas pu se joindre à nous, poursuivit-il en engouffrant une grosse bouchée de pain beurré. Elle est charmante, votre fille. Pleine de talent.

— Merci, dit Nora. Mais elle revenait à peine de vacances quand on l'a appelée au sujet d'une jeune actrice qui s'est absentée du tournage d'un film qui a lieu du côté de Santa Barbara.

— Ah oui ? Quel film ? voulut savoir Wally.

— *Pas de veine* ou un titre de ce genre, je crois.

— Pas possible ! s'étonna Wally. Je connais le réalisateur, un jeune type d'une trentaine d'années. Il est bon, je pensais justement à lui pour un de mes projets. Je vais lui passer un coup de fil.

Sur quoi, Wally sortit de sa poche l'agenda qui ne le quittait jamais et y écrivit quelques lignes.

20

— Je vais préparer le dîner, dit Lilas à la fin du journal télévisé. Regan, vous restez avec nous cette nuit, n'est-ce pas ?

— Volontiers. Comme cela, nous pourrons recommencer à appeler les hôtels après le dîner.

Léon finit de vider son verre d'un air désabusé.

— Quelles chances avons-nous de retrouver Whitney une deuxième fois dans la même journée ? demanda-t-il.

— Mieux vaut allumer une bougie dans la nuit que maudire l'obscurité, répondit Earl. Je vais vous montrer votre chambre, Regan. Avez-vous un bagage dans la voiture ?

— Oui, je vais le chercher.

— Le dîner dans une heure, cela vous va ? demanda Lilas.

— Tout à fait.

La chambre avait le charme rustique du reste du domaine. Une commode en pin naturel, un couvre-lit blanc et un tapis aux couleurs vives créaient une atmosphère chaleureuse et gaie. Une baie vitrée donnant sur le jardin dévoilait un vaste panorama.

— Ravissant, dit Regan à Earl qui posait son sac sur le lit.

— Il y aurait encore tant de choses à faire pour embellir le domaine. Le site est tellement apaisant ! Je ne me féliciterai jamais assez d'avoir abandonné cette course folle.

Quelle course ? s'étonna Regan. Il n'avait vraiment pas l'air d'avoir jamais participé à quelque course que ce fût dans sa vie.

— Ah oui ? dit-elle d'un air innocent. Que faisiez-vous ?

— J'avais monté avec un associé une entreprise de forages pétroliers. Parfois cela rapportait, parfois nous faisions chou blanc, mais dans tous les cas c'était beaucoup trop stressant. Et puis, j'ai découvert les richesses de la vie spirituelle.

Lui, un pétrolier ? On aura tout vu ! pensa Regan.

Quand Earl se fut retiré, elle appela Jack et laissa un message pour lui demander de lancer des recherches sur Edward Fields. Elle ouvrit ensuite la baie vitrée, fit quelques pas dans le jardin. L'air était frais et sentait bon. Fraîcheur... Où diable Whitney peut-elle bien être ?

Regan fit un brin de toilette, se changea, retoucha son maquillage Non seulement je cherche Fraîcheur, mais j'ai besoin de fraîcheur, pensa-t-elle en se dirigeant vers le hall de réception.

— Allons à la salle à manger, dit Lilas qui l'attendait. Mes frères vont nous rejoindre dans une minute.

Le couvert était dressé avec art. Les flammes des bougies se reflétaient dans le cristal des verres, des fleurs assez courtes pour ne pas empêcher les convives de se voir ornaient le centre de la table, une musique douce émanait de la stéréo. La pièce entière baignait dans un sentiment de paix et d'harmonie.

Une voix masculine inconnue venant du hall de réception les fit soudain se retourner :

— Il y a quelqu'un ?

Un homme corpulent, en jean noir et blouson de cuir noir, se tenait sur le seuil de la salle à manger. Ses cheveux étaient d'un noir qui ne parut pas naturel à Regan, mais le personnage avait l'air amical.

— Puis-je vous être utile ? demanda Lilas en s'approchant.

— Je l'espère. Auriez-vous une chambre libre cette nuit ?

— Bien sûr. Venez au bureau signer le registre.

Regan eut la nette impression que l'arrivée de ce client imprévu n'était pas du goût de Lilas qui aurait voulu se consacrer à la recherche de sa fille. La retrouver lui rapporterait certainement plus qu'une simple nuitée. Fallait-il en plus le faire dîner ? se demanda-t-elle.

Lilas revint quelques instants plus tard avec le nouveau venu qu'elle présenta à Regan sous le nom de Don Lesser. Bien qu'elle n'y soit pas tenue, elle lui offrit de dîner. Il accepta en insistant pour s'asseoir seul à une autre table.

— Je ne voudrais pas vous déranger. Je

me contenterai d'un verre de vin, d'un peu de pain et de ce que vous pourrez me proposer. Je lirai mon journal, je n'ai pas eu le temps de l'ouvrir depuis ce matin.

Il s'installa de l'autre côté de la pièce, mais le silence ambiant était tel que Regan était sûre qu'il ne perdrait pas un mot de ce qu'ils diraient. Une personne seule dans un restaurant ne peut de toute façon pas s'empêcher d'écouter les conversations des autres.

Léon était d'humeur particulièrement sombre.

— Qu'allez-vous faire si nous ne retrouvons pas Whitney dans les hôtels que nous appellerons tout à l'heure ? demanda-t-il à Regan.

— J'envisage de retourner demain matin à l'hôtel où est logée l'équipe du film. J'y trouverai sûrement quelqu'un qui a une idée de l'endroit où elle a pu aller.

— C'est logique, admit Léon en enfournant des spaghettis.

Lilas avait préparé une salade et un grand plat de pâtes avec une délicieuse sauce tomate parfumée aux herbes. Regan allait porter sa fourchette à sa bouche quand elle la lâcha presque en entendant Lilas pousser un hurlement.

— Fraîcheur !

Elle se leva d'un bond et courut vers sa fille qui se tenait sur le pas de la porte. Regan eut l'impression de voir apparaître un fantôme.

— Maman ! répondit Whitney en riant. Tu ne m'avais pas habituée à un accueil aussi enthousiaste.

La scène évoqua pour Regan le moment crucial d'un jeu télévisé, lorsque le concurrent perd son sang-froid en découvrant qu'il a gagné le jackpot. L'analogie était d'autant plus pertinente que Lilas et ses frères allaient effectivement gagner une fortune. Léon se leva si brusquement qu'il renversa la bouteille de vin, Earl lui-même parut perdre son flegme habituel. Les deux hommes se précipitèrent pour embrasser leur nièce dont l'arrivée tenait pour eux du miracle.

On approcha une chaise, on présenta Regan, et Lilas raconta à Whitney l'histoire du mariage de Lucretia. Elle avait baissé la voix, mais pas au moment où, emportée par l'exaltation, elle parla des deux millions de dollars destinés à chaque membre de la famille si elle se présentait au complet à la cérémonie.

— Deux millions de dollars ? s'exclama Whitney. Quand je pense que j'ai failli ne pas venir ! Avec qui se marie-t-elle ?

— Un gigolo ou un escroc, j'en suis sûr, l'informa Léon. Mais si nous récoltons chacun deux millions, je ne m'en plains pas. Vous devriez vous renseigner sur cet individu, Regan. Mais je voudrais d'abord porter un toast à mon adorable nièce ! Dieu soit loué que tu aies eu l'idée de revenir à la maison ! Et un autre à oncle Haskell, dont nous allons enfin récupérer l'argent. Qu'il repose en paix !

Ils éclatèrent tous de rire et burent à la fortune qui leur souriait. Regan voyait avec plaisir la bonne entente qui régnait entre Whitney, sa mère et ses oncles. Elle était gentille, enjouée, jolie. Tout le monde pouvait désormais être heureux.

— Je dois aller à un séminaire demain matin, annonça Whitney après avoir vidé son verre.

— Quoi ? s'écria Lilas.

— Il ne dure qu'une journée, il a lieu

tout près d'ici et il se termine tôt dimanche matin. Je vous rejoindrai chez Lucretia à midi.

— Je n'ai pas envie de te perdre de vue, déclara Léon.

— Voyons, Léon, je suis une grande fille, je ne risque rien ! J'aurais grand besoin de cet argent moi aussi, tu sais. Et j'ai hâte de rencontrer Lucretia, de la faire parler du métier à son époque.

— D'après ce que j'ai vu d'elle à la télévision, dit Lilas, c'est encore un personnage extraordinaire.

Regan observait la famille en se réjouissant qu'ils aient les moyens de conserver leurs vignes, le centre de méditation et les chambres d'hôtes. Mais ma mission est terminée, pensa-t-elle. Je vais passer la nuit ici et rentrer chez moi demain matin.

De l'autre côté de la pièce, Rex n'en croyait pas ses oreilles.

Ils allaient chacun empocher deux millions de dollars rien que pour assister à la noce ? Et cet imbécile d'Eddie qui ne lui en avait même pas touché un mot ! Au fond, ça n'avait pas d'importance puisque le fric leur passerait sous le nez. Whitney était assise là, presque en face de lui, et il n'avait qu'à l'empêcher de s'approcher du mariage, même à cent kilomètres, pendant la journée de dimanche. Facile, non ? Une veine comme la sienne, il n'arrivait pas à y croire ! Tout lui tombait tout rôti dans le bec ! Ce serait un jeu d'enfant !

Il avala une longue gorgée de vin en lançant de temps en temps un coup d'œil discret au groupe joyeux qui riait et bavardait. Ils ne seront pas aussi guillerets dimanche, se dit-il. Parce que dès demain, leur Whitney aura de nouveau disparu.

Et cette fois, ce sera peut-être pour de bon.

21

Le dîner terminé, Regan alla s'installer avec la famille dans les confortables fauteuils disposés devant la grande cheminée en pierre du hall de réception. Lilas servit le dessert et le café et ils bavardèrent à bâtons rompus, ce qui permit à Regan d'en apprendre davantage sur le compte de cette famille si peu conventionnelle. Leurs parents étaient morts depuis cinq ans, Lilas et Léon étaient divorcés, Earl ne s'était jamais marié. Whitney était la seule de sa génération.

— Je n'en reviens pas que vous soyez allée ce matin sur le tournage ! dit-elle à Regan.

— Nous tenions absolument à te retrouver, ma chérie, dit Lilas.

Léon se frappa le front d'un geste emphatique.

— Quand je pense que tu venais de partir du motel quand nous avons téléphoné ! s'exclama-t-il.

— Il faudra que j'aille récupérer ma carte, dit Whitney en riant.

Don Lesser était sorti prendre l'air après le dîner. Revenu au bout d'une heure, il gagna directement sa chambre.

— Je ferais mieux d'aller me coucher moi aussi, dit Whitney. Je dois me lever de bonne heure demain matin.

— Garde ton portable allumé ce week-end, lui enjoignit Léon. Je t'en prie ! Ton habitude de t'isoler en suivant « le fil du courant » a failli nous coûter huit millions de dollars !

Earl lui-même voulut bien admettre que ces week-ends d'errance solitaire allaient devoir appartenir au passé. À l'idée du dépôt qu'ils feraient lundi à la banque, rien ne semblait pouvoir entamer leur optimisme.

— Sois tranquille, répondit-elle, je ne me couperai plus jamais de ma famille.

Regan prit congé peu après et se retira dans sa chambre. Cette enquête avait été de loin la plus facile de sa carrière. Être chargée de retrouver une jeune femme qui revient d'elle-même chez elle ! Difficile de faire mieux... Il ne me reste qu'à passer une bonne nuit de sommeil et à rentrer chez moi demain, se dit-elle, j'aurai au moins mon week-end libre pour m'organiser.

Avant de se coucher, elle ralluma son portable qu'elle avait éteint pendant le dîner. L'écran lui indiqua qu'elle avait reçu un message. L'appel était de Jack : « Bonsoir, ma chérie. J'espère que tout va bien pour toi. Je n'ai pas trouvé grand-chose sur Lucretia. Tu sais sans doute déjà qu'elle a gagné une fortune en revendant ses actions d'une start-up juste avant qu'elle fasse faillite. Quant au type qu'elle épouse, je vérifie, mais je n'ai encore rien trouvé et je ne dispose pas de beaucoup d'éléments pour avancer. Je rentre me coucher. Si tu veux me laisser un message, n'hésite pas, je l'écouterai quand je me réveillerai. Tu me manques beaucoup. Bonne nuit, ma chérie. »

Avec le sourire, Regan composa son numéro.

— J'ai reçu ton message, mon chéri.

Mon enquête est terminée, Whitney est revenue au domaine tout à l'heure. Tu aurais dû voir la tête de sa mère ! Je vais donc rentrer chez moi demain matin. En ce qui concerne le futur marié de Lucretia, je n'en sais pas beaucoup sur son compte. Je demanderai demain à la mère de Whitney de téléphoner à Lucretia pour essayer d'en savoir plus, mais il me fait très mauvaise impression. Dans un reportage ce soir à la télévision, il a fui la caméra, ce qui paraît suspect. Tu me manques toi aussi.

Regan entrouvrit la baie vitrée pour avoir de l'air puis, après une courte toilette, elle se coucha dans le lit confortable à souhait. Au bout de cette longue journée, elle était si fatiguée qu'elle s'endormit aussitôt.

Elle se réveilla cependant deux fois pendant la nuit. Vers quatre heures du matin, elle crut entendre des pas dans le couloir. À cinq heures et demie, des bruits plus forts provenant des chambres de la famille à l'étage la réveillèrent en sursaut. Elle tendit l'oreille, mais tout était redevenu silencieux. C'est sans doute Whitney qui se prépare à partir, pensa-t-elle. Elle avait dit qu'elle voulait prendre la route à six heures. Dans la nuit calme, elle n'entendait plus que la brise murmurer par la porte-fenêtre entrebâillée. Rassurée, Regan se rendormit.

Samedi 11 mai

22

La perspective de pouvoir donner à Frank de quoi finir le film bouleversait tellement Whitney qu'elle put à peine fermer l'œil. Elle ne voulait cependant pas lui annoncer la grande nouvelle avant d'avoir le chèque en main. Si par malheur la promesse ne se réalisait pas, elle ne supporterait pas de le décevoir aussi cruellement.

Levée à cinq heures du matin, elle enfila un peignoir et alla se doucher au bout du couloir. Vingt minutes plus tard, elle était prête à partir. Tenant d'une main son sac et de l'autre la belle robe, encore sous la housse plastique du teinturier, prêtée par sa mère pour le mariage, elle descendit sur la pointe des pieds et sortit sans prendre le temps de se préparer du café. Elle s'arrêterait au petit relais routier au bord de la route, il ouvrait à l'aube et servait un excellent café.

La maison était calme, tout le monde dormait. Sourire aux lèvres, Whitney pensa à ce qui allait changer dans leurs vies. Plus de soucis d'argent pour entretenir le domaine. Si le film marchait, elle osait à peine penser aux conséquences pour Frank et elle. Et ce qui lui resterait éliminait le besoin de jongler avec ses cartes de crédit.

Elle avait garé sa Jeep sous un des grands chênes, si touffus qu'ils ne laissaient pas passer la lumière quelle que soit l'heure de la journée. L'aube commençait à éclaircir le bleu sombre du ciel, les chants des oiseaux brisaient seuls le silence. C'est un beau moment de la journée, pensa-t-elle, je n'en profite pas assez souvent. Mais il me donne des sentiments bizarres.

Elle ouvrit la portière et posa son sac sur le siège du passager. Elle s'agenouillait sur le siège du conducteur pour accrocher la robe à la poignée au-dessus de la vitre arrière quand elle laissa échapper un léger cri de surprise. La grande couverture, qu'elle gardait toujours pour s'y étendre quand elle allait à la plage, était par terre, entre les sièges, comme d'habitude. Mais même dans la lumière indécise de l'aube, elle remarqua tout de suite qu'elle avait une forme anormale. Il y avait en dessous quelque chose qui n'y était pas la veille au soir.

Elle reculait pour descendre du siège quand la couverture bougea, une main en jaillit et lui agrippa le poignet.

— Restez, ordonna une voix rauque. Refermez la portière et ne faites pas de bêtises, j'ai un pistolet.

Whitney sentit la tête lui tourner, des larmes lui piquèrent les yeux. Sa mère et ses oncles dormaient paisiblement à quelques pas de là sans se douter qu'elle était en danger. Et quand ils s'en rendraient compte, il serait trop tard.

— Allez, installez-vous. Démarrez, dit la voix en lui tirant brutalement le bras droit.

Pas de panique, se dit Whitney. Elle tenait toujours de la main gauche la robe pendue au cintre. Celui qui se cachait sous la couverture ne pouvait pas la voir, elle en était sûre. Elle se glissa donc sur le siège du conducteur en laissant la robe tomber dans l'herbe, ferma la portière, lança le moteur. La couverture lui effleura la joue et l'épaule.

— Roulez doucement, sans faire de bruit. Vous tournerez sur le petit chemin de terre qui mène au vieux garage. Vous connaissez ?

— Oui, répondit Whitney aussi calmement qu'elle le put.

— Tant mieux, parce que c'est là que nous allons.

Le garage abritait du vieux matériel rouillé datant de la première exploitation. Personne n'y allait plus depuis longtemps. Léon avait l'intention de le débarrasser et de le restaurer quand il aurait encaissé ses deux millions, ils en avaient parlé la veille au dîner.

A-t-il l'intention de me tuer ? se demandait Whitney en essayant de ne pas trembler. Est-il vraiment armé ? Son cœur battait à se rompre, mais son cerveau lui ordonnait de ne pas s'affoler et de faire ce que l'homme lui disait. Qui était-ce ? Et que lui voulait-il ? Je le saurai toujours assez tôt, se dit-elle en se mordant les lèvres quand elle dépassa le panneau à l'entrée du domaine. Ce même panneau que, la veille au soir, elle avait eu tant de plaisir à voir apparaître dans la lumière de ses phares.

23

Il était huit heures quinze quand Regan rejoignit pour le petit déjeuner Lilas et Earl à la table où ils avaient dîné la veille.

— Whitney est déjà partie, je pense ? demanda-t-elle à Lilas qui lui servait le café.

— Sa chambre est vide. Elle doit être arrivée à son séminaire.

Léon entra à ce moment-là, tenant sur un cintre une robe protégée par une housse plastique.

— J'ai trouvé ça dehors par terre, annonça-t-il.

— Mais... c'est la robe que j'ai prêtée à Whitney pour le mariage ! dit Lilas, étonnée. Où était-elle ?

— À l'endroit où elle avait garé sa voiture.

Regan dressa l'oreille. Whitney n'avait

qu'un léger bagage. Comment avait-elle pu laisser tomber la robe sans s'en apercevoir ?

— C'est tout notre Whitney, commenta Earl qui pelait une banane avant de la couper en rondelles dans son bol de céréales.

Personne ne paraissait inquiet. Regan s'en étonna.

— Je l'appellerai pour lui dire que nous avons retrouvé la robe, se contenta de dire Lilas.

Léon s'assit à côté de Regan, l'air las.

— Il y a des feux de broussailles qui paraissent se diriger de notre côté, dit-il en se frottant les yeux.

— C'est vrai ? s'exclama Lilas. Depuis quand ?

— Je viens d'entendre la nouvelle à la radio. Des gamins qui fumaient derrière une école hier soir, une cigarette mal éteinte. Les pompiers ont essayé toute la nuit de circonscrire le foyer, mais le vent change tout le temps de direction et le feu s'étend.

Un incendie pareil pouvait réduire les vignes en cendres. Regan se demanda si, dans ces conditions, Léon quitterait sa terre menacée pour aller assister à un mariage – même avec deux millions à la clef.

Léon avait négligemment jeté la robe sur le dossier d'une chaise. Sa vue mettait Regan mal à l'aise. Ce n'est pas normal, se répétait-elle. Comment Whitney a-t-elle pu la laisser tomber ? Je ferais mieux de ne pas partir d'ici trop vite.

— Puis-je assister à votre classe de méditation, Earl ? lui demanda-t-elle.

— Bien sûr. À dix heures dans la grange. Mettez des vêtements larges et confortables.

— Bonne idée, Regan, approuva Lilas en souriant. Restez vous détendre, il fait un temps splendide aujourd'hui. Vous n'êtes pas obligée de rentrer tout de suite chez vous, n'est-ce pas ?

— Non, c'est vrai, admit-elle.

En fait, elle ne voulait pas faire part de ses inquiétudes à Lilas et à ses frères. Se fiant à son instinct, elle ne voulait pas non plus s'éloigner sans être assurée que Whitney était en sûreté.

— Vous devriez appeler Lucretia,

reprit-elle. Peut-être pourrons-nous en apprendre davantage sur son fameux fiancé.

— Bonne idée, mais il est encore trop tôt. Par contre, je vais tout de suite appeler Fraîcheur.

— Si elle est déjà à son séminaire, elle ne répondra pas, commenta Earl. Les téléphones portables sont interdits pendant les séances.

— Eh bien, je lui laisserai un message.

— Pourrais-je écouter votre conversation avec Lucretia sur le poste de votre bureau, Lilas ? lui demanda Regan.

— Bien sûr.

Regan tartina une copieuse portion de gelée de groseilles sur un muffin dans lequel elle mordit avec gourmandise. C'était délicieux ! L'activité chambre d'hôtes du domaine était irréprochable : le cadre avait du charme, les chambres et la cuisine étaient plus que satisfaisants. Ce qu'elle avait pu juger du vin laissait présager un intérêt certain du public pour les années à venir. Quant au centre de méditation d'Earl, il aurait peut-être lui aussi du succès. Qui sait ? Et penser que les précédents propriétaires avaient perdu de l'argent...

Le secret, se dit-elle, tient à ce que ces trois-là font ce qu'ils aiment et, par conséquent, le font bien. Grâce au pactole inattendu qu'ils allaient toucher, ils pourront s'agrandir, planter d'autres vignes, organiser un hôtel quatre étoiles, comme Léon l'avait laissé entendre. Ils n'auront certes pas volé leur réussite.

Le petit déjeuner terminé, Regan regagna sa chambre et appela Jack en espérant qu'il répondrait en personne. Il était là et, les premières effusions passées, Regan lui relata tout ce qui s'était passé depuis son appel de la veille.

— Cela ne me plaît pas non plus, dit Jack. Je me demande combien de gens sont au courant de la somme que la famille va toucher.

— Ils affirment n'en avoir parlé à personne.

— Eux, peut-être. Mais Lucretia apparaît sur tous les écrans de télévision et elle bavarde beaucoup.

— C'est vrai ? s'étonna-t-elle.

Les chambres n'étaient pas pourvues de

téléviseurs et Regan n'avait vu que les informations la veille dans le bureau de Lilas et ne s'imaginait pas que le reportage avait été autant diffusé ensuite.

— Son remariage et le fait qu'elle se vante d'avoir gagné des millions grâce à une start-up passionnent les gens. La vie commence à quatre-vingt-treize ans, ça ne s'invente pas ! Toutes les chaînes passent le reportage en boucle ou presque, même à New York.

— Je ne m'y attendais vraiment pas.

— Lucretia adore les feux de la rampe, c'est évident. On ne peut pas en dire autant de son fiancé. J'ai demandé à deux collègues de Los Angeles de rassembler tout ce qu'ils pourront sur son compte.

— Merci, mon chéri.

— En tout cas, je te tiendrai au courant.

Regan avait à peine coupé la communication que son téléphone sonna.

— Bonjour, ma chérie, fit la voix de sa mère.

— Bonjour, maman. Quoi de neuf ?

— Eh bien, ton père et moi n'avons

rien de prévu jusqu'à demain après-midi et nous aimerions te voir un peu.

Une idée vint alors à Regan. Et pourquoi pas ? se dit-elle. Les Weldon ne refuseraient certes pas des clients en attendant de toucher leurs millions.

— Et si vous veniez passer la nuit ici avec moi ? Le pays est superbe, les chambres sont très confortables et ce n'est qu'à deux heures de voiture de Los Angeles.

Elle expliqua ensuite à Nora ce qui s'était passé depuis la veille et pourquoi elle restait un jour de plus.

— Ton idée est excellente, répondit Nora après avoir consulté Luke. Nous partons dans moins d'une heure, nous arriverons à temps pour le déjeuner.

24

Lucretia fut d'abord ravie de l'attention que les chaînes de télévision nationales attiraient sur sa personne. Dès le vendredi soir, elle avait commencé à recevoir des coups de téléphone de relations qu'elle croyait déjà mortes, d'autres qui s'étonnaient de la savoir encore en vie, d'amis d'enfance, d'amis de ses anciens maris, de vagues connaissances de croisières, et tous se rappelaient à son bon souvenir. Elle les invitait à venir à son mariage et certains, parmi ceux qui habitaient la région, avaient accepté avec empressement.

Puis, dans la nuit, les appels menaçants s'étaient succédé.

— Votre argent, c'est à moi que vous l'avez volé ! cria une voix à quatre heures du matin. Vous me le paierez !

— Votre petit ami est un minable ! dit un autre. Ne l'épousez pas !

Pis encore, quelqu'un qui avait vu ses films lui déclara qu'elle était une actrice au-dessous de tout. Cet appel la bouleversa plus que tous les autres, au point qu'elle fut incapable de se rendormir. À six heures du matin, n'y tenant plus, elle sortit sur le pas de la porte prendre le journal qui venait d'être livré et découvrit des tomates mûres écrasées sur les marches de son beau perron.

— On jette du riz sur les nouveaux mariés, pas des tomates, murmura-t-elle, ulcérée.

Elle aurait appelé Edward pour lui faire partager sa peine si elle n'avait su qu'il détestait être dérangé dans son sommeil. Quel éteignoir ce garçon ! pensa-t-elle. Je ne l'épouserais pas si j'avais cinquante ans de moins. Elle en éprouva même un peu de remords.

Lucretia ramassa le journal, qui avait dû arriver après les tomates car il était intact, et regagna sa chambre où elle parvint à s'assoupir. Ce fut l'arrivée de Phyllis qui la réveilla.

Après avoir pesté et grommelé comme elle seule savait le faire en découvrant l'horreur des marches couvertes de jus de tomates, Phyllis alla à la cuisine, brancha la cafetière électrique et attendit le coup de sonnette de Lucretia, qui ne déçut pas son attente. Quelques instants plus tard, Phyllis entra dans la chambre de sa patronne avec le plateau du petit déjeuner.

— Ma dernière journée de femme seule ! proclama Lucretia en s'adossant à ses oreillers.

Phyllis préféra s'abstenir de proférer le commentaire qui lui venait aux lèvres.

— Et mon dernier mariage, ajouta Lucretia.

— Il ne faut jurer de rien, marmonna Phyllis.

— Asseyez-vous, Phyllis. J'ai passé une nuit épouvantable.

— J'ai vu les tomates, dehors.

— Qui a pu me faire une chose pareille ?

— Aucune idée.

— Je ne suis qu'une vieille femme qui veut un peu de bonheur !

— Vous êtes une vieille femme *riche* qui veut un peu de bonheur, la corrigea Phyllis. Pour les gens, ça fait une grande différence, surtout ceux qui ont perdu de l'argent à la Bourse avec les actions des petites boîtes d'Internet. Ce reportage de la télé a dû les taquiner, éveiller en eux l'envie, la colère ou la rancune.

Lucretia réfléchit un moment en buvant son café.

— Ou peut-être des femmes jalouses que j'épouse Edward.

Phyllis put réprimer la réplique cinglante qui lui venait aux lèvres, mais pas un haussement d'épaules.

— Sommes-nous prêtes pour demain ? reprit Lucretia.

— Oui, tout est prêt. Vous n'aurez plus qu'à indiquer au traiteur le nombre des invités. Quand vous aurez arrêté d'inviter tout le monde, ajouta-t-elle.

— Voyons, Phyllis, c'est le plus amusant !

Le téléphone sonna sur la table de chevet. Elles lui jetèrent toutes deux un regard soupçonneux avant que Phyllis décroche.

— Résidence de Mme Standish, annonça-t-elle.

Une minute plus tard, elle cria une invective dans le combiné et raccrocha.

— Qui était-ce ? s'enquit Lucretia.

— Un faux numéro.

— Non, sûrement pas ! Encore des injures, n'est-ce pas ? Et cette journée est censée me rendre heureuse... Je ne veux même plus rester chez moi, je ne veux plus entendre sonner ce maudit téléphone.

L'appareil se remit à sonner comme s'il l'avait entendue. Phyllis se hâta de le décrocher à nouveau.

— Résidence de... Ah ! la nièce de Madame ? poursuivit-elle en bafouillant presque. Oui, Madame est là, je vous la passe.

— Lilas ! s'écria Lucretia du ton de la naufragée à qui on jette une bouée de sauvetage. J'espère que vous viendrez demain.

Le contraire m'étonnerait, commenta Phyllis en son for intérieur.

— Quelle joie ! J'ai tellement hâte de faire votre connaissance... Vous avez vu le reportage à la télévision ?... Oui, mais je pense qu'il a dû exciter la malveillance de certaines personnes... Oui, des coups de téléphone en pleine nuit, des tomates écrasées sur ma porte d'entrée... J'ai peur de rester ici, je vous assure. Je tremble comme une feuille...

Quel mélodrame ! pensa Phyllis. L'instant d'après, elle fut sur le point de piquer une crise de nerfs en entendant Lucretia.

— Aller chez vous aujourd'hui ? Méditer... un bon dîner en famille... revenir tous ensemble demain matin ? Mais ce serait la solution idéale ! Ici, tout est prêt, je n'aurais rien à faire qu'à m'énerver...

— Vous ne croyez pas que vous feriez mieux de vous reposer ? intervint Phyllis.

— Chut ! Sûrement pas ! fit Lucretia avec un geste impérieux. Non, ce n'est rien, ma chère Lilas. Tout va bien. J'appelle Edward pour l'informer de nos projets... Bien sûr qu'il voudra venir lui aussi. Et puis, je ne suis pas retournée dans un vignoble depuis des années, ce sera merveilleux ! Les promenades à la campagne m'ont toujours fait le plus grand bien.

Sur quoi, Lucretia nota les indications

de Lilas sur l'itinéraire à suivre avant de raccrocher.

Phyllis était sur des charbons ardents. Pourvu qu'ils n'en profitent pas pour revenir sur leur parole et me laisser tomber...

— Je peux aller avec vous ? ne put-elle se retenir de demander.

Lucretia la regarda comme si elle avait perdu la raison.

— Depuis quand désirez-vous voyager avec moi ? De toute façon, c'est un prélude à mon voyage de noces et vous devez rester ici pour répondre à la porte et au téléphone. Le fleuriste et le traiteur vont faire leurs livraisons aujourd'hui.

Elle avait raison, Phyllis le savait, mais elle était terrifiée à l'idée que son marché avec Lilas risque d'être compromis. Elle qui avait si bien agencé le coup, voilà que tout semblait vouloir lui échapper...

— Maintenant, il faut que j'appelle Edward. Allez chercher mon sac de voyage, ordonna Lucretia d'un ton sans réplique.

25

Rex s'était recouché, stupéfait d'avoir si bien et si facilement réussi. Whitney était maintenant enfermée dans le garage où personne ne pourrait la retrouver avant longtemps. Il n'y avait donc aucune chance qu'elle se rende au mariage. Et lui-même, deux heures auparavant, avait pu regagner sa chambre sans se faire remarquer.

Il se leva, prit son téléphone portable, s'enferma dans la salle de bains où il fit couler la douche à fond et composa le numéro d'Eddie. Ce dernier répondit d'une voix pâteuse.

— C'est moi, annonça Rex.

— Qu'est-ce qui se passe ? bafouilla Eddie.

— Je l'ai eue. Elle est ficelée dans le garage.

— Tu plaisantes ? glapit Eddie, soudain réveillé. Elle ne risque rien, au moins ?

— Rien de méchant. Je dois maintenant décider ce que je vais faire.

— Qu'est-ce que tu veux dire ?

— Faut-il que je reste ou que je m'en aille ?

— Reste. Assure-toi que Whitney ne sortira pas du garage. Où est Regan Reilly ?

— Encore ici, je suppose. Je suis dans ma chambre.

— Raison de plus pour rester. Ouvre l'œil.

— D'accord. Et comment ça se passe, de ton côté ?

— Un cauchemar. Nous sommes passés à la télé hier soir, Lucretia claironne notre mariage à tous les vents. J'en suis malade.

— Je sais. Tu n'as pas pu éviter ça...

— Elle était allée s'acheter une robe chez Saks et elle a bavardé avec la vendeuse qui a sans doute prévenu un de ses copains. Après, tout s'est enchaîné.

— Personne n'a jamais dit que se

marier avec cinquante millions de dollars était une partie de plaisir. Au fait, savais-tu que Whitney et sa famille toucheront deux millions chacun s'ils viennent tous à la noce ?

— Quoi ? Comment ils le savent ? Lucretia m'a dit de préparer les chèques, mais ça devait être une surprise ! En plus, ils auront le fric même s'ils ne viennent pas, ajouta-t-il après avoir marqué une pause. Comment savaient-ils qu'ils devaient venir ? C'est encore cette poison de bonniche qui a fait le coup. Je comprends maintenant pourquoi ils ont engagé ce détective privé pour retrouver Whitney ! Ils voulaient être sûrs d'empocher le fric ! Bande de rapaces !

— Ils pensent la même chose de toi, mon pote. Ils te soupçonnent même d'être un escroc. Ils n'ont pas tort, d'ailleurs.

— Attends, ne quitte pas, dit Eddie avant de pouvoir réagir à l'insulte. J'ai un bip qui m'annonce un autre appel.

Assis au bord de la baignoire, Rex attendit. Au bout de deux minutes, il se leva et alla se regarder dans la glace. Cette perruque est franchement moche, pensa-t-il. Il se dit qu'il ferait peut-être bien d'avoir recours à la chirurgie pour se débarrasser de ses poches sous les yeux quand Eddie revint en ligne.

— Bon Dieu de bon Dieu !

Rex n'avait jamais entendu un Eddie aussi affolé.

— Qu'est-ce qui se passe ?

— Lucretia a mal dormi cette nuit et elle a parlé tout à l'heure à la mère de Whitney. Nous sommes invités chez elle aujourd'hui pour, je cite, nous détendre, manger un bon dîner en famille et dormir au calme avant de revenir ici demain pour le mariage.

Rex ne put retenir un sifflement de surprise.

— Ça alors !... Tu ne peux pas te défiler ?

— Impossible. Lucretia me l'a annoncé d'un ton que je ne lui avais encore jamais entendu prendre avec moi. C'est un ordre.

— Eh bien, mon pote, je crois bien que nous allons nous revoir aujourd'hui. Mais souviens-toi, nous ne nous connaissons pas.

Rex raccrocha, pensif. Je ferais peut-être mieux de ne pas rester, tout compte fait, se dit-il. La situation prend une tournure trop risquée. Tant que Whitney resterait cachée, il n'aurait rien à faire.

Au bout d'un moment, il appela à New York un autre de ses associés pour se renseigner sur une de leurs « affaires » en cours. Les nouvelles n'étaient pas bonnes.

— Jimmy a été pincé en voulant revendre le tableau à un agent secret du FBI, annonça son correspondant. Les fédéraux sont en train de l'interroger.

C'est le bouquet ! pensa Rex. Plus question de bouger d'ici. Mais si je reste, j'adopte un profil bas. Très bas. Je vais peut-être même m'inscrire au cours de méditation.

26

Frank Kipsman se réveilla avec la migraine. Ses nerfs hypertendus en étaient responsables, il ne le savait que trop bien. Venu de Santa Barbara en voiture avec Heidi Durst, scénariste et productrice du film, ils étaient descendus au Beverly Hills Hotel. Heidi était un cauchemar. Déjà, sur le tournage, elle créait une atmosphère de tension continuelle invivable pour les acteurs mais, en plus, elle n'avait pas cessé de récriminer pendant tout le trajet sur la manière dont le film devait être traité, comment il aurait fallu faire ceci, réaliser cela. Elle savait aussi bien que lui que son exécrable caractère, qui avait exaspéré leurs investisseurs, était seul responsable du problème de financement, mais Frank, faute de solution de rechange, la laissait se défouler.

Dieu sait si Whitney, la douce, l'adorable Whitney, lui manquait ! La chance avait voulu qu'elle ait auditionné pour le rôle. Aussi parfaite que Goldie Hawn à ses débuts, elle incarnait son personnage de jeune dirigeante de start-up dépassée par les événements avec un aplomb et un naturel dignes d'un Oscar. Ce film pouvait réellement lancer sa carrière. La sienne à lui, Frank, aussi.

Il alluma sa lampe de chevet et composa le numéro du portable de Whitney. Il savait qu'elle ne répondrait pas, mais ils étaient convenus, avant de se séparer pour le week-end, qu'elle consulterait sa messagerie vocale à intervalles réguliers. Si elle constatait qu'un message venait de lui, elle le rappellerait aussitôt.

Dix minutes, un quart d'heure s'écoulèrent. Il était maintenant huit heures quinze et Whitney n'avait toujours pas rappelé. Elle savait pourtant qu'il l'appellerait de bonne heure ce matin. Où est-elle, que fait-elle ? se demanda-t-il avec inquiétude.

D'allure encore très juvénile à vingt-huit ans, Frank avait déjà acquis à Hollywood la réputation d'un des jeunes espoirs du cinéma. N'ayant encore à son actif que deux ou trois films à petit budget, *Pas de veine* constituait sa première occasion de se distinguer dans une comédie contemporaine. Il savait que le film pouvait avoir un gros succès au box-office et c'est pourquoi il s'imposait de subir l'esclavagiste qu'était Heidi Durst. Exigeante, égocentrique, invivable, elle était aussi une productrice au talent reconnu et, quand elle le voulait, elle pouvait être très drôle, même si son humour était le plus souvent grinçant.

Savoir qu'elle avait pour lui plus qu'un simple béguin aggravait son malaise. Avec son caractère, un amour dédaigné pouvait déboucher sur un drame que Shakespeare lui-même n'aurait osé imaginer. À trente et un ans, Heidi était un véritable bulldozer. Enragée d'avoir été délaissée par son premier mari au profit d'une femme dotée des qualités dont la nature l'avait dépourvue, elle plaçait tous ses espoirs dans ce film qu'elle faisait pourtant tout pour torpiller.

Frank finit par se lever et alla ouvrir les

rideaux sur une belle journée ensoleillée, comme Los Angeles en réserve parfois quand la pollution ne sévit pas. Il devait retrouver Heidi à neuf heures moins le quart pour le petit déjeuner au Polo Lounge, le restaurant de l'hôtel. Qu'aura-t-elle encore imaginé ? se demanda-t-il en allant prendre sa douche. Nous sommes venus dans l'intention de trouver un million de dollars sans rien avoir préparé et nous sommes descendus dans un des hôtels les plus chers de la ville à seule fin d'impressionner les financiers éventuels. Espérons que cela marchera...

Un quart d'heure plus tard, sobrement mais élégamment vêtu d'un pantalon kaki, d'un blazer et de mocassins Gucci, Frank rejoignit Heidi. Déjà installée à une table, elle écrivait fébrilement sur un bloc-notes, lampait du café et aboyait des ordres au serveur. Frank poussa un soupir. Physiquement, Heidi était plutôt séduisante, certes, mais son comportement faisait fuir à peu près tout le monde. Ses bouclettes châtains à la coupe quasi militaire, ses yeux bleus au regard plus perçant qu'un rayon laser et une mâchoire volontaire, sinon dictatoriale, suffisaient à établir son personnage au premier coup d'œil. Son tailleur kaki avait sur elle l'allure d'une tenue de combat. De fait, pensa Frank en s'asseyant en face d'elle avec un sourire contraint, elle se prépare à livrer bataille.

— Bonjour Kipsman, déclara-t-elle avec la suavité d'un sergent de marines ordonnant à sa troupe de bleus de rectifier la position.

— Bonjour Heidi, répondit Frank.

Résigné à passer une longue et pénible journée, il déplia sa serviette sur ses genoux. Et lui qui ne rêvait que de faire des films sans s'encombrer du reste...

Heidi gardait les yeux fixés sur son bloc-notes.

— Mon assistante m'a appelée tout à l'heure, commença-t-elle. Des gens parmi ceux que nous avons contactés acceptent de nous rencontrer aujourd'hui. Mais j'ai une autre idée.

— Laquelle ? s'enquit Frank avant de remercier le serveur qui lui versait du café.

— Comme je ne pouvais pas dormir la

nuit dernière, j'ai regardé la télévision. Ils ont passé plusieurs fois un court reportage sur une vieille dame qui se marie ce week-end. Elle a gagné plus de cinquante millions de dollars dans une de ces start-ups qui ont fait naufrage.

Frank hocha la tête pour signifier qu'il écoutait.

— Elle a quatre-vingt-treize ans.

Frank fit un nouveau signe de tête.

— Elle épouse un type beaucoup plus jeune qu'elle.

— Humm, émit Frank.

— Elle a été une star du cinéma muet.

— Ah oui, vraiment ?

— Oui, vraiment ! répéta Heidi, agacée. Elle a eu un triomphe d'environ cinq minutes il y a près de soixante-quinze ans.

Frank n'avait jamais été très attiré par les films muets. Il se borna donc à lever un sourcil interrogateur.

— Elle habite Beverly Hills. Elle est dans l'annuaire, j'ai vérifié. Je vais lui téléphoner pour lui proposer un rôle dans notre film.

— Un rôle dans le film ? répéta Frank,

en manquant de peu d'avaler de travers sa gorgée de café.

— Oui. On trouvera quelque chose. Elle pourrait, par exemple, jouer son propre personnage, quelqu'un qui a eu la chance de gagner une fortune au lieu de tout perdre. Une scène très courte avant le générique de fin. Ce serait amusant et ferait de la bonne publicité.

— Je suppose que tu lui demanderas de financer la production, en déduisit judicieusement Frank.

— Qu'est-ce que tu crois ? gronda Heidi. Je lui dirai que nous avons un cadeau de mariage pour elle et que nous serions ravis de passer le lui donner puisque nous sommes en ville...

— Tu lui as acheté un cadeau ? s'étonna Frank.

— Bien sûr que non ! Nous irons en chercher un si elle accepte.

Frank but son café sans mot dire. Pourquoi, oui, pourquoi Whitney ne l'avait-elle pas encore rappelé ?

27

L'entretien de Frank et Heidi avec leur premier investisseur potentiel fut un échec : l'homme leur déclara d'emblée que leur film ne marcherait pas. Frank avait l'impression qu'il cherchait surtout une oreille complaisante où déverser ses plaintes sur les navets qu'il avait financés par le passé. Assis dans son bureau sous un nuage de fumée de pipe, ils subirent ses tirades sur tel ou tel acteur dont chaque phrase ou presque commençait par : « De mon temps... »

Une fois certains que le chéquier posé devant lui ne s'ouvrirait pas à leur bénéfice à un moment quelconque du prochain millénaire, ils s'esquivèrent aussi vite qu'ils purent. Ils avaient perdu une bataille, mais ils n'avaient pas perdu la guerre.

— Notre prochain rendez-vous est dans une demi-heure, mais voyons d'abord si nous pouvons joindre Lucretia Standish, déclara Heidi en pianotant déjà sur son téléphone portable.

D'un regard en coin, Frank reconnut son expression, celle du tigre qui se ramasse avant de bondir sur une proie sans méfiance.

— Pourrais-je parler à Lucretia Standish ? demanda-t-elle de son ton le plus chaleureux.

Frank attendit, les bras croisés. Il n'arrivait pas à comprendre pourquoi Whitney ne l'avait pas encore rappelé. Bien entendu, il n'était pas question d'en souffler mot à Heidi, elle piquerait une crise de rage si elle apprenait qu'il y avait quelque chose entre eux, même la plus innocente. Elle avait déjà fait des réflexions désobligeantes sur Whitney mais comme elle était consciente de son talent, elle n'avait pas de raison de s'en plaindre. Elle était simplement jalouse de Whitney parce que tout le monde l'aimait et la trouvait sympathique.

Si seulement je pouvais me libérer de

tout ça ! pensa Frank. Mais je suppose que tout le monde doit être obligé de lécher les bottes de quelqu'un à un moment ou à un autre, quelle que soit la position qu'on occupe dans la chaîne alimentaire...

— Heidi Durst, présidente de Gold Rush Productions à l'appareil... Non, je ne connais pas personnellement Mme Standish, mais j'ai à lui apprendre une nouvelle qui lui fera plaisir, je crois... Nous connaissons son passé de grande actrice et nous souhaiterions lui proposer un rôle dans un de nos films actuellement en cours de tournage... Tout de suite, oui... Je ne quitte pas, merci.

Le portable à l'oreille, elle se tourna vers Frank avec un sourire triomphant :

— La femme de chambre lui court après, elle est dans sa voiture. Les gens sont prêts à faire n'importe quoi quand Hollywood est au bout du fil. C'est pitoyable, déclara-t-elle d'un air supérieur.

Sa supériorité fut de courte durée :

— Bonjour chère madame Standish !... Oui, c'est exact, nous serions enchantés de travailler avec vous et nous pensions que nous aurions pu passez chez vous dans la journée... Impossible ?

Frank n'éprouva pas la moindre surprise.

— Oui, je vois... Vous vous rendez au domaine de vos neveux et nièces... Votre mariage a lieu demain et vous serez ensuite absente une quinzaine de jours.... Justement, le tournage de notre film doit durer encore un mois, nous pourrons inclure vos scènes. Si vous avez une minute à nous consacrer, nous sommes dans votre quartier...

La voix qu'il entendit résonner dans l'écouteur rappela à Frank celle d'un personnage de la lugubre Famille Addams, une de ses séries préférées.

— Eh bien, nous boirons avec vous un verre de bon vin plus tard dans la journée, nous devons de toute façon aller dans cette direction... Oui, ce sera parfait. Le domaine des États Seconds, dites-vous ?... Un instant, je note...

Frank ne put réprimer un cri de stupeur qui lui valut un regard interrogateur de Heidi. Il lui répondit par un sourire épanoui, comme si de rien n'était. Tout allait le mieux du monde, en effet... Sauf que le domaine des États Seconds appartenait à la famille de Whitney.

Whitney leur a-t-elle parlé de moi ? Que savent-ils au juste sur mon compte ? se demanda-t-il en luttant pour garder son calme.

28

Il ne fallut pas longtemps à Norman Broda pour recenser les participants à son séminaire. Ils étaient onze, qui allaient passer la journée à apprendre comment affranchir leur créativité, éliminer leurs blocages, libérer leur voix et leur personnalité. « Sachez exploiter la mine d'or que vous êtes ! » tel était le slogan de Norman.

À cinq cents dollars par tête, une douzaine d'élèves lui rapportait six mille dollars en vingt-quatre heures. Pas mal, si on peut le faire deux fois par mois...

Norman était toutefois très déçu que Whitney Weldon ne soit pas encore arrivée. Il avait même retardé le début du cours pour l'attendre et elle n'était toujours pas là. Que fait-elle, où est-elle ? se répétait-il. Elle lui avait confirmé son inscription la veille. Il était inhabituel, pour ne pas dire anormal, qu'une personne s'inscrive aussi tardivement et ne se montre pas comme convenu.

Norman avait espéré se servir du nom de Whitney pour attirer d'autres élèves à son séminaire. Sa réputation de magicien dans ce domaine n'était pourtant plus à faire. Il avait enseigné à des centaines d'acteurs comment se réaliser avant de quitter Hollywood trois ans auparavant pour se retirer au calme, dans la montagne, afin de se consacrer à l'écriture de scénarios. Deux étaient déjà sous option, il dirigeait encore un téléfilm de temps à autre. À cinquante-deux ans, il vivait avec sa bonne amie Dew, qui en avait vingt-cinq et travaillait à la station de radio de la ville voisine. Une vie agréable, en somme.

Il se demanda s'il devait appeler Whitney pour lui demander la raison de son absence. Ce n'était pas le genre de choses qu'il faisait, normalement. Si un élève ne venait pas, tant pis pour lui. Mais, dans le cas présent, il avait lui-même répondu à Whitney quand elle avait téléphoné et elle avait l'air bien décidée à venir.

Non, décréta-t-il, attendons encore un peu. Je l'appellerai plutôt à l'heure du déjeuner si elle n'est toujours pas là. Si je ne peux pas la joindre, je demanderai à Ricky d'essayer de savoir ce qui s'est passé. Elle pourra peut-être venir au prochain séminaire dans quinze jours.

En fait, Norman brûlait d'envie de lui faire lire un de ses derniers scénarios. Whitney serait parfaite pour le rôle principal.

— Allons, vous autres, au travail ! dit-il à ses élèves qui attendaient patiemment. Montez sur l'estrade avec chacun une chaise, nous allons aborder les exercices de mémoire instinctive.

Mais tandis qu'il initiait le groupe aux techniques préliminaires de la relaxation, il ne pouvait s'empêcher de penser à Whitney Weldon. Où diable peut-elle bien être ? se répétait-il.

29

Whitney était prisonnière dans sa voiture, bâillonnée, les poignets et les chevilles liés et les yeux bandés. La voiture était au fond du garage où personne ne la découvrirait jusqu'à ce qu'on se décide à nettoyer l'endroit. Le local était plein de vieux matériel hors d'usage, tracteurs rouillés, barriques et meubles démantibulés. Elle avait même entendu son agresseur entasser des objets sur la voiture pour mieux la dissimuler. À l'évidence, il était venu reconnaître les lieux.

La voiture à peine arrêtée, il avait jeté la couverture sur elle. Pendant ces quelques secondes, elle avait eu le temps d'apercevoir dans le rétroviseur qu'il portait une cagoule. Ensuite, il l'avait brutalement traînée dans l'espace à bagages derrière la banquette arrière avant de la ficeler et de la bâillonner.

Quand sa famille s'apercevrait-elle de sa disparition ? se demandait-elle avec angoisse. Ils lui avaient bien recommandé de garder son portable allumé pour être sûrs de pouvoir la joindre. Le mariage du lendemain était trop important pour se permettre de le manquer.

Immobilisée par ses liens, Whitney s'ankylosait. Le bâillon l'étouffait quand elle essayait de crier, le bandeau était si serré sur ses yeux et autour de sa tête qu'il lui donnait une affreuse migraine. Que puis-je espérer ? se demandait-elle. Me retrouvera-t-on jamais ? Suis-je condamnée à rester ici, à attendre la mort ?

Il se peut quand même qu'on s'interroge sur mon absence au séminaire. Peut-être appelleront-ils pour savoir où je suis ?

C'était son unique espoir.

30

Après sa conversation avec ses parents, Regan ne parvint pas à se débarrasser de son inquiétude concernant Whitney. Il lui paraissait absurde qu'elle ait laissé tomber sa robe sans s'en rendre compte, même s'il était de bonne heure, même si elle était pressée.

Qu'avait-il pu se passer ?

Regan quitta sa chambre et alla dans le grand hall. Tout était calme et silencieux. Il faisait une belle matinée de mai, le soleil brillait dans un ciel bleu sans nuages. Une de ces journées de la fin du printemps où tout devait inspirer la joie de vivre.

Par une fenêtre, elle vit trois femmes descendre de leurs voitures, habillées comme si elles se rendaient à la classe de méditation d'Earl. Au bureau, Lilas parlait à une femme d'une quarantaine d'années en jean et sweater à fleurs.

— Regan, je vous présente Bella, dit Lilas. Elle nous apporte une aide précieuse pour tout faire ici.

Bella empoigna la main de Regan qu'elle pétrit comme de la pâte à modeler en la secouant comme un bras de pompe.

— Et ça me fait plaisir ! déclara-t-elle. Comment ça va, Regan ?

Son visage de poupée, encadré de bouclettes châtains, aux lèvres peintes en forme de nœud papillon, formait un contraste inattendu avec sa forte corpulence.

— Enchantée, Bella, répondit Regan en extirpant de son mieux sa main endolorie qu'elle se retint de masser.

— Bon, reprit Bella en se retournant vers Lilas, je vais ouvrir la boutique de bougies. La salle de dégustation sera ouverte elle aussi toute la journée.

— Je vous rejoins dans cinq minutes. C'est vrai, Regan, poursuivit-elle lorsque Bella se fut retirée, vous n'avez pas encore eu droit à la visite complète. La boutique et la salle de dégustation sont dans le petit bâtiment à côté du centre de méditation.

— J'ai hâte de les voir. Mais, dites-moi, depuis combien de temps Bella travaille-t-elle pour vous ?

— Depuis le début de la semaine.

— Vraiment ? s'étonna Regan.

— Elle est arrivée il y a huit jours et s'est mise à parler sans me laisser le temps de placer un mot. Elle venait de déménager de l'État de Washington avec son mari, qui a un nouvel emploi près d'ici. Il se trouve que son grand-père était le propriétaire du domaine quand il a fait faillite à cause de la Prohibition, elle n'y était encore jamais venue et voulait au moins voir à quoi cela ressemblait. Après qu'elle m'eut dit tout cela, nous avons parlé et je l'ai engagée.

— Eh bien, c'était rapide. Que fait son mari ?

— Il travaille dans un pub en ville.

— À eux deux, ils s'occupent donc de la bière et du vin, commenta Regan.

— C'est vrai ! dit Lilas en riant. Au fait, j'ai appelé Lucretia.

— Déjà ?

— Oui. J'ai d'abord appelé Whitney pour laisser un message sur sa boîte vocale et j'ai fait le numéro de Lucretia ensuite.

Merci bien, pensa Regan. Elle a déjà oublié sa promesse de me faire assister à sa conversation.

— Elle va venir ici tout à l'heure avec son fiancé, ajouta Lilas.

— Non ! C'est vrai ?

En écoutant le récit de la mauvaise nuit de Lucretia, Regan se demanda quelles autres surprises Lilas lui réservait.

— Voilà qui promet d'être intéressant, dit-elle quand Lilas eut terminé. Je viens d'avoir mes parents au téléphone, ils aimeraient venir passer la nuit ici, eux aussi.

— Quelle chance ! Nous ferons un grand dîner !

— Nous aurons surtout une chance d'examiner le fiancé de Lucretia en chair et en os. Lilas, poursuivit-elle après avoir marqué une hésitation, je voudrais essayer de joindre Whitney à son séminaire.

— Pourquoi ?

— Je m'inquiète peut-être pour rien,

mais je voudrais juste être sûre qu'elle est bien arrivée.

— Vous ne connaissez pas notre Whitney, dit Lilas en souriant. Quand elle était petite, il fallait que je lui sorte la tête de son bol de céréales, elle se rendormait dedans à peine levée. Elle ne se doute sans doute même pas qu'elle a laissé tomber la robe. Mais elle m'a donné le numéro de téléphone, ajouta-t-elle en détachant un papier du panneau d'affichage sur le mur. Appelons-la si vous voulez.

— Je vais le faire, dit Regan en composant le numéro.

La femme qui répondit parlait mal anglais. Au prix de quelques efforts, Regan comprit que M. Norman donnait son cours et qu'elle ne pouvait pas le déranger.

— Demandez-lui qu'il nous rappelle dès qu'il pourra. Laissez-lui le message, voulez-vous ? insista Regan.

Elle doutait que la femme le transmette, mais elle pourrait toujours rappeler un peu plus tard.

— Et maintenant, dit-elle à Lilas en

raccrochant, je vais suivre la première classe de méditation de ma vie.

— Earl est un merveilleux professeur. Vous allez vous sentir détendue comme vous ne l'avez sans doute jamais été. Vos soucis s'envoleront comme par magie.

C'est ce que nous verrons, pensa Regan avec scepticisme.

31

Lynne B. Harrison, la journaliste chargée du reportage télévisé sur le mariage de Lucretia, fut tirée de son sommeil par la sonnerie du téléphone de bonne heure le samedi matin.

— Lynne, levez-vous ! cria la voix de son patron. Il faut étoffer l'histoire de la vieille dame qui a gagné des millions et qui se marie demain. Nous sommes submergés sous les coups de téléphone et les e-mails !

Lynne cligna des yeux, regarda son réveil. Il n'était pas même neuf heures. Le samedi était son jour de repos, elle était sortie très tard la veille au soir et ne comptait pas se lever avant midi.

— Qu'est-ce que vous voulez que je fasse ? gémit-elle.

— Trouvez quelque chose. Cette histoire captive le public. L'idée qu'on puisse gagner à la fois l'amour et le gros lot à un âge aussi avancé passionne les gens. Elle ne vous avait pas invitée à son mariage ?

— Si.

— Vous irez, ordonna-t-il.

— Bien sûr, j'avais accepté. Mais c'est pour demain.

— Eh bien, allez la voir aujourd'hui et rapportez-nous de la pellicule. J'envoie un cameraman chez vous dans une demi-heure avec l'adresse de Lucretia. Trouvez un angle inédit, quelque chose. Creusez-vous les méninges, quoi ! Il faut faire grimper notre Audimat. Lucretia donne aux gens l'envie de foncer avant qu'il soit trop tard. Nous devons être là pour couvrir l'événement. Parce que c'est un événement !

Lynne se frotta les yeux. Alan Wakeman était du genre tyrannique. Jeune, ambitieux, il voulait se faire un nom dans le monde de l'audiovisuel. Quand il estimait qu'une histoire avait du potentiel, il l'usait jusqu'à la corde – ou, plutôt, il usait Lynne jusqu'à la corde...

— D'accord, Alan, soupira-t-elle. Je serai prête dans une demi-heure.

32

Pilotée par Edward, la Rolls Royce de Lucretia roulait vers le nord sur la route 101.

— J'ai peine à croire que vous n'ayez jamais été marié, mon chéri, lui dit-elle.

Edward lui lança un regard en coin.

— J'attendais de rencontrer la femme idéale, déclara-t-il.

Lucretia rit.

— Voilà une réponse qui me paraît manquer de spontanéité.

— Pas du tout ! protesta Edward. Vous savez très bien, Lucretia, que personne que vous n'est mieux faite pour moi. Que personne que vous n'est plus amusante.

— C'est vrai, admit-elle. Tous mes maris m'ont dit que j'étais follement amusante.

Edward avait l'impression de se rendre

à sa propre exécution Il aurait fait n'importe quoi pour être à l'autre bout du monde. Par une belle journée de printemps, il allait en Rolls Royce au-devant d'un désastre quasi certain dans un domaine vinicole doublé d'un centre de méditation et de Dieu sait quoi encore. Et tout cela à cause de ce grotesque reportage télévisé ! L'idée de se trouver près de Whitney, même bâillonnée, ficelée comme un saucisson et cachée sous des tonnes de ferraille, le rendait littéralement fou d'angoisse. Si seulement cela pouvait se borner à la cérémonie du mariage, il serait sauvé.

— Je viens d'avoir une excellente idée, annonça-t-il.

— Laquelle, mon chéri ?

— Puisque nous sommes déjà sur la route, pourquoi ne pas pousser jusqu'à Las Vegas ? Nous nous marierons là-bas, loin des regards envieux, des lanceurs de tomates et de tous ces gens méchants qui ne veulent pas que nous soyons heureux.

Un moment, Lucretia parut envisager la proposition.

— Non, dit-elle enfin. Nous serions trop seuls.

Trop seuls ? Edward eut envie de hurler de rage.

— Mais nous serions ensemble, c'est l'essentiel, parvint-il à dire.

— Nous avons le reste de notre existence pour être ensemble, lui fit observer Lucretia avec un bon sourire. Le jour de mon mariage, je veux être entourée de ma famille et de mes amis.

— Je comprends, maugréa Edward en allumant la radio.

« Un incendie de broussailles s'étend au nord-est de Santa Barbara, annonça le présentateur. Malgré les efforts qu'ils déploient, les pompiers n'ont pas encore réussi à le maîtriser... »

— Mais c'est par là que nous allons ! s'écria Lucretia avec inquiétude. J'espère que le feu n'arrivera pas jusqu'à leur propriété, les pauvres chéris !

Oh ! Seigneur ! pensa Edward. Et Whitney qui est dans un bâtiment abandonné ! L'incendie est-il encore loin ? Rex la laissera-t-il à cet endroit si les flammes deviennent menaçantes ?

Oui, le salaud, conclut-il en enfonçant l'accélérateur.

Une voiture chargée d'adolescentes les croisa à ce moment-là. Elles durent les reconnaître, car la conductrice donna un long coup d'avertisseur et leur fit de grands signes de la main par sa vitre ouverte.

— Félicitations ! leur cria-t-elle.

Il ne fallut pas deux secondes à Lucretia pour passer la tête par sa vitre et agiter la main à son tour. Une des filles la prit en photo avant que les voitures s'éloignent l'une de l'autre. Lucretia rentra la tête et remit de l'ordre en riant dans sa coiffure ébouriffée par le vent.

— Ces jeunes filles me rappellent combien nous nous amusions quand j'avais leur âge, avant mon départ pour Hollywood. J'avais deux amies intimes, nous étions inséparables. Nous allions toutes les trois la nuit au cimetière où nous bavardions pendant des heures, nous nous jurions de rester toujours amies quoi qu'il arrive. Nous nous étions même piqué le bout du doigt pour sceller notre pacte en mêlant nos sangs. Nous étions plus proches que de vraies sœurs.

— Que s'est-il passé ? demanda Edward.

— Après avoir quitté la région pour Hollywood, je n'y suis jamais retournée. J'étais trop occupée par le cinéma et mes parents avaient déjà déménagé. Ensuite, quand ma carrière s'est arrêtée, j'ai eu honte de les revoir. J'ai toujours regretté de n'avoir pas repris contact avec elles. Polly et Sarah, les deux meilleures amies qu'on puisse avoir...

— Savez-vous ce qu'elles sont devenues ?

— Je n'en ai aucune idée, répondit Lucretia tristement. Si elles étaient encore en vie et si je savais où elles sont, je les aurais invitées à notre mariage.

Dieu soit loué ! pensa Edward qui prit cependant la main de Lucretia en un geste affectueux.

— Si elles vivent encore, elles seront ravies de savoir que vous êtes heureuse, j'en suis sûr.

— J'en suis sûre moi aussi. Elles seront surtout étonnées que je me marie avec vous.

Edward ne sut trop comment prendre cette dernière phrase. Il savait toutefois qu'il ferait n'importe quoi pour retarder leur éventuelle arrivée.

— Si nous nous arrêtions pour déjeuner en route ? suggéra-t-il. Juste nous deux. Notre dernier déjeuner en tête à tête avant de prononcer nos vœux.

Lucretia le gratifia d'un sourire attendri.

— Notre dernier déjeuner en tête à tête, répéta-t-elle.

33

Dans leur maison nichée dans les collines de Santa Ynez, au-dessus de Santa Barbara, les deux amies d'enfance de Lucretia regardaient avec fascination l'écran du téléviseur.

— Je ne peux pas y croire ! s'exclama Polly en secouant une tête couverte de cheveux blancs depuis plus de trente ans. Elle se marie encore une fois et nous ne sommes même pas invitées !

— Nous ne l'avons pas invitée nous non plus à nos mariages, répondit Sarah en se balançant sur son rocking-chair. Elle avait déjà la grosse tête. As-tu vu comme ce garçon est jeune ? C'est honteux !

— Je ne me plaindrais pas de trouver un jeune homme, répliqua Polly. Il n'y a pas de honte là-dedans.

— Tu n'as peut-être pas tort, admit Sarah.

Le présentateur encourageait les téléspectateurs à communiquer par e-mail leurs commentaires sur le reportage à l'adresse qui apparaissait à l'écran. Polly et Sarah se consultèrent du regard. Vivant ensemble depuis leur veuvage, une quinzaine d'années plus tôt, elles partageaient de nombreux passe-temps, tels que les longues promenades à pied et, depuis peu, une passion pour Internet.

— Nous pourrions envoyer un e-mail à Lucretia, suggéra Polly.

— Qu'allons-nous lui dire ?

— Pourquoi pas : « Nous as-tu oubliées ? »

Elles éclatèrent de rire à l'unisson comme des écolières.

Polly se leva, alla fouiller dans un tiroir d'une antique commode d'où elle sortit une photo jaunie.

— Nous voilà, dit-elle en la tendant à Sarah.

Trois adolescentes se tenant par la taille souriaient à l'objectif.

— Tu te souviens de notre secret ?

— Comment aurais-je pu l'oublier ?

— Beaucoup d'eau a coulé sous les ponts, depuis.

— C'est bien vrai.

Elles coururent toutes deux s'asseoir devant leur ordinateur et expédièrent un e-mail à Lucretia aux bons soins de la station de télévision, sans douter un seul instant que Lucretia leur répondrait.

34

Quand elle sentit sur son visage le soleil déjà chaud, Regan aurait volontiers fait une longue promenade dans les vignes si elle n'avait voulu se rendre compte par elle-même de la manière dont Earl menait ses classes de méditation. Elle traversa donc la cour vers les dépendances qui s'élevaient en face de la maison principale, bâtisses en bois qui lui rappelèrent celles des vieux films de cow-boys. Elle s'imagina arrivant à cheval dans un nuage de poussière, sauter à terre et attacher sa monture à un pilier, comme cela semblait si facile dans les westerns. Mais il n'y avait d'autre quadrupède en vue que le chat de Lilas qui paraissait s'ennuyer, couché à l'ombre d'un citronnier.

Ma première classe de méditation, pensa-t-elle. Elle avait à son actif de nombreuses séances de gym et d'aérobic, mais jamais encore de yoga ou de méditation. En entrant dans le bâtiment, le claquement de la porte derrière elle la fit sursauter. Je dois avoir vraiment besoin de me relaxer, se dit-elle.

Une vaste pièce au plancher vernis et aux murs couverts de miroirs, avec une longue barre de bois courant le long d'une paroi comme dans un studio de danse, s'ouvrait à sa droite. Nora l'avait inscrite à un cours de danse quand elle avait cinq ans et Regan n'avait pas oublié la manière dont elle s'accrochait désespérément à la barre en s'efforçant de mouvoir ses petits pieds selon les instructions de la maîtresse, un vrai monstre de cruauté. Elle avait déclaré forfait au bout de deux ou trois leçons et Nora lui avait fait prendre des leçons de piano – autre cause désespérée.

Les trois femmes qu'elle avait aperçues par la fenêtre quelques minutes plus tôt se parlaient à mi-voix, assises en tailleur sur des nattes. Regan alla en prendre une de la pile qu'elle vit dans un coin de la salle et l'étala à une distance de ses voisines qu'elle jugea propice à la méditation sans les déranger. Quatre ou cinq autres personnes entrèrent peu après elle, y compris le personnage arrivé la veille au soir. Comment s'appelait-il, déjà ? Ah oui, Don-quelque-chose.

— Bonjour, lui dit-elle.

Il répondit d'un signe de tête et ferma aussitôt les yeux. Regan s'étonna d'une telle concentration de sa part. Sans raison précise, il ne lui donnait pas l'impression d'être du genre méditatif. Peut-être à cause de son physique de gros dur.

Earl apparut alors et fit une entrée digne du Dalaï-Lama.

— Nous vivons en un temps, entonna-t-il, où nombreux sont les moyens qui s'offrent à nous de choyer notre corps. Nourritures saines, vins savoureux...

Tiens, pensa Regan, un couplet pour les produits du domaine.

— ...tout ce qui concourt à notre bien-être matériel abonde autour de nous. Et pourtant, nous subissons toujours le stress et la douleur parce que nos existences surmenées nous troublent l'esprit. Nous sommes ici pour détendre notre corps et apaiser notre esprit. Vous allez maintenant vous déchausser et vous étendre sur vos nattes.

Pendant les quelques instants qu'il fallut à Regan pour délacer ses baskets, elle lança un regard en coin en direction de Don. Quand il se coucha sur la natte, son T-shirt remonta en dévoilant un ventre plat couvert d'une toison blonde. Elle eut surtout la surprise de découvrir, juste au-dessous du nombril, un tatouage en forme de tête de mort sur des tibias croisés, comme le pavillon des pirates. Il a des goûts spéciaux, se dit-elle en reportant son regard sur son épaisse chevelure noire. Sans l'avoir bien observé la veille au soir, elle avait quand même eu l'impression qu'il avait les cheveux teints. En fait, en déduisit-elle, il porte bel et bien une perruque, mal fichue en plus. Pourquoi aurait-il envie d'avoir des cheveux aussi sombres alors que tout le monde cherche à s'éclaircir et qu'il est naturellement blond ?

Comme s'il s'était senti observé, Don rouvrit les yeux et son visage prit un instant une expression franchement hostile.

Il se ressaisit toutefois aussitôt et esquissa un sourire en rabattant son T-shirt. Regan fit de son mieux pour prétendre n'avoir rien remarqué, mais son cœur battait plus vite quand elle s'étendit à son tour, à quelques centimètres à peine de cet étrange personnage. Allez Earl, pensa-t-elle, rendez-moi sereine. Je deviens un paquet de nerfs.

Earl inséra une cassette dans la chaîne. Sur un fond sonore de cascade et d'eaux bruissantes, une musique planante censée inspirer la paix de l'âme se répandit dans la pièce.

— Votre esprit est pareil à un singe qui saute nerveusement de branche en branche, commença Earl.

C'est le moins qu'on puisse dire, pensa Regan.

— La méditation permettra à votre esprit de concentrer son attention sur un sujet unique.

Oui, où diable peut bien être Whitney, par exemple...

— Notre esprit saute sans cesse d'un sujet à l'autre. Souvenirs, soucis, pensées, sentiments, tout l'incite à se disperser.

Nous devons freiner cette agitation stérile. Nous devons être bienveillants envers nous-mêmes. Nous devons sourire à nos organes internes.

Hein ? se retint de lâcher Regan.

— Vous allez maintenant fermer les yeux et nous allons tous nous concentrer sur l'élimination de nos tensions corporelles, comme si nous voulions nous fondre dans le plancher. Commencez par vous concentrer sur votre respiration. Inspirez... expirez... inspirez... expirez encore... Agitez vos orteils... Prenez conscience de chaque partie de votre corps pour mieux la contrôler...

Pendant l'heure qui suivit, Regan exécuta les instructions d'Earl qui guidait ses disciples dans une série d'étirements et de positions se concluant par celle du lotus. Malgré tous ses efforts pour atteindre un état d'esprit détendu, Regan ne pouvait s'arrêter de penser à Whitney et à sa robe tombée dans l'herbe. Que lui était-il arrivé ?

Quelques minutes avant la fin de la session, Earl éteignit la lumière.

— Vous allez maintenant vider votre

esprit de toutes les pensées qui l'encombrent encore. Prenez une profonde inspiration... une autre... Très bien. Un simple rappel avant de nous séparer : vous trouverez dans le bâtiment voisin les bougies et l'encens grâce auxquels vous pourrez aménager chez vous votre propre centre de méditation.

Les affaires sont les affaires, pensa Regan. Lui, au moins, il ne perd pas de vue le sujet essentiel.

La lumière à peine rallumée, Don se releva, remit ses chaussures et ramassa sa natte qu'il jeta hâtivement sur la pile en sortant. Il n'a pas l'air plus détendu que moi, se dit Regan.

Et que diable fait-il avec cette affreuse perruque sur la tête ?

35

Phyllis était en pleine déprime et à bout de nerfs. Après le départ de Lucretia, elle s'assit dans la cuisine sans savoir quoi faire.

Elle avait compté toucher une « commission » de deux cent mille dollars si Lilas et sa famille au complet assistaient au mariage. Son plan était parfait, mille fois supérieur à tous les jeux télévisés passés, présents et à venir ! Révéler à Lilas sous le sceau du secret que Lucretia leur donnerait deux millions à chacun à condition de venir tous ensemble, puis la convaincre de la remercier de son précieux tuyau par une récompense bien méritée, personne ne serait lésé et tout le monde serait content, oui ou non ? Alors, si maintenant Lucretia décidait de leur donner l'argent sans condition, qu'allait-elle devenir, elle ? Pour qui empoche deux millions, qu'est-ce que cinquante mille de plus ou de moins ? Une misère !

Quand elle avait compris que Lucretia tenait à la présence de la famille de Haskell à son mariage et que Lilas n'avait pas l'intention de faire l'effort d'y venir, Phyllis avait conçu son plan qui, en plus, devait rendre Lucretia heureuse. Elle avait donc bien droit à une récompense ! Lilas avait promis de garder le secret sur leur accord, car Phyllis n'avait pas eu de mal à lui faire comprendre que si elle la dénonçait, Lucretia comprendrait que la famille n'était motivée elle aussi que par l'appât du gain, ce qui aurait fait mauvais effet.

Mais maintenant qu'ils allaient se trouver tous ensemble au domaine, Phyllis avait tout lieu de craindre une fuite sur ce fameux accord secret. Un mot de trop de la part de Lilas, exprès ou non, et c'en serait fait de « sa commission ». En plus, elle risquerait fort d'être mise à la porte par Lucretia.

Désemparée, Phyllis se prépara du thé et alluma la télévision, qui rediffusait un épisode de *Pyramide* où le bonus était en jeu. Le concurrent devait trouver le point commun entre des indices fournis par une célébrité dont Phyllis avait oublié le nom : « Si vous demandez un prêt... si vous engagez vos bijoux... si vous poussez votre conjoint à prendre le premier job qui se présente... »

— C'est parce que vous êtes fauché ! clama Phyllis au moment où tintait la sonnette de la porte d'entrée. J'en sais quelque chose !

Elle prit le temps d'avaler une gorgée de thé avant d'aller ouvrir. Encore des bêtises pour le mariage, se dit-elle en traversant sans se presser le living dont elle admira l'ordre et la propreté.

— Qu'elle cherche donc quelqu'un qui tienne sa maison aussi bien que moi, grommela-t-elle. Elle n'en trouvera jamais...

Sur le pas de la porte, elle reconnut avec étonnement la journaliste qui avait interviewé Lucretia la veille devant l'hôtel de ville en compagnie d'un cameraman.

— Bonjour ! dit la jeune femme avec un sourire épanoui.

Phyllis ne répondit pas. Elle n'avait pas encore nettoyé les tomates écrasées, sur lesquelles les nouveaux venus évitaient de marcher.

— Je suis Lynne B. Harrison, de GOS TV, reprit-elle. C'est nous qui avons réalisé hier le reportage sur Mme Standish. Pourrais-je lui parler quelques minutes ?

— Elle n'est pas là, déclara Phyllis d'un ton rogue. Et grâce à vous, on a jeté des tomates sur le perron pendant la nuit. Encore heureux qu'il n'y en ait pas eu sur la porte.

— Je vois, en effet, dit Lynne en faisant signe au cameraman d'enregistrer le triste spectacle. Vous croyez que c'est le fait d'une personne ayant vu notre reportage ?

— Sans aucun doute, affirma Phyllis.

— C'est honteux, soupira Lynne d'un ton compatissant.

Elle essayait de gagner du temps pour pouvoir entrer. Son patron voulait un angle inédit, elle devait trouver quelque chose.

— Nous avons reçu des centaines d'e-mails très gentils, poursuivit-elle devant le mutisme obstiné de Phyllis. Tout le monde se dit heureux que Lucretia ait retrouvé l'amour. Quelques-uns, c'est vrai, jugent immoral qu'elle ait gagné autant d'argent sur les actions d'une start-up qui a fait faillite, mais ils sont une minorité. J'ai aussi sur moi l'e-mail de deux amies d'enfance de Lucretia. Elles veulent lui rappeler un secret qu'elles gardent depuis plus de soixante-dix ans.

Phyllis éprouva un soudain élan protecteur envers Lucretia. Il était déjà assez répréhensible que tant de gens, elle-même y compris, cherchent à mettre la main sur son argent. Si quelqu'un devait en plus chercher à l'embarrasser ou à la ridiculiser en public...

— Je veux bien vous accorder une interview, mais à condition que vous me donniez cet e-mail pour que Lucretia soit la seule à contacter ces amies. C'est à prendre ou à laisser.

Ce serait sans doute, pensait-elle, un excellent moyen de rentrer dans les bonnes grâces de Lucretia si elle venait à se fâcher. Et puis, qui sait ? Lucretia lui accorderait peut-être une gratification pour la remercier de sa fidélité et de sa protection.

Lynne n'avait pas le choix. Elle pouvait rester dehors attendre dans la voiture le retour de Lucretia, mais elle n'avait aucune idée de l'endroit où elle était ni de l'heure de son retour. D'un autre côté, cet e-mail n'était peut-être qu'une mauvaise plaisanterie : les gens feraient n'importe quoi pour partager, ne serait-ce qu'un quart d'heure, la célébrité d'une personne placée sous les projecteurs de l'actualité. Et le patron voulait de l'inédit. Une visite de la maison de Lucretia ferait une bonne entrée en matière...

Elle tendit donc l'e-mail à Phyllis.

— C'est bon, dit celle-ci en ouvrant la porte qu'elle avait maintenue obstinément entrebâillée pendant toute la conversation. Vous pouvez entrer.

36

En sortant de la classe de méditation, Regan alla dans le bâtiment voisin, spacieux local de style rustique abritant la boutique et la dégustation. Une vieille caisse enregistreuse trônait au bout d'un long comptoir de bois devant lequel étaient disposés quelques tabourets. Derrière, des verres s'alignaient sur des étagères et des bouteilles dans des casiers vitrés contre le mur de brique. Des bougies multicolores, parfumées ou non, des bâtonnets d'encens et un bric-à-brac d'objets divers, destinés à favoriser une ambiance méditative, étaient répartis un peu partout. Des verres de tailles et de formes variées étaient exposés sur une table ronde en chêne. Au fond de la pièce, une baie vitrée coulissante ouvrait sur un patio pourvu de tables de pique-nique.

À son poste derrière la caisse, Bella accueillit Regan :

— Bienvenue à notre boutique de cadeaux et au centre de dégustation. Si je puis vous être utile, n'hésitez pas à vous informer.

— Merci, répondit Regan.

Bella paraissait bizarre. Sa voix désincarnée et son regard absent donnèrent à Regan l'impression qu'il lui manquait une case.

Des brochures près de la caisse attirèrent l'attention de Regan qui en prit un exemplaire. *Domaine des États Seconds, un regard sur le passé*, annonçait le titre. De nombreuses photos des années 1900 montraient des paysages d'une campagne comportant plus d'arbres que de vignes.

— Votre grand-père a été à un moment le propriétaire de ce domaine, je crois ? demanda Regan.

— Oui, et c'est la Prohibition qui l'a ruiné, répondit Bella avec amertume. Beaucoup de familles de la région ont souffert de la Prohibition, vous savez. Franchement, j'estime que le gouvernement devrait nous dédommager des épreuves de nos ancêtres. Ce que je veux dire, ajouta-t-elle avec un soudain éclair dans le regard, c'est que si le gouvernement n'avait pas adopté à l'époque cette loi inique, le domaine serait à moi, maintenant.

Regan se demanda si elle avait abordé le sujet avec Lilas quand celle-ci l'avait embauchée. Sans doute pas...

— Regardez ce qui s'est passé avec la plupart des start-ups, dit-elle en pensant à Lucretia. Dans cinquante ans, il se trouvera des gens pour dire qu'ils seraient riches aujourd'hui si leurs grands-parents s'en étaient retirés à temps.

— Ce n'est pas du tout pareil, répliqua Bella en balayant l'objection d'un geste.

— J'ai aussi entendu dire que la propriété serait hantée, enchaîna Regan. Connaissez-vous des histoires sur le domaine du temps de votre grand-père ?

— Tout ce que je sais, c'est qu'il a dû s'enfuir à cause de ses dettes. Ce n'est pas juste, ce qui lui est arrivé. Pas juste du tout.

Pourquoi revient-elle ici, alors ?

s'étonna Regan. Elle ne peut y évoquer que de mauvais souvenirs. S'il y en a une qui aurait grand besoin des cours d'Earl, c'est bien elle.

Un couple de visiteurs entra à ce moment-là et Bella les accueillit exactement de la même manière que Regan, par la même phrase, avec la même intonation. On aurait cru entendre les voix d'une suavité artificielle qui résonnent dans les aéroports pour appeler les passagers à l'embarquement immédiat – ou les avertir que leur avion a trois heures de retard, ce qui est plus fréquent.

— Combien vous dois-je pour la brochure ? demanda Regan.

— C'est gratuit, répondit Bella avec un sourire aussi mécanique que sa phrase.

— Merci. À tout à l'heure peut-être.

Regan sortit au moment même où ses parents débouchaient du chemin de terre.

— Vous avez bien roulé ! dit-elle quand Luke freina devant elle. Que diriez-vous tous les deux d'aller déjeuner en ville ?

En fait, Regan était toujours soucieuse et voulait parler tranquillement à ses parents avant de les présenter à Lilas.

Sentant le malaise de sa fille, Nora accepta aussitôt.

— Avec plaisir, ma chérie. Nous avons pris un petit déjeuner léger et je commence à avoir faim.

Regan s'installa sur la banquette arrière. Elle avait pensé avertir Lilas qu'elle ne déjeunerait pas au domaine comme prévu, puis elle s'était dit que Lilas ne se rendrait sans doute même pas compte de son absence. Si elle ne s'inquiète pas du sort de sa fille, elle ne se souciera sûrement pas du mien.

37

Quand il se réveilla, Ricky se sentit presque normal et même capable d'avaler un toast. Mais il était encore affaibli et il dut se forcer à sortir de son lit pour aller prendre une douche.

Le liquide fit tant de bien à son corps déshydraté qu'il ouvrit la bouche et laissa l'eau ruisseler sur son visage et ses lèvres gercées. Une fois trempé, il s'enduisit de gel douche et se frotta vigoureusement, comme s'il éliminait ainsi les souffrances des jours précédents. Au bout de quelques minutes, il ferma le robinet à regret. Mais je me sens déjà cent pour cent mieux, pensa-t-il en se séchant. Pas au point de faire mon jogging habituel du samedi matin, mais mieux quand même.

À vingt-deux ans, Ricky se maintenait scrupuleusement en forme par des exercices quotidiens. De taille moyenne, plutôt mince mais musclé, ses cheveux bruns naturellement bouclés et son teint mat en faisaient la coqueluche de la plupart des filles qu'il rencontrait.

Sa toilette achevée, il enfila un jean et un T-shirt et quitta sa chambre. Dehors, il faisait un temps splendide. Être resté enfermé pendant deux jours l'avait rendu claustrophobe et il avait besoin de sortir au grand air, ne serait-ce qu'un moment.

Le hall de l'hôtel était calme. Aucun des membres de l'équipe du film n'était en vue. Ricky alla à la cafétéria voisine prendre un petit déjeuner léger, un toast beurré avec du thé nature Sa mère lui en donnait toujours quand il était malade et il ne connaissait pas de meilleur repas pour se remettre de ses maux. Son addition payée, il sortit sur le trottoir pour réfléchir au grand air sur ce qu'il allait faire ensuite. Je ne me sens pas encore assez bien pour courir ou prendre mon vélo, se dit-il, mais j'ai envie de faire quelque chose. Je sais ! Je vais aller chez Norman. Il me laissera peut-être assister à son séminaire. Si je lui envoie des clients, je dois au moins savoir comment ça se passe.

Sa décision prise, Ricky retourna à l'hôtel chercher sa voiture en se disant que ce serait amusant de revoir Whitney en dehors du tournage et, par la même occasion, de découvrir qui d'autre s'était inscrit au séminaire. Il y rencontrerait peut-être même des jolies filles. Sa petite amie et lui avaient rompu depuis peu parce qu'il était trop souvent ailleurs qu'à Los Angeles. « Je suis trop jeune pour ces longues séparations, lui avait-elle déclaré en refaisant son maquillage. Il me faut quelqu'un qui soit là quand j'ai besoin de lui. Quelquefois rien que pour m'embrasser quand j'ai le cafard. Tu comprends ? » « Ouais », avait-il répondu en passant la porte sans esprit de retour.

Il se sentit de nouveau plein d'énergie quand il monta en voiture. Je vais bien m'amuser, pensa-t-il, je vais faire de nouvelles connaissances. Il était assez honnête avec lui-même pour admettre qu'il avait surtout envie de revoir Whitney. Si seulement elle ne s'était pas amourachée de Frank Kipsman ! Mais après tout, ajouta-t-il en riant, elle peut très bien succomber un jour à mon charme...

Avant de démarrer, il inséra un CD dans la stéréo de bord, mit le volume à fond et prit le chemin des collines. La maison de Norman était construite dans un site splendide, un secteur forestier. Le temps était idéal pour une promenade en voiture. La journée s'annonçait parfaite pour un convalescent qui reprenait goût à la vie.

Si Ricky avait allumé sa radio au lieu d'écouter de la musique, il aurait sans doute changé d'avis. Les feux de broussailles prenaient de l'ampleur et s'étendaient maintenant aux massifs forestiers.

Précisément là où il se rendait.

38

Pour qui voulait se restaurer, le village le plus proche du domaine offrait des ressources plus que limitées. Muldoons, l'unique pub du lieu, était donc à coup sûr celui où travaillait le mari de Bella, en déduisit Regan. Une pancarte sur la devanture vantait les mérites de sa spécialité, le croque-monsieur à la tomate.

— On essaie ? demanda Regan. L'établissement paraît avoir un peu de couleur locale.

Ayant déjà assez roulé pour une journée, Nora et Luke n'eurent pas envie d'aller chercher ailleurs.

— J'ai toujours raffolé du croque-monsieur à la tomate, déclara Luke avec un sourire ironique en garant la voiture.

À l'intérieur, le juke-box jouait de la musique *country*. Comme il était à peine midi, ils purent choisir leur table et s'installèrent près de la fenêtre d'où l'on voyait les montagnes au loin. L'atmosphère était celle d'un pub typique, plutôt sombre et alourdie de relents de bière rance.

Une serveuse s'approcha sans hâte pour prendre leur commande. Elle accusait la soixantaine et avait la peau tannée, moitié peut-être par le grand air, moitié sans doute par l'exposition aux fumées de son lieu de travail. Le badge sur sa poitrine annonçait qu'elle répondait au prénom de Sandy.

Ils se décidèrent tous trois pour la spécialité maison.

— Bon choix, approuva Sandy. Et qu'est-ce que vous boirez ? Nous avons une bière spéciale...

— Vous n'auriez pas plutôt du vin au verre ? l'interrompit Nora.

— Vous voulez dire à la bonbonne ? ricana la serveuse. On est dans le pays du vin, d'accord, mais le patron achète son pinard en tonneaux et pas chez un vigneron qui a gagné des médailles, vous pouvez me croire.

Regan sauta sur l'occasion de lui tirer des renseignements.

— Nous sommes descendus aux États Seconds, déclara-t-elle.

— Ah ! cet endroit-là, commenta Sandy en faisant la moue.

— Que voulez-vous dire ?

— C'est un coin qui a toujours eu la poisse. Le propriétaire, du temps de la Prohibition, a pris la fuite pour échapper à ses créanciers. Après, c'est resté à l'abandon des années. Tout le monde dit qu'il y a un fantôme. Le dernier propriétaire a fait faillite. Et maintenant, la famille qui l'a repris se lance dans la méditation, l'encens et je ne sais quoi encore. Ils feraient mieux de se contenter de faire du bon vin.

Regan repensa à l'exaspération de Léon envers Earl.

— Un membre de la famille s'est longtemps occupé de méditation, je crois.

— Earl ?

— Oui, Earl.

— Il s'est fait entretenir par un autre centre de méditation jusqu'à ce qu'ils le flanquent dehors. Il bricolait et faisait des petits boulots pour eux, mais pas au point de justifier qu'ils le logent et le nourrissent jusqu'à la fin de ses jours.

— Je croyais qu'il avait été dans le pétrole ?

— Je ne m'en serais pas doutée. Ou alors, c'était il y a longtemps.

Comprenant que Regan tirait les vers du nez de la serveuse, Nora et Luke écoutaient sans intervenir.

— Vous paraissez bien renseignée sur leur compte, observa-t-elle.

— J'ai vécu dans le coin toute ma vie. Alors, forcément, je sais ce qui s'y passe. Quand j'étais gamine, on allait la nuit avec mes copines au domaine abandonné pour jouer à se faire peur. On allait dans la vieille grange au bout de la propriété se raconter des histoires de fantômes. Et puis, je travaille ici depuis des années. Quand on travaille dans un pub, on est au courant de tout.

— La femme qui tient la boutique du domaine m'a dit que son grand-père en était le propriétaire au moment de la Prohibition.

— Son mari vient de prendre un job ici, dit Sandy en baissant la voix. Il a demandé un emploi de barman et le patron l'a embauché sans lui poser trop de questions. Eh bien, l'autre jour, je lui ai demandé de me préparer un Singapour Sling et il m'a regardée comme si j'avais deux têtes. Est-ce que j'ai l'air d'avoir deux têtes ?

— Non, confirma Regan.

— Vous voyez. Quel barman digne de ce nom ne sait pas préparer un cocktail aussi simple, hein ? Je vous le demande. Ah ! Puisqu'on parle de boire, qu'est-ce que vous prendrez ?

Ils tombèrent d'accord pour commander du thé glacé.

— Nous avons fait un dîner très sympathique avec Wally et Bev hier soir, dit Nora lorsque Sandy se fut retirée. Il nous a dit qu'il connaissait le réalisateur du film dans lequel joue Whitney.

Regan entreprit alors de relater à ses parents tout ce qui s'était passé ce matin-là.

— Je ne serai vraiment tranquille, conclut-elle, que quand je saurai avec certitude si Whitney est partie seule ce matin pour aller à son séminaire et si elle y est arrivée sans encombre.

Sandy apporta leur commande. Tout en

mangeant son croque-monsieur, Regan sentait son esprit « sauter de branche en branche comme un singe excité », selon la métaphore d'Earl. Elle passait de Whitney à Bella et de Bella à son mari qui, lui non plus, ne paraissait pas très net. Une image lui revint, celle de l'emblème des pirates tatoué sur le ventre de Don. Ce type-là a décidément quelque chose de louche, se dit-elle. Plus j'y pense, plus j'en suis convaincue.

39

Lucretia et Edward s'arrêtèrent déjeuner à un relais de routiers bondé de motards tatoués, dont les rutilantes machines étaient alignées le long de la façade. Lucretia regretta de ne pas avoir d'appareil photo pour garder le souvenir de sa Rolls Royce garée à côté d'un si bel assortiment de Harley Davidson.

— Dites-moi, chéri, je sais que vous voulez m'en faire la surprise, mais je brûle de curiosité, dit Lucretia pendant qu'ils mastiquaient des cheese-burgers au comptoir. Où irons-nous en voyage de noces ?

— Pour le savoir, il faudra que vous attendiez demain après-midi, quand nous nous esquiverons de la réception. Ce sera un beau voyage, je ne vous en dirai pas davantage, déclara Edward avec autorité.

Pensez à vous munir de toilettes adaptées à toutes les circonstances.

Il ne pouvait évidemment pas dire à Lucretia qu'il l'emmenait faire un long séjour à Denver, où l'altitude lui rendrait la respiration pénible, voire impossible. Il avait la ferme intention de l'épuiser mais, pour ne pas l'alerter, il comptait faire étape dans d'autres villes en cours de route. La nuit, quand elle serait endormie, il en profiterait pour sortir s'amuser. De toute façon, il voulait s'éloigner de Los Angeles le plus longtemps possible pour n'y revenir qu'une fois calmé le brouhaha médiatique suscité par leur mariage.

Le visage de Phyllis apparut soudain sur l'écran du téléviseur perché derrière le comptoir sur la vitrine des pâtisseries. Elle se tenait dans le living de Lucretia à côté de la journaliste responsable du reportage sur son mariage imminent.

« Nous nous trouvons maintenant dans la résidence de l'ancienne star du cinéma muet Lucretia Standish, déclara Lynne B. Harrison en montrant à la caméra une photo de Lucretia d'habitude posée sur un guéridon. Lucretia a réalisé un gain de cinquante millions de dollars sur les actions d'une start-up dans le capital de laquelle elle avait investi ses économies et dont elle s'est sagement retirée à temps. »

— Montez le volume ! cria Lucretia à la serveuse, qui s'empressa d'obtempérer.

« Lucretia se marie demain, poursuivit la journaliste, et nous sommes ici en direct avec Phyllis, sa fidèle servante. Phyllis, que pouvez-vous nous dire sur Lucretia et son fiancé ? Sont-ils heureux ? »

Phyllis se tourna face à la caméra. Edward eut la désagréable impression qu'elle le regardait dans les yeux.

« Oh oui ! répondit Phyllis. Ils sont fous l'un de l'autre. »

Edward se détendit un peu.

« Pouvez-vous nous parler de lui ?

— Je ne peux pas en dire grand-chose, admit Phyllis. Je ne le connais pas vraiment, mais j'ai hâte de faire mieux connaissance.

— Je vous comprends. Pouvons-nous maintenant aller jeter un coup d'œil au jardin où la cérémonie doit se dérouler ?

— Bien sûr. »

La caméra suivit les deux femmes jusqu'à la piscine, autour de laquelle le personnel du traiteur s'affairait à installer des tables rondes. D'autres décoraient de rubans et de fleurs le treillage de la pergola pendant que d'autres encore assemblaient un parquet de bal au fond du jardin. Une équipe charriait une imposante fontaine, sans doute destinée à faire couler le champagne à flots.

Ravie, Lucretia battit des mains.

— Regardez, mon chéri ! Ils préparent tout pour demain.

— Je brûle d'impatience, répondit Edward avec ferveur.

« Ce sera un mariage féerique, commenta Lynne. J'aurais aimé interviewer de nouveau Lucretia, mais j'ai appris qu'elle s'est rendue dans une retraite secrète afin de se reposer pour le grand jour. Chers amis téléspectateurs, faites-nous connaître vos sentiments sur le mariage de Lucretia Standish et d'Edward Fields. Estimez-vous qu'une différence d'âge de quarante-sept ans soit excessive ? Pensez-vous plutôt que l'amour compte avant tout ? Nous reviendrons un peu plus tard sur le déroulement de cette grande et belle journée. À bientôt. »

— Nous sommes vraiment les rois du week-end, mon chéri, dit Lucretia avec un sourire épanoui. Vous n'estimez pas que quarante-sept ans représentent une trop grande différence d'âge, j'espère ? ajouta-t-elle avec coquetterie.

Tu perds la boule, vieille bique ? se retint-il de hurler.

— Au contraire, répondit Edward en se forçant à sourire, je la considère parfaite. Cinquante ans, je ne dis pas, ce serait un peu trop. Mais quarante-sept nous convient à merveille.

Un instant, Lucretia parut troublée.

— Je suis bien d'accord, dit-elle enfin. Appelons Phyllis du téléphone de la voiture, enchaîna-t-elle. Je veux savoir s'il se passe encore autre chose là-bas.

— Nous ferions peut-être mieux de rentrer, suggéra Edward décidé à choisir entre deux maux le moindre.

— Pas du tout ! J'ai promis de passer la nuit au domaine avec notre famille. Et puis, il ne faut pas abuser de la couverture médiatique. La télévision sera demain au mariage, cela suffira. Payez l'addition, chéri, il est temps de reprendre la route.

Lucretia sauta avec légèreté de son tabouret et fit face à la salle pleine de motards qui avaient tous regardé la télévision.

— Une sacrée nana, Lucretia ! cria l'un d'eux. Vous voulez faire un tour sur ma bécane ?

— Avec joie ! répondit-elle, ravie d'être l'objet de tant d'attention.

Le groupe salua sa réaction par une bruyante ovation où les sifflements assourdissants se mêlaient aux applaudissements.

— Voyons, Lucretia... protesta Edward.

— Si, j'y tiens ! dit-elle d'un ton sans réplique.

Deux des motards accompagnèrent le couple dehors.

— On m'appelle Crade, se présenta celui qui avait offert la promenade à Lucretia. À cheval, ma princesse ! Permettez ?

Il portait un gilet de cuir sans manches

qui dévoilait des biceps impressionnants couverts de tatouages, des bottes cloutées et un foulard rouge noué autour de la tête. Sans effort apparent, il souleva Lucretia par la taille, la mit à califourchon sur la selle, lança sa machine d'un coup de kick et démarra dans un vrombissement de moteur.

— Moi, je suis Big Boss, déclara l'imposante créature restée à côté d'Edward. Il faut que tu saches que si on entend parler de choses pas nettes au sujet de ton mariage avec la petite dame, on viendra te le faire payer. On n'aime pas que les gens fassent des coups tordus aux gentilles petites vieilles. Compris ? conclut-il avec un sourire dévoilant deux rangées de dents à rendre un lion jaloux.

Edward espéra qu'il ne voyait pas ses genoux s'entrechoquer.

— Je prendrai bien soin d'elle, affirma-t-il. Le plus grand soin.

— Tant mieux, dit Big Boss avec un rire qui tenait du grondement de fauve. Parce qu'on aura l'œil.

Quand je pense que c'est moi qui ai eu l'idée de déjeuner ici, pensa Edward, accablé. Big Boss portait lui aussi un gilet sans manches et un jean coupé aux genoux. Il était impossible de distinguer ses tatouages les uns des autres, il en paraissait couvert de la tête aux pieds.

Quelques instants plus tard, Crade revint dans un déluge de décibels, Lucretia en croupe.

— Chéri ! cria-t-elle avant de mettre pied à terre. J'ai invité ces charmants garçons à notre mariage. Ils viendront tous !

40

Ligotée depuis des heures, Whitney avait mal partout et mourait de soif. M'a-t-il laissée ici jusqu'à ce que mort s'ensuive ? se demandait-elle avec une angoisse croissante. Me retrouvera-t-on jamais ?

Elle essayait de deviner les raisons pour lesquelles on la séquestrait ainsi. Si son ravisseur avait voulu la tuer, il l'aurait fait tout de suite. Il l'avait donc kidnappée. Mais pourquoi ? Allait-il demander une rançon ? Savait-il qu'ils seraient tous bientôt millionnaires ? En dehors de la famille, personne n'était au courant. S'agirait-il de l'individu présent dans la salle à manger la veille au soir ? Il aurait pu les entendre parler de l'argent. Mais s'il avait suivi leur conversation, il aurait dû savoir qu'ils ne le toucheraient que s'ils assistaient tous ensemble au mariage. En repassant dans sa mémoire le dîner de la veille, Whitney se rappela qu'il était sorti se promener pendant près d'une heure. Avait-il exploré la propriété et découvert la vieille grange ?

Elle entendit tout à coup la porte s'ouvrir. Son cœur battit à se rompre. Revenait-il la tuer ? Elle retint sa respiration. Puis, aussi soudainement qu'elle s'était ouverte, la porte se referma.

Mon Dieu ! pensa Whitney, affolée. Était-ce lui ? Était-ce quelqu'un d'autre ? Elle se débattit, tenta de donner des coups de pied contre la carrosserie de la Jeep, mais ses efforts paraissaient resserrer ses liens et, quand elle essayait de crier, le bâillon l'étouffait. Ce devait être quelqu'un d'autre, se dit-elle avec un espoir mêlé de frustration. Mais qui ? Personne ne vient jamais par ici. La vieille grange, devenue dépotoir, était tout au bout de la propriété.

Son téléphone portable se mit à sonner dans son sac, resté sur le siège avant. Whitney soupira, découragée. Si seulement on l'avait appelée une minute plus tôt ! La personne qui avait ouvert et refermé presque aussitôt la porte l'aurait peut-être entendu.

Il faut que j'arrête de me débattre, décida-t-elle. Je dois conserver mes forces pour être prête à signaler ma présence si quelqu'un revient.

41

La pelle sous le bras, Bella contourna la vieille grange en crachant dans ses mains. Depuis huit jours, elle consacrait l'heure de sa pause déjeuner à creuser derrière la grange dans l'espoir de retrouver le trésor enterré là par son grand-père, Ward. Si elle ne savait pas précisément où il était enfoui, elle était au moins certaine qu'il appartenait à sa famille, quel que soit l'actuel propriétaire du domaine.

Quand il avait fui la Californie, le grand-père Ward avait cherché refuge au Canada. Peu après s'être installé en Colombie Britannique, il avait fait la connaissance de la grand-mère de Bella et l'avait épousée. Rose, la mère de Bella, était née quelques années plus tard. Quand elle était petite, elle s'asseyait sur les genoux de Ward, son père, qui lui répétait inlassablement la même histoire : « J'aimais mes vignes à la folie. Si seulement cette maudite Prohibition n'avait pas été votée... »

— Sans la Prohibition, nous ne nous serions pas connus, lui rétorquait son épouse.

— Nous nous serions rencontrés quand même, répondait-il en riant, avec un geste de la main qui balayait l'argument. Tu es née sous une bonne étoile, ma chérie. Nous étions faits l'un pour l'autre. Mon vignoble n'était pas fait pour moi, voilà tout. Ah ! maudite Prohibition !

La famille vivait à Vancouver, où Ward exerçait le métier de marin sur un chalutier. « Un jour, j'y retournerai », répétait-il. Mais il était mort trop jeune pour tenir parole, avant même l'abolition de la Prohibition, cause de tous ses malheurs. Il ne foula donc jamais plus le sol des États-Unis.

La grand-mère de Bella n'avait jamais pris le temps de regarder les vieux papiers de Ward et la mère de Bella, Rose, sortie du même moule, n'y avait pas davantage jeté les yeux. À la mort de sa mère, Rose s'était contentée d'entasser les archives familiales au grenier. « Il y a trop de paperasses dans ces boîtes, ton grand-père conservait tout, avait-elle dit à Bella. Comme il avait dû quitter la Californie sans rien pouvoir emporter, il a décidé de tout garder ensuite. Je me déciderai peut-être à trier ce fatras un de ces jours. »

« Un de ces jours » ne se présenta qu'un mois plus tôt, lorsque Rose décida de déménager. Souffrant de la solitude depuis son veuvage, elle voulait rejoindre plusieurs de ses amies qui vivaient dans une résidence. Bella alla donc à Vancouver aider sa mère. Surdouée du rangement et dépourvue de l'esprit conservateur de son grand-père, elle jeta sans remords tout ce qu'elle estimait digne de la poubelle. Comme, en plus, Rose ne pouvait emporter que quelques meubles dans son nouveau logement, Bella s'en donna à cœur joie.

La maison ainsi débarrassée des vieilleries hors d'usage qui l'encombraient, la mère et la fille s'attaquèrent au grenier. Bella retroussa ses manches et arracha avec un plaisir évident les couvercles des boîtes en carton, pour la plupart remplies de journaux et de magazines qu'elle fourra les uns après les autres dans des sacs-poubelles en éternuant de temps à autre sous l'effet de la vénérable poussière.

Une boîte contenant des vieilles photos ralentit un moment la ferveur stakhanoviste de Bella.

— Regarde ! s'extasia Rose. Comme il était élégant !

En complet de lin blanc, Ward se tenait devant un café du front de mer. Un verre de vin dans une main, il saluait de l'autre le photographe d'un geste gracieux de son canotier. Bella lui accorda un regard puis, deux secondes plus tard, défonça un autre carton plein, celui-là, de vieilles lettres et de documents jaunis. Un cahier attira d'abord son attention. Elle en feuilleta les pages, remplies de phrases sans suite jetées sur le papier d'une écriture hâtive. Ward y exprimait son attachement à ses vignes, le plaisir que lui procuraient le contact des grappes dans ses mains, l'odeur du raisin pressé qui fermentait dans les cuves, la saveur du vin dans son palais. Vers la fin, le ton changeait.

— Maman ! s'écria-t-elle tout à coup. J'ai trouvé le journal de grand-père. Écoute ça !

Rose interrompit son travail en cours et tendit l'oreille pendant que Bella lisait une page à haute voix : « Il faut que j'arrête. Inutile de m'entêter. Je ne peux plus entretenir le domaine. J'ai essayé de vendre mon vin à l'église comme vin de messe, c'est le seul vin légal ces temps-ci, mais le curé n'a pas voulu. Il ne me reste qu'à prendre la fuite pour échapper aux créanciers. Je viens d'enterrer mon trésor. J'espère pouvoir revenir le chercher un jour. »

En lisant la dernière phrase, le cahier échappa des mains de Bella. Quand elle se pencha pour le reprendre, une feuille de papier en tomba qu'elle ramassa aussitôt.

— Quel trésor ? s'exclama Rose.

— Je ne sais pas, attends...

Elle déplia le feuillet et poussa un cri de stupeur :

— C'est un plan de la main de grand-père, daté de 1920 ! Il donne l'adresse du domaine et il a marqué d'une croix l'endroit où il a enterré son trésor ! Et ce n'est pas tout, grand-père a écrit autre chose au bas de la feuille : « Ayant dû partir précipitamment pour échapper à mes créanciers, je n'ai pas pu emporter tout ce qui m'était le plus cher. Je l'ai donc enterré au fond de la propriété, derrière la vieille grange. J'espère pouvoir aller un jour reprendre possession de mon bien. Mais si je n'ai pas pu retourner là-bas et si quelqu'un lit ceci après ma mort, qu'il aille le chercher lui-même ! Le trésor lui appartient. » C'est extraordinaire ! poursuivit Bella. Il ne t'avait jamais parlé de ce trésor, à toi ou à grand-mère ?

— Il est mort jeune, tu sais, personne ne s'y attendait. Il disait toujours qu'il voulait retourner en Californie quand il aurait assez d'argent de côté, mais rien de plus.

La mère et la fille gardèrent le silence un long moment.

— Dommage que je ne sois plus en état de remuer la terre, dit enfin Rose avec un bref éclat de rire.

— Eh bien, moi je le ferai ! déclara Bella. Il faut que j'y aille !

— Le trésor a peut-être disparu et le

domaine doit maintenant appartenir à quelqu'un d'autre.

— Et alors ? Je trouverai un moyen. S'il y a encore quelque chose là-bas, c'est à toi et à moi.

— Et aussi à Walter, je suppose, soupira Rose.

Bella s'était mariée avec Walter, un Américain que Rose n'avait jamais vraiment approuvé. Le ménage s'était installé dans l'État de Washington, près de la frontière canadienne. Walter venait de perdre son emploi dans une compagnie aérienne. Bella avait donc une puissante motivation pour aller à la chasse au trésor en Californie.

— Il viendra avec moi, déclara-t-elle.

— Et s'il ne voulait pas ?

— Il n'a pas le choix.

Cette scène s'était déroulée quatre semaines plus tôt. Ayant réussi depuis à se faire employer au domaine, Bella passait une heure par jour à creuser la terre dans l'espoir d'y découvrir Dieu savait quoi. Personne ne l'avait encore vue hanter le fond de la propriété et nul ne s'étonnait qu'elle occupe son temps libre à faire de longues promenades au lieu de déjeuner. Si on la surprenait en train de faire des trous, elle prétendrait réorganiser les couches de terre afin, selon une légende indienne, d'éloigner les mauvais esprits et d'attirer la chance sur le vignoble. Elle avait inventé cette explication en pensant qu'ils étaient tous assez marqués par leur passé hippie pour y croire.

De son côté, Walter s'était déclaré incapable de l'aider à manier la pelle à cause de ses douleurs dans le dos. Bella lui avait donc enjoint de prendre un job de barman jusqu'à ce qu'elle ait déterré le trésor et qu'ils puissent rentrer chez eux. Cela, lui avait-elle dit, ferait moins mauvais effet que de rester toute la journée dans leur chambre meublée à regarder la télévision. Après s'être incliné de mauvaise grâce, Walter avait découvert qu'en fin de compte, son travail au pub lui plaisait.

— Ne te fais quand même pas pincer, avait-il conseillé à Bella.

Derrière la grange, le terrain descendait en pente douce jusqu'à un ruisseau qui longeait la propriété. Ce jour-là, à la fin de son heure de terrassement, Bella n'avait toujours rien exhumé d'autre que des vers de terre et des cailloux. Elle posa la pelle et alla au ruisseau se laver les mains dans l'eau fraîche et limpide.

— Cela fait du bien ! dit-elle à haute voix.

Les mains de Bella étaient maintenant calleuses et endolories, mais leur odeur de sueur lui était le plus doux des parfums. Elle ne supportait plus les arômes doucereux de bougies parfumées et d'encens qui flottaient dans la boutique et dont elle devait s'accommoder puisque c'était sa seule raison de venir tous les jours au domaine.

Quelques instants plus tard, Bella se releva, se sécha les mains dans l'herbe et reprit le chemin de la maison. Elle marqua un bref temps d'arrêt en se rappelant ne pas avoir remis dans la grange la pelle qu'elle y avait prise une heure auparavant. Mais après tout, se dit-elle en poursuivant son chemin, c'est sans importance, je reviendrai demain

Et puis, ajouta-t-elle en souriant, cette pelle est si vieille qu'elle devait appartenir à mon grand-père. Dans ce cas, elle est à moi.

42

Le cours de méditation à peine terminée, Rex s'était précipité dans sa voiture. Malgré sa décision de rester au domaine et l'arrivée imminente d'Eddie avec « l'amour de sa vie », il se sentait comme un rat pris au piège. Si le sort de ses associés de New York lui causait de gros soucis, le tapage fait autour d'Eddie et de Lucretia à la télévision commençait à l'inquiéter sérieusement. Car si quelqu'un s'avisait de fourrer son nez dans le passé d'Eddie, le nom de Rex ferait surface tôt ou tard – et pas de la manière la plus flatteuse.

De plus en plus mal à l'aise, Rex démarra et alla au village voisin où il erra dans la grande rue, de boutique en boutique, ce qui ne l'occupa pas plus de dix minutes. Il envisageait de boire un verre au pub quand il vit Regan Reilly descendre de voiture et y entrer avec d'autres gens. Cette apparition ne contribua pas à le calmer, surtout à la pensée de Whitney ligotée dans sa Jeep. Ne t'affole donc pas, se força-t-il à se dire, tu ne risques rien. Dès qu'Eddie sera marié, on appellera la famille d'une cabine téléphonique pour dire où elle est. Ils ne se seront peut-être même pas rendu compte de son absence.

Il finit par entrer dans une charcuterie et commanda un sandwich de dinde au pain complet.

— Mettez-en deux, ajouta-t-il.

Il venait de décider de retourner à la grange apporter à Whitney de quoi boire et manger. Il lui donnerait aussi l'occasion de se soulager. La grange était vaste, il y avait des recoins où elle pourrait s'isoler. À condition, bien entendu, de ne pas chercher à fuir.

Au fond, se dit-il en prenant deux boîtes de soda dans une armoire réfrigérée, je ne suis pas un si mauvais bougre. J'essaie simplement de faire mon trou dans un monde impitoyable et je ne me fâche que quand on me cherche des crosses. C'est humain, après tout.

— Vous voulez des chips avec vos sandwiches ? s'enquit la vendeuse.

— Oui, merci. Et faites deux paquets séparés, s'il vous plaît.

— Rien de plus facile. Et profitez de cette belle journée.

— J'en ai bien l'intention.

Rex prit ses deux sacs en papier, paya et sortit. Son côté bucolique lui fit un instant admirer le paysage environnant et les montagnes qui semblaient monter la garde autour du village. C'est autre chose que Manhattan, pensa-t-il en remontant en voiture.

Il s'arrêta au bout de la rue devant un petit square et mangea dans sa voiture, les vitres baissées et la radio allumée. Le sandwich était bon, le soda rafraîchissant. Les chips terminées, il fourra consciencieusement le sachet vide dans le sac en papier ayant contenu son sandwich. En reprenant le chemin du domaine, il pensa qu'il serait plus prudent de se garer près la maison principale et d'aller à pied à la grange, la présence de sa voiture à cet endroit pouvant paraître suspecte et attirer l'attention sur lui comme sur le lieu, ce dont il ne voulait à aucun prix.

Tout était calme quand il arriva. Muni du sandwich et de la boîte de soda destinés à Whitney, il marcha d'un pas rapide, mais sans courir pour le cas où il rencontrerait quelqu'un. Dieu merci, la grange située dans un pli de terrain n'était pas visible de la maison principale.

En arrivant près de la grange, un bruit de grattement provenant de l'arrière du bâtiment lui fit dresser l'oreille. Le cœur battant, il stoppa net, attendit. Le bruit cessa. Rex longea la grange à pas de loup. On n'entendait plus que le murmure du ruisseau qui coulait en contrebas. Avec précaution, il avança la tête, jeta un coup d'œil. Il découvrit des tas de terre à côté de plusieurs excavations – et une femme agenouillée au bord du ruisseau.

S'efforçant de garder son calme, il se remit au plus vite à couvert, regagna le devant de la grange et s'éloigna en hâte jusqu'à ce qu'il puisse se mettre à l'abri d'un bouquet d'arbres. Qui c'est, celle-là ? se demanda-t-il, affolé. Et que peut-elle bien fabriquer ici ?

43

Pendant que la famille Reilly roulait vers les États Seconds, le portable de Regan sonna. Le fait que Nora et Luke aient cessé de parler en constatant que c'était Jack qui appelait amusa Regan.

— Quoi de neuf ? demanda-t-il après les premières effusions.

— Un certain nombre de choses. Mes parents sont venus me rejoindre, ils passeront la nuit au domaine. Lucretia et son fiancé doivent arriver eux aussi, ce qui promet d'être intéressant.

La présence de ses parents qui ne perdaient pas un mot de ce qu'elle disait la retint d'ajouter : « J'aurais bien voulu que tu sois là, toi aussi. »

— Ils viennent la veille de leur mariage ? s'étonna Jack.

— J'ai cru comprendre que Lucretia

voulait échapper à certains harcèlements provoqués par le reportage télévisé et avait besoin d'un peu de calme.

— Elle t'invitera peut-être à la noce. Des nouvelles de Whitney ?

— Non. Nous venons de déjeuner au village et je vais voir sa mère dans quelques minutes. Elle a peut-être appelé en mon absence. Je l'espère, du moins.

Elle entendit Jack s'éclaircir la voix, signe qu'il allait lui dire quelque chose d'important :

— Je l'espère aussi. Tu vas donc rencontrer le fiancé de Lucretia. D'après ce que j'ai appris sur son compte jusqu'à présent, cet Edward Fields est un drôle d'oiseau.

— Vraiment ?

— Oui. Il s'appelle Hugo, mais il a abandonné ce prénom, le premier, pour prendre le second, Edward. Sous l'identité de Hugo, il a un historique chargé. Il s'est fait longtemps entretenir par des vieilles dames fortunées. Il avait un emploi légal à Wall Street il y a une dizaine d'années, mais cela n'a pas duré. Il préférait recueillir des fonds au profit d'œuvres caritatives qui n'en recevaient, tout compte fait, qu'un maigre pourcentage. Il cherchait aussi des investisseurs pour des petites sociétés qui démarraient, comme celle où Lucretia avait placé de l'argent, moyennant de généreuses commissions. Il lui est aussi arrivé de participer à des « coups de Bourse » consistant à gonfler artificiellement la valeur d'une action pour la revendre avant qu'elle ne retombe à sa valeur initiale ou au-dessous. Dans toutes ces activités, il se pare du titre de « consultant ». En fait, il exécute ses opérations assez habilement pour que nous ne disposions de rien qui soit susceptible de l'incriminer et il n'a jamais été condamné. Lucretia représente le couronnement de sa carrière, si j'ose dire. Après leur mariage, il pourra prendre sa retraite. Nous savons seulement que c'est un joueur invétéré. Espérons pour elle qu'il ne dilapidera pas sa fortune dans les casinos ou sur les champs de courses.

— Il y a tellement d'escrocs dans son genre ! soupira Regan. Qu'ils s'en sortent la plupart du temps dépasse mon entendement. Maintenant, ce Hugo Edward va exploiter Lucretia. Bien entendu, aucune loi n'interdit d'épouser quelqu'un pour sa fortune.

— Et qui aurait le courage de révéler à la jeune mariée rougissante que son promis est un vulgaire chercheur d'or ?

— Dans ces cas-là, c'est le messager qu'on tue, plaisanta Regan.

— Je suis certain que le Hugo en question a hâte de mener Lucretia à l'autel ou devant le juge avant de devoir neutraliser ledit messager. En Californie, la loi prévoit le régime de la communauté entre époux. Comme ils n'ont été fiancés que deux jours, je doute qu'il ait pu y avoir une quelconque enquête prénuptiale, ou même que quelqu'un en avait pris l'initiative.

— Les seuls parents de Lucretia sont les propriétaires du domaine. Elle les rencontrera aujourd'hui pour la première fois.

— Son cher Eddie doit souhaiter ardemment qu'ils ne se soient jamais rencontrés. Ah oui, j'oubliais ! Ses amis l'appellent Eddie. Quand il veut faire bonne impression, il s'appelle Edward.

Une idée surgit dans l'esprit de Regan qui commença à la tracasser. Certes, Whitney n'était pas officiellement portée disparue. Mais s'il s'avérait qu'elle ait été victime de quelque manœuvre répréhensible, Edward y serait-il mêlé d'une manière ou d'une autre ? Connaissait-il l'intention de Lucretia de donner des millions à ces parents à condition d'assister en bloc à son mariage ?

— J'ai hâte qu'on se retrouve tous ensemble autour d'un verre de vin, dit Regan en esquissant sa stratégie. « Parlez-moi donc un peu de vous, cher Edward », lui dirai-je de ma voix la plus suave.

— Je te crois tout à fait capable de le déstabiliser, dit Jack en riant.

— Si c'est un compliment, merci. Au fait, ton enquête progresse ?

— Nous sommes en train d'interroger le type que nous avons arrêté quand il cherchait à vendre l'œuvre d'art volée. À l'évidence, il ne travaille pas seul. Nous avons obtenu un mandat de perquisition, des inspecteurs sont en ce moment chez lui. J'espère qu'ils y trouveront des indices permettant de démasquer ses complices, car j'ai le pressentiment que ce ne sont pas des enfants de chœur. Une seconde, Regan, ne quitte pas. On m'appelle sur l'autre poste.

Pendant qu'elle attendait, Regan ne put se débarrasser de sa sourde inquiétude au sujet de Whitney.

— Il faut que je file, dit Jack quand il revint en ligne. Je te rappellerai plus tard.

— J'ai hâte de faire la connaissance de Lucretia, dit Nora quand Regan eut coupé la communication.

— Et moi de son fiancé, enchaîna Luke en s'engageant dans le chemin de terre menant au domaine.

— Tu lui demanderas si ses intentions sont honorables, cher papa, lui dit Regan en lui tapant sur l'épaule.

Quand ils descendirent de voiture, Lilas sortit de la boutique et vint à leur rencontre.

— Soyez les bienvenus ! Nous sommes enchantés de vous accueillir au domaine des États Seconds, dit-elle avec un large sourire.

Regan procédait aux présentations quand Bella apparut à la lisière des vignes.

— Ah ! Bella revient de sa pause déjeuner, dit Lilas. Tant mieux, elle reprendra son poste à la boutique pendant que je vous installerai.

— Avez-vous reçu des nouvelles de Whitney ? demanda Regan.

— Non.

— Le responsable du séminaire a-t-il rappelé ?

— Pas encore, répondit Lilas d'un ton insouciant. Mais Earl dit que les séances de ce genre durent parfois des heures.

Pendant qu'ils sortaient les bagages du coffre, Bella leur fit de loin un signe de la main avant de s'engouffrer dans la boutique. Regan remarqua qu'elle avait les joues rouges et paraissait essoufflée. Il y a chez cette femme quelque chose de bizarre que je n'arrive pas à définir, se dit-elle. Mais elle chassa cette pensée d'un haussement d'épaules. Le sort de Whitney la souciait bien davantage. Je vais rappeler ce séminaire, décida-t-elle. À cette heure-ci, ils ont quand même dû prendre le temps de déjeuner.

44

Vingt et un motards formaient autour de la Rolls Royce de Lucretia une escorte digne d'un chef d'État. Edward feignait de son mieux d'apprécier cet honneur, mais chaque fois qu'il regardait le rétroviseur, le sourire malveillant de Big Boss aggravait son angoisse, car il était sûr que le colosse avait pris position derrière la voiture précisément pour cette raison. Crade roulait en tête et le reste de la troupe s'était mis en formation avec une rigueur toute militaire. Ils avaient pourtant des mines si patibulaires qu'on n'aurait aimé en rencontrer aucun seul à seul la nuit dans une rue déserte.

Lucretia, pour sa part, rayonnait de plaisir.

— Eh bien, chéri, ne m'avez-vous pas dit que j'étais distrayante ?

— Je l'ai dit, en effet, admit Edward.

Au comble de la panique, il se demandait s'il serait capable de survivre jusqu'à la fin du week-end. Il allait avant tout devoir appeler Rex pour s'assurer qu'il ne ferait rien de mal à Whitney. La panique l'envahissait et il avait de bonnes raisons pour ça. S'il avait commis dans sa vie bien des actes que la morale réprouve, il ne s'était attaqué qu'au portefeuille d'autrui sans jamais faire peser de menaces sur leur vie. Et, tandis qu'il sentait un filet de sueur froide couler le long de son dos, il prit la ferme résolution de ne se trouver à aucun prix ni sous aucun prétexte mêlé, de près ou de loin, à quoi que ce fût susceptible d'être considéré comme un crime. Ni maintenant ni plus tard, surtout avec un gorille comme Big Boss sur ses talons. Il espéra qu'il saurait le faire comprendre à Rex avec assez de conviction.

— Mon Dieu ! Avec tout cela, je n'ai pas encore appelé Phyllis ! s'exclama Lucretia en empoignant le téléphone installé entre les sièges.

Elle composa son numéro de Beverly

Hills, brancha l'appareil sur le haut-parleur. La tonalité fit à Edward l'effet d'un glas.

— Résidence de Mme Standish, annonça Phyllis comme à regret.

— Phyllis, je vous ai vue à la télévision ! cria Lucretia de sa voix la plus stridente. C'était sensationnel !

— Vous n'êtes pas mécontente ?

— Pas du tout ! Le jardin était superbe. Vous auriez dû montrer à la caméra le mur avec toutes mes photos du temps de Hollywood.

— C'est vrai, excusez-moi.

— Ce n'est pas grave. Pourquoi sont-ils revenus ?

— Ils sont encore ici, répondit Phyllis en baissant la voix. La fille est sortie prendre quelque chose dans la voiture. Ils ont reçu tellement d'appels à votre sujet qu'ils veulent rallonger la sauce. J'ai essayé de refuser, mais la fille m'a dit qu'elle avait un e-mail de deux de vos amies d'enfance qui prétendent partager un secret avec vous.

— Polly et Sarah ! cria Lucretia dont la voix, contre toute vraisemblance, monta encore d'une octave.

— Vous vous souvenez d'elles, alors ?
— Bien sûr que je m'en souviens !
— Vous savez ce que c'est, ce secret ?
— Oui.
Là-dessus, la voix de Lucretia se brisa comme si sa gaieté s'était évaporée d'un seul coup.
— Ce n'est pas bon ? s'enquit Phyllis.
— Il y a pire, j'imagine.
— Écoutez, j'ai demandé à la journaliste de me donner cet e-mail si elle voulait que je la laisse entrer.
— Elle ne s'en servira pas ?
— Je ne peux pas l'affirmer, mais je ne crois pas. Ce message vous est adressé à vous, pas à la station.
— Qu'est-ce qu'il dit ? demanda Lucretia, le cœur battant.
— Une seconde.
Phyllis posa le combiné, baissa le son de la télévision, prit le message dans son sac et mit ses lunettes.
— Voilà, je lis. « *Chère Lukey...* »
Lucretia poussa un hurlement qui réduisit Phyllis au silence.
— Désolée, dit-elle après avoir repris contenance. On ne m'avait pas appelée

comme cela depuis des années. Continuez.

— Bon, je reprends. « *Chère Lukey, tu te souviens de nous, Polly et Sarah ? Nous avons été estomaquées de te voir à la télé ! Tu n'étais pas apparue sur un écran depuis si longtemps...* »

— C'est méchant ! interrompit Lucretia.

— Si on veut. « *Mais tu as une mine superbe et nous te félicitons d'épouser un homme plus jeune que toi. Ce n'est pas la première fois, nous le savons ! Tu te rappelles quand nous sommes venues à Hollywood pour ton anniversaire le jour du krach de la Bourse ? Quelle soirée ! Et te souviens-tu du pacte que nous avons conclu ce soir-là ? Tu ne l'as sûrement pas oublié. Nous regrettons sincèrement de ne pas t'avoir revue ensuite parce que tu t'étais éloignée de nous. Contrairement à toi, nous ne nous sommes mariées qu'une seule fois. Nos maris sont morts, maintenant. Alors, nous nous sommes dit que ce serait plus amusant de vivre ensemble que de rester à nous balancer seules chacune de notre côté sur nos fauteuils à bascule.*

« *Nos meilleurs souvenirs datent du*

temps où nous étions encore toutes les trois des gamines et que nous allions la nuit dans le cimetière derrière chez ton père. Nous pensions alors que nos vies étaient toutes tracées, tu te souviens ? Qu'est-ce qu'on en a discuté !

« Après t'avoir vue à la télé, nous nous sommes demandé ce que penseraient les gens s'ils étaient au courant du pacte secret que nous avions conclu le soir de ton anniversaire. On en a bien ri ! »

Lucretia poussa un nouveau hurlement.

— Il y a encore une ligne, l'informa Phyllis.

— Qu'est-ce qu'elle dit ?

— *« Ça nous ferait vraiment plaisir que tu nous fasses signe. »*

— Leur numéro de téléphone ? voulut savoir Lucretia.

— Je ne sais pas.

— Pourquoi ?

— Parce qu'elles n'ont donné que leur adresse e-mail.

— Où habitent-elles ?

— Elles ne le disent pas non plus... Attendez, voilà la journaliste qui revient.

— Promettez-lui tout ce qu'elle voudra.

— Hein ?

— Je ne veux surtout pas qu'elle prenne contact avec ces deux-là. D'ailleurs, si elle est là, passez-la-moi.

— D'accord, la voilà, dit Phyllis en tendant le combiné à Lynne qui se tenait à côté d'elle.

— Bonjour, chère Lucretia ! entonna Lynne avec un enjouement affecté qui agaça Lucretia. Tant de gens sont passionnés par votre histoire que nous ne pouvons pas leur en dire assez !

— C'est très flatteur, dit Lucretia en s'efforçant de parler avec calme. Nous sommes en route vers la propriété de mes neveux et nièces au nord de Santa Barbara pour une réunion de famille avant le mariage. Devinez ce qui nous arrive, ajouta-t-elle sur le ton de la confidence dans l'espoir de détourner son attention de Polly et de Sarah. Je vous le donne en mille !

— Quoi donc ?

— Nous sommes escortés jusqu'au domaine par une bande de vingt et un motards. Et ils viendront tous au mariage !

— Quel spectacle ! Où les avez-vous rencontrés ?

— Dans un petit café au bord de la route.

— J'aadoore ça ! J'aimerais surtout demander à un cameraman de notre station de Santa Barbara d'aller filmer votre arrivée. J'espère qu'il pourra y être à temps.

— Il dispose de trois bons quarts d'heure. Je vais demander à Edward de conduire moins vite.

— Parfait, parfait ! s'exclama Lynne en riant aux éclats. Est-ce que je peux y aller moi aussi ? J'aimerais interviewer les membres de votre famille.

— Ma foi, pourquoi pas ? acquiesça Lucretia. Plus on est de fous, plus on rit.

— Fantaastique !

— Phyllis vous donnera l'adresse exacte. Pouvez-vous me la repasser, je voudrais lui parler ?

— Voilà, voilà.

— Allô ? fit la voix de Phylllis.

— Donnez-moi l'adresse d'e-mail, je veux contacter ces deux vieilles amies. Je me servirai de l'ordinateur portable d'Edward.

Edward faillit s'étrangler et réussit à feindre une quinte de toux.

— Je peux vous demander ce que c'est, ce secret ? chuchota Phyllis pendant que Lynne appelait son patron sur son téléphone portable.

— Certainement pas ! Donnez-moi l'adresse, tout de suite !

Quand Lucretia eut raccroché, Edward lui prit la main.

— Et moi, ai-je le droit de le connaître, ce fameux secret ? demanda-t-il en réussissant à mettre de la tendresse dans sa voix.

— Pas question, c'est une histoire de filles. Il est peut-être ridicule, mais je ne veux pas que tout le monde le sache. Et d'ailleurs, ajouta-t-elle, nous avons tous le droit d'avoir quelques petits secrets, n'est-ce pas ?

Oh oui ! pensa Edward. Et même plus que quelques-uns. Plus que tu ne pourras jamais l'imaginer, ma pauvre vieille.

45

Après avoir passé quatre heures à enseigner à ses élèves comment puiser dans leurs pouvoirs créatifs et découvrir leur charisme, Norman s'estima satisfait. Il avait affaire à un bon groupe. Comme toujours, il y en avait un ou deux qui essayaient d'accaparer l'attention du maître, il en rencontrait à chaque séminaire. Norman avait lu dans un traité de sociologie que si vous rassemblez un certain nombre d'individus pris au hasard, certains types de personnalités en émergent toujours. Celui qui serait le leader d'un groupe pourrait s'effacer dans un autre de composition différente mais, d'une manière ou d'une autre, tous les rôles se distribuent, comme si cette répartition obéissait à une loi de la nature. Il y aura toujours, ou presque, les appliqués et les cancres, les meneurs ou les pitres.

— Bon, un peu de repos, annonça-t-il. Le déjeuner est servi à la maison. Nous reprendrons dans une heure.

À cause de l'isolement du site – sans oublier le fait que le droit d'inscription comprenait les repas et le logement pour la nuit –, ils choisirent pour la plupart le repas collectif. Norman avait aménagé deux dortoirs au sous-sol. Le séminaire se terminant rarement avant minuit ou une heure du matin, Norman avait pensé que passer la nuit ensemble renforcerait le travail de la journée conçu pour briser ou, au moins, assouplir les défenses individuelles de ses élèves. Cette ambiance de colonie de vacances pour adultes les amenait, en outre, à apprécier à sa juste valeur l'agrément d'avoir un lit à soi et de vivre dans un espace intime, ce qui les servirait dans leur métier d'acteurs.

« Soyez conscients de tout ce qui vous entoure, leur répétait-il. Quand vous regardez quelqu'un, observez-le. Quand vous goûtez quelque chose, imprégnez-vous de son goût. Rappelez-vous vos sensations de chaud, de froid, de fatigue. Soyez toujours précis. »

Quand il sortit de la grange où se déroulaient les classes pour traverser la cour en direction de la maison, il s'entendit héler :

— Norman !

Il se retourna. C'était Adèle, une des accapareuses. Rousse incendiaire, elle mettait en valeur son affriolante anatomie grâce à un débardeur qui ne laissait quasiment rien ignorer de ses atouts supérieurs et, pour le bas, un jean trop étroit de deux tailles.

— Oui ? répondit-il avec méfiance.

— J'ai du mal à me libérer, dit-elle avec une moue aguicheuse. Je sens que ma créativité ne demande qu'à jaillir, mais elle reste inhibée ici, précisa-t-elle en posant une main sur son opulente poitrine.

J'aurai tout entendu, pensa Norman, agacé. Si quelque chose l'inhibe, je voudrais bien savoir quoi.

— Nous y travaillerons après le déjeuner, déclara-t-il.

— Merci, dit-elle en lui serrant l'avant-bras. Je crois que cette matinée a déjà transformé ma vie.

— Tant mieux, se hâta de proférer

Norman pour couper court. Vous n'allez pas déjeuner ?

— Non. J'ai un régime spécial pour conserver ma ligne, j'ai apporté mes repas.

— Parfait, parfait.

Norman réussit à se dépêtrer d'Adèle. Ce sont toujours ceux qui ont le moins de talent qui font le plus d'embarras, pensa-t-il en s'éloignant le plus vite qu'il pouvait. Sachant que Whitney Weldon avait un caractère aux antipodes de celui d'Adèle, il était d'autant plus déçu de son absence. En entrant dans la maison, où plusieurs élèves commençaient à se servir au buffet dressé dans la salle à manger, il se demandait s'il ne devait pas essayer de la joindre quand il vit Ricky dans la cuisine.

— Salut, camarade ! s'écria-t-il en lui serrant la main. Tu te sens mieux ?

— Assez pour avoir eu envie de me promener.

— Veux-tu manger quelque chose ?

— Non, je ne suis pas encore assez vaillant. As-tu du soda ?

Norman sortit deux boîtes de ginger ale du frigo.

— Tiens, allons dans mon bureau.

C'était une pièce confortable et claire au bout du couloir, avec un mur couvert de rayonnages, une large baie vitrée donnant sur le jardin, un grand bureau de chêne pourvu d'un ordinateur et, en face de la fenêtre, un canapé capitonné où ils prirent place.

— Whitney Weldon n'est pas venue ce matin, dit Norman en ouvrant sa boîte de soda.

— C'est vrai ? s'étonna Ricky.

— Oui et je ne me l'explique pas. Je l'ai eue hier au téléphone et elle m'a payé avec le numéro de sa carte de crédit. C'est une somme un peu trop forte pour la gaspiller.

— L'as-tu appelée ?

— J'allais le faire ce matin, mais j'ai préféré attendre l'heure du déjeuner, pour le cas où elle arriverait entre-temps.

Le téléphone sonna.

— Je parie que c'est Dew, dit-il en allant décrocher. Elle est à sa station de radio. Allô ? Bonjour, ma chérie... Oui, tout va bien... Quoi ?... Les incendies de forêt s'étendent et ils envisagent d'évacuer le secteur ?... Il faut que j'avertisse mes élèves... Appelle-moi sur mon portable dans l'après-midi si tu as d'autres nouvelles... Oui, je le laisserai allumé pendant la session... À plus tard, ma chérie.

— Que se passe-t-il ? demanda Ricky.

— Nous n'avons pas eu assez de pluie cet hiver, les arbres sont secs comme des allumettes. Un incendie qui s'est déclaré au nord d'ici gagne du terrain. Ce sont les maisons dans la montagne qui courent le plus gros risque. Cela peut très mal tourner. Je vais prévenir les élèves, voir s'il y en a qui préfèrent partir tout de suite.

Ils quittèrent la pièce si vite que Norman ne vit même pas sur son bureau le papier sur lequel la femme de ménage avait griffonné un message lui disant de rappeler une certaine Mme Reilly.

Les élèves étaient en train de déjeuner, certains assis sur des chaises ou le canapé, d'autres par terre.

— Je viens de recevoir un coup de téléphone de ma compagne qui travaille à la station de radio locale, annonça Norman. Il y a des incendies de forêt qui se répandent dans le secteur, nous serons peut-être forcés d'évacuer les lieux. Ceux d'entre vous qui voudraient partir maintenant pourront revenir au prochain séminaire. Je tiens cependant à préciser qu'il n'y a encore aucune mesure officielle d'évacuation. Mon amie me tiendra informé et je garderai mon portable allumé tout l'après-midi, de sorte que nous saurons sans délai si la situation s'aggrave ou non.

Il avait à peine fini de parler que son portable sonna. Norman pressa le bouton, écouta quelques instants en hochant la tête.

— Bon, écoutez tous, dit-il après avoir raccroché. Les pompiers ordonnent l'évacuation par mesure de précaution. L'incendie n'est pas encore ici, mais il est trop proche pour prendre des risques. Vous allez donc rentrer chez vous.

— Oh ! gémit Adèle. J'étais pourtant sûre de vaincre mes blocages cet après-midi !

— Ce sera pour la prochaine fois, Adèle, dit Norman sans se retourner. Ricky, tu veux venir avec moi à la station de radio ?

— Absolument.

Aucun des dcux ne pensait plus à Whitney Weldon.

46

Charles Bennett avait mal dormi. Il regardait la télévision avant de se coucher et le reportage sur le mariage de Lucretia avec ce gigolo l'avait rendu malade. Edward Fields n'en voulait qu'à son argent, cela crevait les yeux ! Il lui avait donné un bon conseil en lui suggérant d'investir dans cette petite société ? La belle affaire ! Lucretia avait dit une fois à Charles, un jour qu'ils bavardaient par-dessus la haie, qu'elle avait décidé de liquider ses actions pendant qu'elles étaient encore au plus haut et que personne ne l'aurait fait changer d'avis. S'il n'avait tenu qu'à Fields, elle aurait tout perdu comme les autres actionnaires.

Lucretia est si gentille, si pleine de vie, pensait-il. Depuis la mort de sa femme, cinq ans auparavant, Charles se contentait de soigner son jardin. Faire de nouvelles rencontres ne l'intéressait pas. « Plus à mon âge, en tout cas », répondait-il à tous ceux qui essayaient de lui présenter une femme « bien sous tous rapports ». Jeune, déjà, il n'était pas coureur. Sa carrière au cinéma avait débuté quand il avait à peine plus de vingt ans, il l'avait poursuivie avec assiduité et c'était la seule raison, croyait-il, de son succès auprès des filles. Quand, cinquante-sept ans plus tôt, il avait fait la connaissance de celle qui allait devenir sa femme, il en avait éprouvé un tel soulagement qu'il n'avait plus même jeté un regard sur les autres. Il avait tout de suite senti que cette fois-là était la bonne.

Malgré ses sages résolutions, Charles avait voulu inviter Lucretia à dîner, en tout bien tout honneur, peu après son emménagement. Ils bavardaient par-dessus la haie quand ce visqueux vaurien était arrivé et l'avait appelée « chérie ». Charles avait compris l'avertissement et s'était retiré, écœuré. Depuis, quand Lucretia était seule dans son jardin, il la saluait et faisait avec elle un bout de conversation. Mais si Edward y était aussi, Charles ne s'approchait même pas de la haie.

Fatigué après une nuit sans sommeil, Charles s'était levé ce matin-là pour aller faire des courses en ville, y compris l'achat d'un cadeau de mariage pour Lucretia. De retour chez lui, il vit une camionnette de la télévision garée devant la maison de Lucretia et les employés d'un traiteur en train d'installer des tables dans le jardin. Le cameraman allait et venait, filmait toutes ces activités. Charles n'avait pas encore décidé s'il assisterait ou non au mariage. La situation lui déplaisait. Il était sûr que Lucretia s'en mordrait les doigts et il était surtout inquiet. Qui sait ce dont était capable l'individu qu'elle allait épouser ?

Charles en était là de ses réflexions quand il se demanda ce qu'en pensait Phyllis. Elle avait servi plus de vingt ans dans cette maison. Sans la connaître intimement, il l'avait souvent rencontrée quand sa femme et lui étaient invités aux réceptions des Howard, les anciens propriétaires. Quels gens sympathiques ! se dit-il en riant de plaisir à leur évocation. Ils ne s'étaient même pas formalisés quand Phyllis, au cours d'une de leurs réceptions, avait harcelé le producteur d'un jeu télévisé en le suppliant de la faire participer à l'une de ses émissions. Le producteur avait eu beaucoup de mal à persuader Phyllis qu'il ne pouvait pas accepter, parce qu'il la connaissait déjà et que, à la suite du scandale des jeux truqués dans les années cinquante, le règlement était très strict et étroitement surveillé.

Charles se prépara du thé et alla s'asseoir à la table de la salle à manger avec le journal. Mais l'esprit trop occupé par ce qui se passait dans la maison voisine, il n'en parcourut que distraitement les titres. Je sais ce que je vais faire, décida-t-il au bout d'un moment. La voiture de Lucretia n'est pas là. Je vais aller à côté déposer mon cadeau et voir si je peux bavarder un peu avec Phyllis. Découvrir ce qu'elle sait de la situation. Non que je puisse réellement intervenir de manière utilc, mais je peux au moins essayer de faire quelque chose.

47

Caché derrière un chêne, Rex surveilla la femme qu'il avait vue derrière la grange. Après s'être lavé les mains dans le ruisseau, elle regagnait lentement la maison principale à travers les vignes. Quand elle passa près de lui, il reconnut la femme qui tenait la boutique où il s'était arrêté brièvement avant la classe de méditation.

Qu'est-ce qu'elle peut bien fabriquer à creuser par ici ? se demanda-t-il. Elle veut déterrer un os pour son déjeuner ? De toute façon, ce n'était pas bon pour lui. Si elle découvrait Whitney dans la grange, tout s'écroulait. Plus que vingt-quatre heures, se répéta-t-il pour se réconforter. Dans vingt-quatre heures, ce sera fini.

Une fois certain d'être seul, Rex courut à la porte de la grange, entra, referma derrière lui et resta un instant immobile, le cœur battant. Des bruits sourds provenaient du coin où il avait caché la voiture. Quand il eut compris, son inquiétude fit place à la rage : Whitney essayait d'attirer l'attention en lançant des coups de pied contre la carrosserie. Elle est devenue folle ? se demanda-t-il en se précipitant vers la Jeep dont il ouvrit une portière arrière.

— Arrêtez ça ! gronda-t-il. Vous me rendez furieux et ce n'est sûrement pas le but recherché !

Whitney se figea.

— J'avais décidé d'être gentil, de vous apporter à boire et à manger et voyez ce que vous faites !

Whitney sentit qu'il était au comble de l'énervement, donc dangereux, et qu'il valait mieux ne pas l'exaspérer davantage.

— Je vous ai apporté un sandwich pour déjeuner. Et vous pourrez aller vous soulager dans le coin là-bas. Ce n'est pas luxueux, mais j'ai comme l'impression que vous ne serez pas regardante. Et attention : un geste ou un pas de travers, je vous tue. Et après, j'irai tuer toute votre famille. Compris ?

— Je n'ai pas besoin d'aller dans le coin, parvint à lâcher Whitney d'un ton méprisant en dépit de son bâillon.

Elle n'avait pas pu s'en empêcher. S'il croyait qu'il allait s'offrir le plaisir de l'humilier en la surveillant pendant qu'elle se « soulageait », il se fourrait le doigt dans l'œil. Par chance, elle n'avait rien bu ce matin-là avant de quitter la maison.

— Par exemple ! s'exclama-t-il avec stupeur. Sobre comme un chameau ! Et rétive, avec ça ! J'imagine que vous n'avez pas non plus besoin de déjeuner, ajouta-t-il en jetant le sandwich à l'arrière de la voiture. Ce ne sera pas commode de manger avec les mains attachées.

Se retenant de claquer la portière de peur du bruit, Rex se hâta de sortir de la grange et partit en direction du ruisseau. Si quelqu'un le voyait, il fallait qu'il croie qu'il venait d'une direction tout à fait différente.

Il n'était sûr que d'une chose : il devait s'éloigner le plus loin et le plus vite possible du domaine. Dès son arrivée, il parlerait à Eddie seul à seul et prendrait la route sans s'attarder une minute de plus.

Si la femme de la boutique trouvait Whitney, il serait dans de très vilains draps et il n'avait pas besoin de complications supplémentaires. Rex connaissait trop bien la police et ses manières de procéder La découverte de Whitney l'incriminerait presque à coup sûr car, même si elle ne l'avait pas vu, on découvrirait des fibres de ses vêtements dans la voiture ou un indice quelconque. Il fallait donc expliquer tout cela à Eddie et aussi le mettre en garde contre Regan Reilly qu'il avait surprise à l'observer au début de la classe de méditation. Cette fille était beaucoup trop curieuse pour son propre bien.

Rex commença à transpirer d'abondance en gravissant la colline, mais ce n'était pas à cause de la chaleur. Ce qui, au début, lui avait paru un travail facile, sinon enfantin, devenait de plus en plus scabreux. Qui se serait douté qu'Eddie apparaîtrait sur les écrans de télévision ? Qui aurait imaginé que la famille aurait engagé un détective privé pour retrouver Whitney ? Qui aurait pu prévoir qu'une espèce d'idiote s'amuserait à creuser des trous derrière la grange ?

Lorsque Rex arriva au sommet de la colline, il sentit une odeur de fumée. Il avait entendu parler des incendies qui faisaient rage un peu plus au nord. À ses pieds, la grange se dressait à l'écart des autres bâtiments du domaine. Si le feu atteignait la propriété, ce serait sans doute le dernier endroit qu'on se soucierait de protéger. Ils seraient même trop contents que ce tas d'ordures parte en fumée.

— Désolé, Whitney, dit-il à haute voix. J'ai l'impression que vous ne pourrez pas aller à la noce de votre chère tante Lucretia. Ni même à aucun autre mariage, vu la tournure que prennent les événements. Je voudrais bien pouvoir vous rendre service, mais c'est impossible.

Sur quoi, Rex tourna les talons en se jurant de ne jamais plus jeter les yeux ni sur cette grange ni même sur Whitney.

48

Dans l'appartement de Lower East Side du voleur de tableaux récemment appréhendé, les inspecteurs faisaient moisson de pièces à conviction. Ils avaient déjà saisi un ordinateur, un carnet d'adresses, divers papiers personnels et un répondeur téléphonique, dont la mémoire avait enregistré les cent derniers appels reçus par l'appareil. Un examen rapide leur permit de constater que de nombreuses communications émanaient de téléphones portables de la région de New York, car leurs numéros commençaient par le préfixe 917.

Les appels enregistrés dataient tous de la semaine précédente.

— J'ai hâte d'apprendre à qui appartiennent ces numéros, dit un des inspecteurs.

Dans un placard, ils découvrirent la panoplie complète du parfait cambrioleur, cagoules, outils variés, ainsi qu'un stock d'objets d'art, tableaux, pendules anciennes, tapisseries, argenterie et autres articles de valeur provenant à l'évidence de divers cambriolages.

— Au moins, grommela un autre, il a bon goût.

— Regardez ! dit le chef à ses collègues. C'est pas joli, ça ?

Il venait de dénicher, au fond d'une étagère encombrée d'un bric-à-brac sans intérêt, une photo encadrée.

— Qu'est-ce que tu as trouvé ? demanda un inspecteur.

— Un beau petit quatuor de chanteurs fantaisistes. Sauf qu'ils n'arborent pas des canotiers et des nœuds papillons assortis, mais des tatouages.

— Montre ! Ça alors...

Quatre individus, n'ayant pas l'allure de citoyens au-dessus de tout soupçon, soulevaient leurs T-shirts devant l'objectif. À l'évidence, la photo avait été prise dans un bar à l'issue de nombreuses libations. Chacun des personnages arborait sous le nombril la tête de mort et les tibias croisés du pavillon des pirates.

— Sexy en diable ces petits, commenta l'inspecteur. J'ai comme l'impression qu'ils ne limitent pas leur association à boire et à se faire tatouer. Tiens, poursuivit-il après avoir examiné la photo de plus près, je crois bien que l'un d'eux n'est autre que notre vieil ami Rex. Il est recherché dans trois États. Je donnerais cher pour qu'il tombe dans nos filets.

— Espérons que son numéro sera dans la mémoire.

— Avec un peu de chance, pourquoi pas ?

49

— Ravissant ! s'exclama Nora en entrant dans le hall.

— Merci, dit Lilas, flattée. Nous aimons tous beaucoup cette maison.

— Regan nous a dit que vous n'en êtes pas depuis très longtemps les propriétaires.

— Non, en effet, confirma Lilas en passant derrière le bureau.

— Je ne me rendais pas compte à quel point la région était devenue fameuse pour ses vignobles, poursuivit Nora.

— Le monde extérieur commence à peine à découvrir notre terroir, répondit Lilas en riant. Alors, maintenant, les vignes poussent comme des champignons, si j'ose dire. Il y avait pourtant dans la région de nombreux vignobles entre la fin du dix-neuvième et le début du vingtième siècle. Ils ont tous été condamnés par la Prohibition. Celui-ci en faisait partie. La première exploitation viticole n'a rouvert dans le comté de Santa Barbara qu'en 1962.

— Le climat est idéal, le paysage superbe, vous êtes tout proches de Santa Barbara et même de Los Angeles, vous avez l'océan à vos pieds et les montagnes à portée de la main. Nous devrions peut-être acheter une maison par ici, ajouta Nora à l'adresse de Luke.

— C'est ce que tu dis de tous les endroits pittoresques que nous visitons, ma chérie.

— Je sais, dit-elle en riant.

Regan aida ses parents à porter leurs bagages. Lilas leur avait attribué une chambre sensiblement plus spacieuse que la sienne.

— Elle avait dû se douter que vous viendriez, observa-t-elle. La mienne est beaucoup moins belle.

— Sans doute parce que nous, nous payons, déclara Luke.

— Je me demande, alors, ce qu'elle réserve à Lucretia, reprit Regan en s'asseyant sur la méridienne. Il est à peine plus de deux heures, poursuivit-elle en jetant un coup d'œil à sa montre. Qu'est-ce que vous aimeriez faire cet après-midi ?

— Lilas nous a invités à boire un verre de vin sur la terrasse vers cinq heures, répondit Nora. Et toi, mon chéri, qu'as-tu envie de faire jusque-là ? demanda-t-elle à Luke, déjà étendu sur le lit.

— Ce que je fais en ce moment me convient tout à fait.

— Une petite sieste avant d'aller nous promener ne me déplairait pas non plus, je l'avoue, dit Nora en riant.

— La boutique est de l'autre côté du chemin et Earl serait sûrement ravi de vous initier à la méditation, suggéra Regan.

— Non merci ! déclara Luke.

— Je m'en doutais, dit Regan en se levant. Je voudrais essayer de joindre Whitney. Sa mère n'a pas l'air inquiète, mais moi je le suis. Reposez-vous donc un moment, je vous rejoindrai plus tard.

Le tonnerre de vingt et un moteurs de motocyclettes qui brisa soudain le silence de la chambre les fit tous les trois sursauter.

— Qu'est-ce que c'est ? s'exclama Nora.

Regan regarda par la fenêtre. Un escadron de motards encadrant une Rolls Royce blanche s'arrêtait devant la maison.

— Je crois bien que Lucretia est arrivée, annonça-t-elle.

50

Polly et Sarah aimaient aller le samedi à San Luis Obispo. Pendant les week-ends, les étudiants de Cal Poly, diminutif de l'Université polytechnique de Californie, animaient cette petite ville, leur voisine pleine de charme, nichée dans une vallée verdoyante à une trentaine de kilomètres de la côte. Polly et Sarah y avaient grandi et étaient revenues « vivre le reste de leurs jours dans leur ville natale, où le premier motel a été inventé en 1925 », comme elles se plaisaient à dire.

À ceux qui s'étonnaient qu'elles affrontent le bruit et les encombrements du samedi, elles répondaient qu'elles trouvaient stimulant de se mêler ainsi à la jeunesse. « Le samedi est le jour le plus vivant, expliquaient-elles. Et aussi le jeudi, jour de marché. »

Avant le petit déjeuner, elles avaient consulté la messagerie de leur ordinateur. Encore aucun signe de Lucretia.

— Tu crois qu'elle va nous snober ? demanda Polly.

Sarah prit le temps de boire du café avant de répondre :

— Je ne crois pas. Nous avons envoyé notre e-mail hier soir à la station de télévision, Lucretia ne l'a peut-être pas encore reçu. Nous pourrions essayer de lui téléphoner, elle doit être dans l'annuaire de Beverly Hills.

— Pas question ! Si elle refuse de prendre contact avec nous, tant pis pour elle. Et si la télé veut nous faire parler du secret, eh bien, nous en parlerons.

— Polly ! Quelle teigne, tu fais !

Sarah pouffa de rire en mordant dans une brioche aux myrtilles dont elle avait cuit une fournée la veille. Les miennes sont bien meilleures que celles de Polly, pensa-t-elle. Polly ne daignait jamais se servir d'un verre doseur ni mesurer ce qu'elle mettait dans ses préparations, ce qui avait le don d'exaspérer Sarah.

Elles allèrent en ville après le petit

déjeuner. C'était Sarah qui tenait le volant, Polly ayant renoncé à conduire. La voiture garée, elles firent leurs courses, regardèrent les devantures des magasins et arrivèrent à leur café préféré à l'heure du déjeuner. Il faisait assez beau pour qu'elles s'asseyent à la terrasse afin de regarder les passants. Elles s'y attardaient souvent deux heures ou plus en sirotant du thé avant de rentrer chez elles.

Elles avaient pris une table d'angle, à côté d'un kiosque à journaux. Assise en face de l'étalage des journaux et des magazines, Sarah sursauta tout à coup en voyant la une du journal local.

— Par exemple ! dit-elle à mi-voix.

— Qu'est-ce qu'il y a ? s'étonna Polly. Tu veux changer de place ?

— Mais non ! Attends, je reviens, dit-elle en se levant.

— Où vas-tu ? insista Polly.

Sans répondre, Sarah courut vers le kiosque et acheta un numéro du journal, le plus ancien de la ville, dirigé par le fils du fondateur, un vénérable septuagénaire.

La manchette qui barrait la une annonçait :

NOTRE CHÈRE LUCRETIA STANDISH
REVIENT SOUS LES PROJECTEURS DE
L'ACTUALITÉ

Une photo de Lucretia ornait un coin de la page.

Sarah retourna en hâte à sa table, essoufflée par l'effort.

— Veux-tu regarder ça ? dit-elle à Polly, qui attendait patiemment son retour. Tout un article sur Lucretia !

— Qu'est-ce qu'il raconte ?

Sarah tourna la page et poussa une exclamation de stupeur.

— Quoi donc ? voulut savoir Polly.

Les lèvres de Sarah s'agitaient pendant sa lecture, mais aucun son n'émanait de son gosier. Accoutumée à sa nervosité chronique, Polly attendit. Elle finirait bien par savoir le fin mot de l'histoire.

— Grands dieux ! s'écria Sarah.

— Quoi encore ?

— Une photo de nous trois quand nous dansions à la fête sur la plage !

— Donne-moi ça ! ordonna Polly en

arrachant d'autorité le journal des mains de Sarah.

La photo de Lucretia, Polly et Sarah levant gaiement la jambe occupait le milieu de la page avec, pour légende : « Lucretia Standish dansant avec deux amies non identifiées au Festival de la Plage en 1919. »

— Non identifiées, nous ? aboya Polly, indignée. Ils ne savent pas qui nous sommes ?

— Et où ont-ils trouvé cette photo ? Je ne l'avais jamais vue, moi.

Polly lisait déjà l'article.

— Il ne nous apprend rien de nouveau, l'interrompit Sarah. Demandons l'addition et passons au bureau du journal. Nous allons leur dire qui nous sommes et exiger une rectification.

— Oui, on va nous entendre ! renchérit Polly.

51

Pour Frank et Heidi, la journée se passait mal. Des deux autres investisseurs potentiels qu'ils avaient sollicités, seul l'un d'eux avait consenti à leur signer un chèque. Encore n'était-ce que pour la somme ridicule de mille dollars...

— Ça ne couvrira même pas notre note d'hôtel ! fulmina Heidi. Nous sommes dans la panade jusqu'au cou, Frank. Et sans même une bouée de sauvetage.

— Ne dramatisons pas, répondit-il sans conviction.

Ce dialogue avait lieu en voiture, sur la route 101 par laquelle ils se rendaient au domaine des États Seconds.

Ainsi donc ils allaient dans la propriété des parents de Whitney. Frank n'était pas encore remis de sa stupeur au point qu'il n'osait même pas le signaler à Heidi. Il lui avait fallu un moment pour assimiler le fait que Whitney était apparentée à Lucretia Standish. Cela la déciderait peut-être à investir de l'argent dans le film où Whitney avait un si beau rôle.

Deux choses tracassaient Frank. Whitney serait-elle humiliée de voir la productrice et le réalisateur du film arriver chez elle pour demander de l'argent à une parente ? Plus important encore, Whitney ne l'avait pas rappelé. Où était-elle ? Frank n'aurait pas pu lui parler devant Heidi, mais il avait consulté plusieurs fois sa boîte vocale et Whitney n'avait pas même essayé de prendre contact avec lui. Lui reprochait-elle Dieu sait quoi ? Et que se passerait-il si elle passait le week-end au domaine ?

— Le scénario est bon, non ? demanda Heidi en quête de réconfort moral.

— Il est excellent et le film fera un tabac, affirma Frank.

Il faut lui dire que nous allons chez les parents de Whitney, pensait-il. Heidi avait tendance à en faire trop quand elle parlait du film. Elle ne mentait pas, non, mais elle en rajoutait en croyant convaincre, ce qui avait souvent l'effet inverse. De plus, elle se ridiculiserait en agissant ainsi sans savoir qu'elle s'adressait à la famille de Whitney. Mieux valait donc l'y préparer. Elle pourrait alors s'étendre à loisir sur le talent de Whitney, la couvrir de fleurs sur la manière dont elle jouait son rôle et parler de l'importance du film dans l'évolution de sa carrière, le tout étant d'ailleurs strictement conforme à la vérité.

— Comment s'appelle déjà ce domaine où nous allons ? demanda-t-il d'un air faussement distrait.

Heidi consulta ses notes.

— Les États Seconds.

— Ça me dit quelque chose... Où ai-je déjà entendu ce nom-là ? dit Frank en feignant de fouiller dans sa mémoire. Mais oui, je sais ! C'est le domaine vinicole de la famille de Whitney Weldon.

Heidi lui lança un regard soupçonneux avant de consulter de nouveau ses notes.

— Quoi ? Sa famille possède un vignoble ? Mais alors... Lucretia Standish a dit qu'elle allait chez ses neveux et nièces, ce qui veut dire qu'ils sont apparentés ! dit-elle avec un large sourire. Tant mieux, nous pourrons plus facilement lui demander d'investir dans le film !

— Espérons-le, soupira Frank en allumant la radio.

Il avait le pressentiment que Whitney avait des ennuis. Si c'est le cas, je l'apprendrai toujours assez tôt, se dit-il sombrement.

— Quand Whitney a-t-elle dit que sa famille avait des vignes ? voulut savoir Heidi.

Et voilà l'inquisition ! pensa Frank. Si seulement Heidi avait sous la main quelqu'un d'autre à mettre sur le gril... Pourtant, malgré ses défauts, Heidi était une bonne productrice et ils travaillaient bien ensemble – à condition qu'elle n'essaie pas de lui faire du charme.

— À sa première audition, je crois.

— Et comment est-ce venu dans la conversation ? insista Heidi.

— Je lui avais dit que le nom de Whitney Weldon sonnait bien pour une actrice et elle m'avait répondu en riant : « Qu'auriez-vous pensé de Fraîcheur Weldon ? »

— Fraîcheur ? répéta Heidi avec une grimace.

— Sa mère était hippie, elle l'a appelée Fraîcheur parce que l'air était pur et frais le jour de sa naissance. Whitney m'avait dit aussi que sa famille, depuis, avait acheté un vignoble auquel sa mère avait donné le nom de Domaine des États Seconds. Elle me l'avait raconté d'une manière très amusante, ajouta Frank en riant.

— C'est trop mignon, tout ça ! ricana Heidi. C'est quand même curieux que ce nom des États Seconds ne m'ait rien rappelé. Tu as décidément une très bonne mémoire dès qu'il est question de Whitney. Il faut que j'appelle mon assistante, ajouta-t-elle en prenant son téléphone portable.

Ouf ! se retint de soupirer Frank. En tout cas, personne n'aurait l'idée de te baptiser Fraîcheur. Whitney est toute fraîcheur et c'est Fraîcheur que je l'appellerai désormais quand nous serons entre nous. Elle en rira de cette manière adorable qui n'appartient qu'à elle.

Dans sa hâte de la revoir, Frank enfonça l'accélérateur.

52

— Luke, viens ! Il faut voir ça, dit Nora en lui faisant signe de s'approcher de la fenêtre.

Le spectacle valait, en effet, le déplacement. Lucretia descendait de voiture et, dans le style de la star qu'elle avait été, saluait de façon royale ses admirateurs dont le nombre grossissait à vue d'œil.

Au moment de l'arrivée des motards, Earl dirigeait un cours de méditation. Il va sans dire que la sérénité avait volé en éclats, que les enseignements du maître promettant la maîtrise de la connaissance par la méditation avaient été totalement ignorés et que ses disciples avaient bondi de leurs nattes comme un seul homme pour se précipiter dehors voir ce qui se passait.

— Du calme ! Du calme ! avait-il

prêché en vain avant de se résoudre à faire comme les autres.

Un instant plus tard, ils contemplaient tous avec stupeur la troupe des motards. Un cameraman et son assistant filmaient tout : la descente de voiture de Lucretia, son escorte motorisée, les réactions des badauds qui découvraient le spectacle en sortant de la classe de méditation, de la boutique et de la salle de dégustation.

— Voilà le futur M. Lucretia Standish, commenta Regan en voyant apparaître Edward Fields, le visage à moitié dissimulé par une énorme paire de lunettes noires. Allons voir tout cela de plus près, ajouta-t-elle en se tournant vers ses parents.

Quand ils les rejoignirent, Lilas, Earl et Léon accueillaient respectueusement leur tante inconnue. Leur futur oncle Edward par alliance se tenait trois pas en arrière, ainsi qu'il sied au prince consort. Les motards mettaient pied à terre et enlevaient leurs casques, comme s'ils avaient l'intention de s'inviter aux festivités. Regan nota avec amusement que plusieurs d'entre eux se pavanaient devant la caméra.

— La réalité dépasse la fiction, soufflat-elle à ses parents tandis que Lilas leur faisait signe de s'approcher.

— Venez que je vous présente à Lucretia et Edward !

— Vous êtes Nora Regan Reilly, la romancière ? s'exclama Lucretia en lui serrant la main. J'ai lu tous vos livres !

— Merci, répondit consciencieusement Nora.

— Et voici Regan Reilly, enchaîna Lilas. Elle est détective privé. Nous avions fait appel à elle afin de rechercher Whitney qui s'était absentée pour le week-end avant d'apprendre votre mariage.

— L'avez-vous retrouvée ? s'enquit Lucretia.

— Oui, elle est revenue hier soir à l'improviste. Aujourd'hui, elle participe à un séminaire d'acteurs, mais elle sera de retour demain.

— Merveilleux ! Je veux absolument lui parler de son travail.

Regan éprouva une sympathie instinctive pour Lucretia. Elle avait l'allure fragile d'un petit oiseau doté d'une inépuisable énergie. Mais quand elle serra la main molle et moite d'Edward, elle ressentit sans surprise une immédiate antipathie pour le personnage.

— Bonjour, lui dit-elle. Edward, n'est-ce pas ?

— Oui, marmonna-t-il en regardant derrière elle.

J'ai horreur qu'on me fasse cela, pensa-t-elle en se retournant pour voir ce qui avait attiré son attention. Don, son voisin de la classe de méditation, sortait des vignes. Dans le domaine du pittoresque, se dit-elle, son tatouage à tête de mort et tibias reste quand même loin derrière ceux des motards.

— Ces charmants garçons nous ont escortés jusqu'ici, déclara Lucretia en désignant d'un geste large le groupe d'individus à la mine patibulaire. Et demain, ils viendront tous au mariage. Celui-ci, Crade, m'a offert un tour sur sa machine quand nous avons fait connaissance au petit restaurant où nous nous étions arrêtés pour déjeuner.

— C'est très aimable de sa part, commenta Léon, qui regardait avec méfiance ces énergumènes à l'allure peu engageante envahir sa propriété.

— Un verre de vin pour tout le monde ? proposa Lilas.

— Quand on roule, on boit pas, déclara Crade, à l'évidence leader du groupe. On boit que quand on arrive à l'endroit où on passe la nuit.

— Et où allez-vous vous arrêter cette nuit ? demanda Lilas.

— On sait pas encore. On a nos sacs de couchage, on verra.

— Restez donc ici, ce sera si amusant ! s'écria Lucretia. Et demain matin, nous irons tous au mariage en grand style !

— Euh... j'aimerais bien vous inviter, dit Lilas en hésitant, mais nous n'avons pas assez de chambres.

— Nous, on couche à la belle étoile, l'informa Crade. Pendant nos sorties, on prend les choses comme elles viennent.

— Ma fille aussi aime partir à l'aventure pendant le week-end, dit Lilas avec ferveur.

— Plus maintenant, grommela Léon.

— Qu'est-ce que tu dis ? voulut savoir Lilas.

— Rien. Sauf que nous sommes inquiets pour Whitney quand elle disparaît sans qu'on puisse entrer en contact avec elle.

Surtout s'il y a des millions de dollars à la clef, compléta Regan *in petto*.

— Si vous voulez rester ici, reprit Lilas en se tournant vers les motards, vous êtes les bienvenus. Vous vous promènerez dans la propriété, vous profiterez du bon air et vous dînerez avec nous.

— On veut pas vous déranger, répondit Crade. On voulait simplement être sûrs que la chère petite Lucretia arriverait saine et sauve. Qu'il lui arrive rien de mal, quoi, précisa-t-il avec un rictus inquiétant adressé à Edward.

Voilà qui est intéressant, nota Regan en voyant Edward s'éponger le front. Ces garçons l'ont déjà percé à jour.

Léon comprit que Lucretia prenait plaisir à la compagnie du gang de motards – et Dieu sait s'il souhaitait qu'elle soit heureuse chez lui !

— Restez donc, déclara-t-il avec autorité. Vous ne nous dérangerez pas du tout.

Crade s'appuya à sa moto et croisa les bras en affectant de réfléchir à la proposition. La caméra étant restée braquée sur lui pendant tout cet échange, il en profitait manifestement pour prolonger ces flatteuses attentions. Au bout d'un moment, il consulta le groupe du regard avant de se retourner vers Léon et Lilas.

— Nous acceptons, déclara-t-il. Mais seulement si on va acheter de quoi dîner. Vous avez un barbecue ?

— Bien sûr, répondit Lilas. Un grand, sur la terrasse.

— Bon. On rapportera des hamburgers et des hot-dogs, des épis de maïs, de la salade de pommes de terre, des trucs comme ça. Et après, on essaiera votre pinard.

Lucretia sautillait de plaisir.

— N'est-ce pas que c'est amusant, Edward ?

Celui-ci réussit à faire un vague sourire.

Regan, qui l'observait, se rendait compte qu'il ne s'amusait pas le moins du monde. Il doit nous vouer à tous les diables, pensa-t-elle. Tout ce qu'il veut, c'est se marier, mettre la main sur l'argent de Lucretia et se débarrasser d'elle le plus vite possible.

Crade demanda l'attention en se raclant la gorge.

— Lucretia m'a dit qu'elle vous rencontre pour la première fois, dit-il à Lilas et Léon. Alors, on va vous laisser un peu seuls en famille pendant qu'on ira explorer le coin et acheter la bouffe. On reviendra vers six heures, on allumera le barbecue et on boira à la santé du jeune ménage. Ça vous va ?

— Parfait ! approuva Lilas. Si vous faites les courses, pourriez-vous aussi trouver quelques filets de dinde ?

— Pas de problème.

Tandis que Lucretia babillait gaiement pour dire combien elle était heureuse et que les motards commençaient à enfourcher leurs machines, Regan vit l'un d'eux, à la carrure particulièrement impressionnante, s'approcher d'Edward

— Tu m'as l'air d'être le genre à aimer le poulet, lui dit-il d'un ton chargé de sous-entendus.

— Nn..non, un hamm..burger m'ira très bien, bafouilla Edward.

— Va pour un hamburger, répéta le colosse en s'éloignant.

Bizarre, se dit Regan. Tout sc déroulait de manière bizarre. Ce qui aurait dû être une réunion de famille dans l'intimité devenait un barbecue avec une bande d'une vingtaine de motards qui allaient dormir sous les fenêtres de la maison. Mais ce n'était pas cela qui la tracassait. Plus le temps passait, plus son inquiétude sur le sort de Whitney s'aggravait. Pourquoi n'avait-elle pas rappelé ?

Les motos s'éloignèrent dans un grondement de tonnerre en soulevant un nuage de poussière, les méditatifs retournèrent à leurs méditations, les dégustateurs à leurs verres de vin et les autres prirent le chemin de la maison.

— Voulez-vous entrer, vous aussi ? demanda Lilas à l'équipe de tournage qui était toujours là.

— Nous attendons la journaliste chargée du reportage, répondit l'assistant. Si vous le voulez bien, nous aimerions faire un tour du côté de vos chais ou de vos caves, je ne sais pas comment on dit.

— Venez avec moi, déclara fièrement Léon. Je vous montrerai mon matériel. Vous verrez comment nous produisons notre vin et vous comprendrez pourquoi il est aussi bon.

Qui d'autre va encore arriver ? se demanda Regan, incrédule.

Elle observa alors une scène qui lui parut plus étrange encore que les précédentes. Pendant qu'Edward sortait les bagages du coffre de la Rolls, Don Lesser émergea d'un coin d'ombre et vint lui proposer de l'aider. Sans savoir pourquoi, Regan trouva cette démarche suspecte.

Je vais encore essayer de joindre Whitney, se dit-elle. Et pendant que j'y suis, je voudrais bien parler aussi à Jack.

53

Bella avait tout entendu et elle était au comble de l'affolement. Cette bande d'énergumènes allait passer la nuit au domaine ! Et s'ils fouinaient partout et découvraient les trous derrière la grange, qui est-ce qu'on soupçonnerait, sinon elle ? Ou, pis encore, si Lilas et ses frères avaient l'idée de creuser eux aussi et déterraient le trésor de grand-papa Ward ? Non, Bella ne devait à aucun prix laisser une telle catastrophe se produire ! Surtout si les sauvages voulaient dormir « à la belle étoile » à côté des trous pour profiter eux-mêmes de l'aubaine.

Depuis huit jours qu'elle travaillait au domaine, Bella avait noté les habitudes de chacun. Earl était toujours dans les nuages au centre de méditation, Lilas passait ses journées à bricoler entre la boutique et les chambres d'hôtes. Quant à Léon, il ne quittait pour ainsi dire jamais ses cuves en inox, ses barriques de chêne, ses pressoirs, tous les trucs et les machins qui lui servaient à produire des bouteilles de vin. Aucun des Weldon n'avait de raison, ni même l'envie, d'aller se promener du côté de la vieille grange, Bella en aurait juré.

Mais ces maudits motards ?...

Bella avait servi du vin à deux couples installés dehors sur les tables de pique-nique tandis qu'une femme et sa fille s'éternisaient dans la boutique. Bella était impatiente que tous ces gens partent. Elle voulait vérifier si tout allait bien derrière la grange. Elle devait surtout téléphoner à Walter pour lui dire de se dépêcher de venir creuser à son tour. Et tant pis pour son dos. Quand ils auraient récupéré le trésor, il aurait largement de quoi s'offrir tous les massages qu'il voudrait.

Il y avait un téléphone sur le comptoir près de la caisse, mais Bella n'osait pas s'en servir de peur qu'on l'entende. Dès qu'elle serait seule, elle se risquerait à appeler Walter. Mais si seulement ces gens pouvaient vider les lieux !

La femme s'approcha enfin de la caisse, une douzaine de bougies assorties à la main.

— Vous recevez souvent des motards comme ceux-là ? demanda-t-elle pendant que Bella comptabilisait ses achats.

— Je ne crois pas, mais je ne travaille ici que depuis le début de la semaine.

Bella se hâta de lui rendre la monnaie et d'emballer les bougies, mais l'autre ne semblait pas pressée de partir.

— C'est si beau par ici, reprit la cliente. Nous arrivons de Los Angeles. J'ai entendu dire à la radio que des feux de forêt sévissent aux environs. Espérons qu'ils ne seront pas trop graves.

— Nous avons eu un printemps sec, cela présente toujours un risque, répondit Bella.

Et maintenant, filez ! s'abstint-elle d'ajouter. L'importune n'avait cependant pas épuisé son envie de bavarder.

— À la radio, reprit-elle en fouillant dans son sac à la recherche de ses clefs de voiture, ils interviewaient quelqu'un d'Oceanview. Il paraît qu'on a dû y évacuer une école.

La fille, qui jusque-là n'avait pas pipé mot, se manifesta :

— Les élèves ont dû être contents, déclara-t-elle d'un ton définitif.

— Voyons, ma chérie, il s'agit d'incendies ! protesta mollement sa mère. Il n'y a pas de quoi plaisanter, tu sais.

La fille répondit par un haussement d'épaules dédaigneux.

Vous allez vous décider à ficher le camp, oui ou non ? se retenait de hurler Bella. Si le feu arrive ici, je ne trouverai plus mon trésor !

— Tu as bien toutes les bougies que tu voulais, ma chérie ? s'enquit la mère avec sollicitude.

La fille acquiesça d'un signe de tête blasé.

— Bon, eh bien, au revoir, articula enfin la cliente.

— Au revoir ! répondit Bella d'une voix qui tenait du rugissement.

Les deux enquiquineuses avaient à peine tourné les talons que Bella se précipita sur le téléphone et composa son numéro.

— Walter ! cria-t-elle quand celui-ci eut décroché. Lève-toi du canapé !

— Comment sais-tu que je suis sur le canapé ?

— Je suis extralucide. Maintenant, écoute. Tu vas immédiatement venir creuser derrière la grange.

— Quoi ?

— Tu m'as entendue. Il faut y aller tout de suite.

— Pourquoi ?

— Parce que le temps presse ! Une bande de motards va passer la nuit au domaine, les incendies gagnent du terrain et une équipe de tournage de la télévision fourre son nez partout. Bref, il y a mille et une raisons pour que le trésor nous échappe.

— Mais mon dos me fait un mal de chien ! protesta Walter, furieux d'être dérangé au beau milieu d'un match de base-ball.

— Walter ! rugit Bella.

Comme d'habitude, l'infortuné comprit qu'il n'avait pas le choix.

— Bon, d'accord, j'arrive, maugréa-t-il.

Bella lui avait montré l'endroit sur une carte, il savait où aller.

— Achète une pelle au passage, je te donnerai un coup de main dès que j'aurai fini ici. Mais j'espère bien que tu auras déjà remué pas mal de terre à ce moment-là...

Un homme entra alors dans la boutique. Bella l'avait vu émerger des vignes quand tout le monde était sorti accueillir Lucretia.

— Oui mon lapin, à tout à l'heure, acheva-t-elle avec suavité en raccrochant. Bonjour, dit-elle à l'intrus. Que puis-je faire pour vous ?

— Je voudrais déguster les vins. Je peux m'asseoir à cette table-là ?

— Bien sûr, monsieur.

Maintenant qu'elle avait poussé Walter à agir, Bella retrouvait son amabilité. L'autre avait à peine pris place qu'un autre client entra dans la boutique. Bella reconnut le futur marié.

— Bonjour. Mes sincères félicitations.

— Merci, dit Edward, interloqué. Comment le savez-vous ?

— Je vous ai vu dehors, tout à l'heure.

Nerveux, Edward regarda autour de lui.

— Je suis venu lui acheter un petit cadeau, dit-il faute de mieux.

— Et si vous goûtiez d'abord un peu de vin ? suggéra Bella.

— Euh... oui. Bonne idée.

— Asseyez-vous donc.

Pendant qu'elle préparait deux verres, Edward alla s'asseoir au bout de la grande table, en face de l'autre homme qui y avait déjà pris place. Bella ne pouvait pas se douter qu'ils étaient venus non seulement pour se parler tranquillement, mais aussi pour l'étudier, elle.

— Le domaine appartenait autrefois à mon grand-père, commença-t-elle en versant le vin dans les verres.

L'arrivée d'une troisième personne l'interrompit. Elle leva les yeux vers la porte.

— Bonjour, Regan ! enchaîna-t-elle. Un verre de vin, vous aussi ?

— Non, merci. Plus tard, peut-être.

Regan nota avec intérêt la présence de Don et d'Edward, assis l'un en face de l'autre, qui paraissaient converser avec Bella.

IN VINO VERITAS proclamait une pancarte

accrochée au mur au-dessus de la table. Je donnerais cher pour savoir la vérité sur ces trois-là, pensa Regan. Ils me paraissent aussi suspects les uns que les autres. Mais de quoi, au juste ?

54

Charles Bennett regarda dans la rue si la fourgonnette de la télévision était toujours là. Constatant que la voie était libre, il traversa son jardin puis celui de Lucretia, son cadeau à la main. Il avait choisi un ensemble de verres à vin de chez Tiffany.

En attendant que Phyllis réponde à son coup de sonnette, il regarda la maison avec mélancolie. Il en était le voisin depuis des années, il y avait toujours connu des gens sympathiques, mais cela allait malheureusement changer avec l'arrivée d'Edward Fields.

— Monsieur Bennett, quelle bonne surprise ! dit Phyllis en ouvrant la porte.

— Je suis venu apporter un cadeau pour Lucretia.

— Entrez donc.

Charles regarda autour de lui avec curiosité. Il n'avait pas revu l'intérieur de la maison depuis que Lucretia y avait emménagé.

— Si mes souvenirs sont bons, tout est exactement dans le même état que lorsque j'y suis venu pour la dernière fois, il y a deux ans.

— Lucretia a tout acheté en l'état, l'informa Phyllis. Les meubles, les tableaux et la bonne. Je préparais du thé. En voulez-vous ?

— Avec plaisir.

L'invitation de Phyllis lui offrait l'occasion de lui parler comme il l'espérait. Elle lui parut un peu tendue.

— Je vois que tout est prêt pour le grand jour, observa-t-il sans enthousiasme en montrant par la fenêtre de la cuisine les tables et les décorations disposées dans le jardin.

— Oui, répondit Phyllis en versant l'eau frémissante dans la théière. Nous avons eu une matinée plutôt agitée.

— J'ai vu le reportage à la télévision, hier soir.

— Beaucoup de gens l'ont vu aussi,

apparemment. Il a entraîné pas mal de réactions.

— Ah oui ? Qu'est-il arrivé ? s'étonna Charles.

— La nuit dernière, Lucretia a reçu des coups de téléphone malveillants et ce n'est pas fini. Ce matin, elle a trouvé des tomates écrasées sur le perron. Elle a préféré s'absenter jusqu'à demain.

— Où est-elle allée ?

— Sa nièce l'a appelée ce matin. Ses deux frères et elle possèdent un domaine vinicole près de Santa Barbara. Ils ont invité Lucretia à leur rendre visite et à rester coucher cette nuit après un grand dîner de famille. Lucretia m'a téléphoné pendant que la journaliste était ici parce qu'elle avait vu la suite du reportage que la station a passé vers midi, pendant qu'Edward et elle étaient en train de déjeuner dans un restaurant au bord de la route. Ce qui fait que, maintenant, la journaliste est en route pour aller l'interviewer là-bas.

— Pourquoi ?

— Parce que, comme seule Lucretia est capable de le faire, elle se fait escorter par une bande de vingt et quelques motards jusque chez ses neveux et nièces.

Charles rit de bon cœur.

— Je ne la connais pas très bien, mais, en effet, cela lui ressemble, dit-il en s'asseyant sur un tabouret.

À l'idée que Lucretia allait épouser un individu pour qui elle n'était rien de plus qu'un sac d'or, sa bonne humeur ne dura pas.

— Ce type me déplaît, lâcha-t-il.

Phyllis, qui prenait les tasses à thé dans un placard, interrompit son geste et se retourna vers lui.

— Je ne peux pas le souffrir, déclara-t-elle.

— Que pouvons-nous faire ?

— Pour le moment, soupira Phyllis, rien. Vous avez le béguin pour Lucretia ? ajouta-t-elle en le regardant dans les yeux.

— Oui, admit Charles.

Ils éclatèrent de rire à l'unisson.

— Vous savez, Phyllis, reprit-il, si on ne peut pas dire ce qu'on pense à mon âge, quand le dirait-on ? Dès que Lucretia s'est installée ici et que j'ai su qui elle était, j'étais enchanté. Je ne rencontre plus beaucoup de personnes avec qui je puisse partager des souvenirs. Nous étions acteurs tous les deux à la grande époque. Je n'ai jamais été dans le cinéma muet ni elle dans le parlant, mais c'est sans importance, nous nous comprendrions aussi bien. Nous pourrions passer de bons moments ensemble.

Voilà un vrai brave homme, pensa Phyllis. S'il découvre que j'ai menti à Lilas pour empocher un peu de l'argent de Lucretia, il ne me le pardonnera sans doute jamais.

Le téléphone sonna.

— Écoutez-moi ça, dit Phyllis à Charles en branchant le haut-parleur. Résidence de Mme Standish, annonça-t-elle.

— Espèce d'ordure ! fit une voix. Je souhaite à Lucretia de s'étrangler avec son gâteau de mariage !

— Je ne manquerai pas de transmettre le message à Madame, répondit Phyllis qui raccrocha aussitôt.

Charles rit à nouveau.

— Je ne vous connaissais pas ce sens de l'humour, Phyllis.

— Quand on a été domestique aussi longtemps que moi et qu'on a subi tout ce que j'ai subi, il faut de l'humour dans des situations comme celle-ci.

— Cet appel m'inquiète quand même.

— Lucretia va demander un numéro sur liste rouge, le rassura Phyllis. Mais, pour le moment, c'est encore le seul que nous ayons.

Sur quoi, en femme de chambre stylée, elle versa le thé dans les tasses et tendit la sienne à Charles.

— Savoir Lucretia en butte à l'hostilité de tous ces déséquilibrés qui regardent la télévision me déplaît profondément, soupira Charles. Je voudrais la ramener ici et veiller sur elle.

— Vous avez plus qu'un gros béguin si je comprends bien, commenta Phyllis d'un ton taquin.

— Sérieusement, Phyllis, il faut que nous trouvions vous et moi le moyen de nous débarrasser de cet individu.

Volontiers, du moment que je touche mon argent, s'abstint de répondre Phyllis. Je n'en demande pas davantage.

55

L'hebdomadaire *Le Courrier de Luis* occupait une maisonnette de pierres blanches dans une rue tranquille de San Luis Obispo. Son propriétaire, Thaddeus Washburne, y était seul. Il venait toujours passer deux heures au bureau le samedi matin tant il aimait son travail. Le journal appartenait à sa famille depuis si longtemps qu'il le considérait comme un membre à part entière qui, à ce titre, exigeait autant de soins attentifs que ceux que mérite un parent âgé auquel on est lié par une profonde affection. Si d'autres consacraient leurs week-ends au golf ou à diverses distractions, Thaddeus allait au bureau compulser ses dossiers. Depuis son veuvage, il consacrait même plus de temps que d'habitude au journal.

Le numéro de la semaine allait sous

presse le vendredi soir. Thaddeus était donc au bureau lorsque GOS TV passa son premier reportage sur Lucretia Standish. Toujours soucieux de coller à l'actualité, Thaddeus rédigea en hâte un article sur Lucretia avant la parution du journal. Par tradition familiale, les Washburne se faisaient un devoir de couvrir les événements concernant leurs concitoyens qui, devenus célèbres, faisaient honneur à la région. Le père de Thaddeus avait constitué un dossier sur Lucretia quand elle se distinguait dans l'industrie cinématographique. Thaddeus avait donc puisé dans le fonds d'information paternel pour rédiger son propre article et utilisé les vieilles photos pour l'illustrer.

La vie de Lucretia, avait-il découvert, était un vrai roman. Voulant écrire un autre article actualisé et plus fouillé, mais craignant de ne pouvoir la joindre en personne, Thaddeus gardait un œil sur le téléviseur de son bureau afin de suivre en direct les aventures de Lucretia, car la station passait ses reportages toutes les heures ou presque. C'est ainsi qu'il avait vu ce matin-là l'interview de la femme de chambre. Il n'en revenait pas que Lucretia ait pu gagner autant d'argent grâce aux actions d'une obscure start-up.

La sonnette de la porte d'entrée le tira de ses réflexions. Qui peut bien venir au journal un samedi ? s'étonna-t-il en s'extrayant de son fauteuil. Quand il ouvrit, il eut la surprise de découvrir sur le seuil deux dames d'un âge certain.

— Que désirez-vous, mesdames ? demanda-t-il.

— Nous décharger de quelque chose qui nous pèse sur le cœur, déclara Sarah en brandissant le dernier numéro du *Courrier de Luis*. Nous sommes les deux amies « non identifiées » de Lucretia Standish.

Thaddeus éclata d'un rire joyeux.

— C'est le Ciel qui vous envoie ! Entrez donc.

Elles le suivirent sans se faire prier dans l'unique pièce de la maison. Dès le début, les Washburne avaient abattu les cloisons afin que tous les collaborateurs soient à portée de voix les uns des autres, à l'instar des bureaux de rédaction des quotidiens des grandes villes. Les dimensions de la pièce ainsi créée restaient modestes et la publication n'était qu'une petite feuille locale, mais ils estimaient insuffler ainsi à leur équipe l'esprit d'un « grand journal de grande ville ».

Thaddeus approcha deux chaises de son bureau et invita ses visiteuses à y prendre place.

— Je suis Thaddeus Washburne, se présenta-t-il avant de s'asseoir à son tour.

Toujours jalouse de son leadership, Sarah prit la première sa main tendue.

— Sarah Desmond, annonça-t-elle.

— Et moi, Polly Cook. Nous pouvons vous épeler nos noms pour la prochaine fois que vous publierez notre photo.

— Avec plaisir, dit Thaddeus en riant de nouveau. Puis-je vous offrir un café ?

— Merci, un verre d'eau suffira, répondit Sarah.

— Un verre d'eau pour moi aussi, approuva Polly. Je pourrais boire du thé et du café toute la journée, mais je ne dormirais plus de la nuit.

— Avez-vous essayé le décaféiné ? suggéra Thaddeus.

— Ça n'a pas de goût, déclara Polly en faisant la grimace.

— Nous essayons de boire au moins huit grands verres d'eau par jour, expliqua Sarah. C'est une corvée, croyez-moi.

— Oui, je me sens toute gonflée, renchérit Polly.

— Vous devez quand même faire ce qu'il faut pour vous maintenir en forme, commenta Thaddeus. Vous ne paraissez pas du tout votre âge. Si vous ne m'aviez pas dit que vous étiez des amies d'enfance de Lucretia Standish, qui a quatre-vingt-treize ans, je vous en aurais facilement donné quinze de moins.

Polly et Sarah sourirent à Thaddeus avec coquetterie avant d'échanger entre elles un regard entendu quand il alla chercher leurs rafraîchissements. Pendant ce temps, sur l'écran du téléviseur resté allumé en sourdine, le présentateur annonçait que Lucretia Standish passait « un week-end spectaculaire ». Polly et Sarah laissèrent échapper un cri de surprise et firent silence. Revenu de la kitchenette avec leurs verres d'eau, Thaddeus prit la télécommande et monta le son.

Il y eut d'abord un gros plan de la pancarte DOMAINE DES ÉTATS SECONDS, puis un panoramique sur un motard à l'allure farouche qui précédait une Rolls Royce blanche suivie d'une vingtaine d'autres motos roulant en formation impeccable.

« Partie rendre visite à des membres de sa famille propriétaires du domaine où elle passera la nuit, expliqua le présentateur, Lucretia Standish a recruté pour escorte le groupe de motards que vous voyez à l'écran, baptisés Les Maîtres de la Route. »

Le plan suivant montrait Lucretia qui descendait de voiture en saluant la foule comme une reine en visite et souriait à la caméra.

— Regarde ! s'exclama Polly. As-tu vu ça ?

— Serais-tu jalouse, par hasard ? s'enquit Sarah.

— Ma foi, peut-être...

« les membres de la famille accueillent Lucretia et son fiancé », poursuivait le présentateur.

— C'est un gamin, commenta Thaddeus.

— Difficile à dire, avec des lunettes noires comme celles-là, dit Sarah avec mépris. Mais... ce ne serait pas Nora Regan Reilly ? ajouta-t-elle en se penchant vers l'écran.

— Je crois bien que si, confirma Polly. Nous sommes allées à l'une de ses conférences à Cal Poly il y a deux ans, tu t'en souviens ?

— Bien sûr.

— Nous avions rendu compte de cette conférence dans notre journal, intervint Thaddeus. C'est bien Nora Regan Reilly. Je me rappelle qu'elle était charmante et que la taille de son mari m'avait impressionné. Il est ici, juste à côté d'elle.

— Bel homme, dit Sarah du ton de l'amateur éclairé. Et nous avons lu tous les livres de Nora. Je me demande ce qu'ils font là.

« ... nous continuerons à vous donner les dernières informations sur le week-end nuptial de Lucretia Standish. Si vous voulez nous communiquer vos commentaires ou vos observations, n'hésitez pas à nous envoyer un e-mail à l'adresse www/GOSTV.com... »

Thaddeus baissa le son.

— Incroyable ! Où Lucretia a-t-elle déniché ces motards ?

— Elle a toujours aimé la fantaisie, commenta Sarah.

— Avec elle, renchérit Polly, on ne s'ennuyait jamais. Non, jamais. Un vrai casse-cou. Elle n'avait peur de rien.

— Si je comprends bien, dit Thaddeus, vous ne la voyez plus ?

— Plus depuis nos mariages. Nous avons perdu le contact avec elle quand sa carrière au cinéma a échoué et qu'elle a quitté la Californie. C'est drôle de la voir se remarier à son âge ! Nous avions conclu le pacte d'être chacune nos demoiselles d'honneur à nos mariages respectifs, ajouta Polly avec mélancolie.

— Je serai très heureux d'écrire un article sur vous trois, dit Thaddeus. Avez-vous toujours vécu ici, vous deux ?

— Oh non ! Après nos mariages respectifs, j'ai fini à San Francisco et Polly à San Diego. C'est après la mort de nos maris que nous avons décidé de vivre ensemble. Comme nous ne voulions ni l'une ni l'autre aller vivre dans une de ces deux villes, nous avons coupé la poire en deux et nous sommes revenues ici où nous nous sentons bien. Et puis, nous ne sommes pas très loin de nos familles, une journée de route au plus.

— À chacun de nos voyages, compléta Polly, nous revisitons les côtes de la Californie. Une fois vers le nord, une fois vers le sud.

— Ce serait bien de pouvoir vous réunir toutes les trois au bout de tout ce temps, suggéra Thaddeus. Nous pourrions inviter Lucretia à l'un de nos festivals d'été. Pourquoi n'essayez-vous pas d'entrer en contact avec elle ?

— Nous l'avons déjà fait ! déclara Sarah. Nous avons envoyé un e-mail à la station de télévision avec un message personnel pour Lucretia, mais nous n'avons encore aucune réponse de sa part.

— Nous ne l'avons envoyé qu'hier soir et nous n'avons pas été chez nous de la journée, la corrigea Polly. Nous trouverons peut-être la réponse quand nous rentrerons.

— Quel est votre serveur d'Internet ? demanda Thaddeus.

— Pluto, l'informa Sarah.

— C'est aussi le mien. Consultez donc vos messages sur mon ordinateur.

Encore plus droguée d'Internet que Sarah, Polly se précipita derrière le bureau directorial. Thaddeus eut à peine le temps de quitter son fauteuil qu'elle s'y était déjà installée. Elle tapa son mot de passe, cliqua et tout le monde garda le silence pendant le processus. Un instant plus tard, elle poussa un cri de triomphe :

— Lucretia a répondu !

Derrière elle, Sarah et Thaddeus se penchèrent vers l'écran.

Chères Sarah et Polly,

Quelle joie d'avoir de vos nouvelles ! Cela faisait si longtemps. Je serais ravie que vous veniez à mon mariage, mais je ne sais pas où vous habitez. Si vous recevez ce message et si vous n'êtes pas trop loin, venez chez moi à Beverly Hills dimanche matin à onze heures. Vous serez mes demoiselles d'honneur ! Vous vous souvenez de notre pacte ? Et, à propos de pacte, JE VOUS EN SUPPLIE, pas un mot sur notre secret ! Amenez des amis si vous voulez, plus on est de fous plus on rit ! J'indique mon adresse et mon numéro de téléphone à la fin de ce message. En ce moment, je ne suis pas chez moi, mais j'espère bien vous voir demain.

Je vous embrasse,

LUKEY

P.S. Je regrette que nous ne puissions pas avoir ce soir une de nos bonnes conversations dans le cimetière !

— Ce doit être un fameux secret, dit Thaddeus qui brûlait d'envie d'être mis au courant.

Polly et Sarah pouffèrent de rire à l'unisson.

— Nous ne pouvons rien dire, déclara Sarah.

— Surtout si elle nous invite à son mariage, ajouta Polly.

— Vous irez ?

— Évidemment ! affirma Sarah Vous voulez venir avec nous ? ajouta-t-elle en comprenant que Thaddeus se sentait délaissé.

Le large sourire du journaliste lui confirma qu'elle avait vu juste.

— C'est avec joie que j'accompagnerai

deux dames aussi charmantes que vous ! J'emporterai mon appareil pour vous prendre toutes les trois en photo. Nous sortirons même un numéro spécial ! À condition que Lucretia ne me demande pas des millions pour les droits de reproduction, bien entendu.

— Elle n'a pas besoin de millions, elle les a déjà.

— Vous savez, déclara Polly, les dîners de veille de noces sont souvent beaucoup plus amusants que les mariages eux-mêmes. Je l'ai toujours pensé, du moins.

— Oui, mais nous ne sommes pas invitées, lui rappela Sarah.

— Les demoiselles d'honneur le sont obligatoirement. Comment s'appelle ce domaine, déjà ? demanda Polly à Thaddeus. Les États... quelque chose ? Où est-ce, à votre avis ?

— États Seconds. Nous devrions pouvoir trouver l'adresse.

Passé maître dans l'art de recueillir des informations non seulement des personnes qu'il interviewait, mais aussi des banques de données, Thaddeus prit le relais au clavier de l'ordinateur.

— Ce n'est pas loin d'ici, dit-il au bout de quelques minutes. Une heure de route, tout au plus.

Polly et Sarah se consultèrent du regard.

— Aurions-nous l'air de nous imposer si nous y allions maintenant ? demanda Sarah en hésitant.

— Elle nous aurait invitées si elle avait su que nous étions aussi près, la rassura Polly. Nous lui dirons que nous passons simplement en voisines pour porter un toast à sa santé.

— Et puis, intervint Thaddeus, elle a dit qu'elle regrettait de ne pas pouvoir avoir avec vous une de vos conversations dans le cimetière, comme autrefois. Ce serait l'occasion ou jamais.

— Eh bien, allons-y ! décida Sarah. À nos âges, qu'est-ce que nous avons à perdre ?

— Quatre-vingt-treize ans ! soupira Thaddeus. Vous êtes incroyables, vous trois.

— Quatre-vingt-douze, treize ou quatorze, peu importe. Vous voulez bien nous conduire, monsieur Washburne ?

— Absolument, mesdames. Tout le plaisir sera pour moi.

56

Quand elle quitta la boutique, Regan ne ressentait pas de bonnes vibrations. Edward ne cherchait à l'évidence qu'à s'approprier la fortune de Lucretia, Bella était pour le moins déroutante et Don inquiétant, sinon pire. Regan était sûre qu'il y avait un lien entre Edward et Don. Pourtant, à la réflexion, Edward et Lucretia n'avaient décidé de venir que le matin même alors que Don était arrivé la veille au soir. Ils n'auraient pas pu prévoir de se rencontrer ici puisque l'invitation avait été faite par Lilas.

Troublée plus encore qu'intriguée, Regan se dirigeait vers la maison dans l'intention d'appeler Whitney et Jack quand, sans savoir pourquoi, elle fit demi-tour et retourna à la boutique.

— Je vais quand même déguster un

peu de vin, en fin de compte, annonça-t-elle.

La mine stupéfaite de Bella en la voyant revenir fut loin d'égaler celle des deux hommes assis à la table.

— Vous avez bien raison ! approuva-t-elle après s'être ressaisie. Asseyez-vous donc. Voulez-vous goûter le blanc ou le rouge ?

— Le rouge, répondit-elle en s'asseyant sur le banc à côté d'Edward.

Pendant que Bella lui remplissait son verre, Regan nota avec étonnement qu'elle avait les ongles sales, ce qu'elle n'avait pas remarqué le matin. Bella paraissait pourtant très soigneuse pour tout ce qui touchait à son maquillage : une femme qui se donne autant de mal pour dessiner le contour de ses lèvres se nettoie les ongles, non ?

— J'espère qu'il vous plaira, dit Bella en reposant la bouteille.

— Sûrement. Santé ! dit-elle en levant son verre devant Edward et Don.

Ils grommelèrent une vague réponse et burent une gorgée de vin.

— Si vous avez besoin d'autre chose, je

serai à la caisse, dit Bella avant de se retirer.

Comme groupe de joyeux boute-en-train, on fait mieux, pensa Regan qui leva de nouveau son verre.

— À votre mariage, Edward.

— Merci.

— Vous devez être très heureux. Êtes-vous de Beverly Hills ?

— Non.

— D'où êtes-vous originaire, alors ?

— De New York.

— Ah oui ? Quel quartier ?

— Long Island. Mais j'ai toujours habité Manhattan.

— Et vous, Don ?

Don regardait par la fenêtre.

— Don ? répéta Regan.

— Hein ?

— Je vous demandais d'où vous étiez.

— D'un peu partout.

Sur quoi, les deux inépuisables bavards durent décider qu'ils avaient autre chose à faire, car ils vidèrent leurs verres et se levèrent avec un bel ensemble.

— Je vais voir si Lucretia est bien installée, expliqua Edward.

— Je dois reprendre la route, déclara Don.

— Vous partez déjà ? lui demanda Regan.

— Oui, je vais retrouver des amis.

Son expression signifiait clairement que les questions de Regan l'horripilaient, mais elle s'en doutait déjà.

— Alors, amusez-vous bien.

J'ai au moins réussi à les déstabiliser, pensa-t-elle en les regardant sortir. Il faut aussi que je note l'immatriculation de la voiture de Don avant qu'il disparaisse dans la nature.

Regan attendit deux minutes avant de sortir à son tour pour aller au parking. Elle savait que Don conduisait un 4x4 de couleur sombre. C'était le seul véhicule garé là pour le moment, la Rolls de Lucretia étant toujours devant la maison. En faisant le tour de la voiture, elle nota avec intérêt la présence d'un contrat de location sur le siège du passager. S'il l'a louée, il a dû montrer son permis de conduire, pensa-t-elle. Nous pourrons donc connaître son identité en cas de besoin.

Après avoir relevé le numéro d'immatriculation, Regan se hâta d'aller dans sa chambre le noter sur son calepin avant de composer le numéro de Whitney sur son portable. Une fois de plus, elle tomba sur la boîte vocale et, une fois de plus, demanda à Whitney de la rappeler en lui répétant son numéro.

— J'espère que tout se passe bien à votre séminaire, ajouta-t-elle avant de raccrocher.

Sa dernière phrase lui laissa un goût amer. Autant dire à une personne malade qu'elle a bonne mine comme si cela pouvait hâter sa guérison, pensa-t-elle en composant le numéro du séminaire. Là encore, ce fut une boîte vocale qui répondit. Regan demanda que l'on fasse part de son appel à Whitney Weldon et qu'on lui dise de la rappeler le plus tôt possible.

Des trois, Jack fut le seul à répondre.

— Comment ça se passe, de ton côté ? lui demanda Regan.

— Plutôt bien. L'affaire des voleurs d'objets d'art se développe de manière intéressante. Je crois que nous réussirons à les coincer tous, bien que l'un d'eux soit fuyant comme une anguille et s'arrange pour toujours nous filer entre les doigts à la dernière minute. Et toi ?

— Eh bien, pour commencer, Lucretia nous a gratifiés d'une arrivée en fanfare, escortée par une bande de motards.

— Tu plaisantes ? demanda Jack en riant.

— Pas du tout. Ils vont revenir tout à l'heure pour, tiens-toi bien, nous préparer le dîner. Tu devrais les voir ! De vrai gorilles, mais gentils comme tout. Ils veulent protéger Lucretia.

— J'ai l'impression qu'elle en aura besoin.

— Pour ma part, je préfère les avoir dans mon camp que comme adversaires. Ce sont presque tous des colosses et je n'ai jamais vu autant de tatouages de ma vie.

— Des tatouages ? C'est drôle, les membres du gang sur lesquels nous enquêtons aiment bien les tatouages, eux aussi.

— Vraiment ?

— Pendant leur perquisition, un des inspecteurs a trouvé une photo de quatre membres de l'équipe qui exhibent sous le nombril un tatouage d'une tête de mort sur deux tibias croisés.

La main de Regan se crispa sur le téléphone.

— Quoi ? C'est vrai ?

— Oui, pourquoi ?

— Un individu qui a loué une chambre ici a lui aussi l'emblème des pirates tatoué sous le nombril. Depuis son arrivée, je le soupçonne d'être venu dans de mauvaises intentions.

— Ces personnages sont dangereux, Regan ! s'écria Jack avec une soudaine inquiétude. Dis-moi tout ce que tu sais sur son compte.

57

Une fois sûr que tout le monde avait quitté la maison, Norman retourna dans son bureau et ouvrit le dernier tiroir du classeur. C'est là que Dew et lui conservaient leurs documents importants, passeports, actes de naissance, polices d'assurances, chéquiers. Il fourra le tout dans un sac de gym et courut à la chambre à coucher y prendre l'exemplaire unique de son dernier scénario, écrit pour Whitney Weldon. Son coup de téléphone de la veille l'avait incité à le relire. Avec le recul, il estimait, sans se vanter, que ce scénario était son meilleur.

Avant de quitter la maison, Norman brancha l'alarme et ferma la porte à clef.

— J'espère ne pas l'avoir fait pour rien, dit-il à mi-voix. Une maison en cendres n'intéresse pas les pillards.

Ricky l'attendait dans sa voiture, prêt à le suivre jusqu'à la station de radio. L'un derrière l'autre, ils descendirent la route sinueuse vers la petite ville de Calimook, à quelques kilomètres de là. À chaque virage, ils voyaient au loin la fumée qui s'élevait au-dessus des arbres.

Ils arrivèrent bientôt à la radio locale où Dew était animatrice. Entre ses dialogues avec les auditeurs et les nouvelles régionales, elle passait aussi des disques. Le groupe des Beach Boys était, en ce moment, un de ses préférés.

Dew s'était constitué un auditoire fidèle, qui s'accroissait si régulièrement que les propriétaires de la station lui laissaient carte blanche. Ce jour-là, elle faisait constamment le point sur la progression des incendies De nouveaux foyers éclataient un peu partout, certains assez limités pour être aussitôt circonscrits, d'autres qui échappaient au contrôle des pompiers. Dew informait ses auditeurs sur les mesures d'évacuation secteur par secteur, à mesure que la station recevait elle-même l'information des autorités.

Une pause publicitaire venait de commencer quand Dew leva les yeux vers la paroi vitrée du studio. Voyant Norman et Ricky qui attendaient à la réception, elle enleva ses écouteurs et sortit les rejoindre. Jolie, avec de longs cheveux châtains naturellement bouclés, les yeux bleus et le visage parsemé de taches de son, elle aurait pu servir de modèle pour une publicité de produits bio. Toujours vêtue de manière décontractée, elle incarnait la jeune Californienne typique.

À la mine de Norman, elle comprit qu'il était inquiet.

— Bonjour, chéri, dit-elle en lui donnant un petit baiser sur la joue. Ravie de te revoir, Ricky, ajouta-t-elle à son ami d'enfance.

— Je venais d'arriver chez vous quand tu as appelé...

— Dew ! l'interrompit l'ingénieur du son, tu reviens à l'antenne dans une minute !

— J'arrive ! Venez donc avec moi, vous deux, poursuivit-elle en prenant le bras de Norman.

— Pourquoi ?

— « Dialoguez avec Dew », tu connais ? Nous parlerons de l'évacuation.

— Dew, pressons ! la héla l'ingénieur du son.

Norman et Ricky la suivirent dans le petit studio et s'assirent en face d'elle, dans des fauteuils devant lesquels étaient disposés des micros. Quelques secondes plus tard, la bande publicitaire prit fin et Dew revint à l'antenne en direct.

— Vous voilà de retour avec Dew, annonça-t-elle. J'ai près de moi deux invités pour cette partie de l'émission. Comme le savent beaucoup d'entre vous, mon compagnon, Norman Broda, et moi habitons un secteur des collines qui vient d'être évacué. Norman vient de me rejoindre avec un de nos amis, Ricky Ortiz, qui fait partie de l'équipe de production d'un film actuellement en cours de tournage près de Santa Barbara. Qui sont les principaux acteurs, Ricky ?

— La vedette féminine est Whitney Weldon. Si son nom n'est pas encore sur toutes les lèvres, elle a déjà d'excellentes choses à son actif.

— Mais oui, je l'ai déjà vue dans plusieurs films. C'est une merveilleuse actrice. Puisque nous abordons ce chapitre, laissez-moi vous dire que Norman organise de fabuleux séminaires d'acteurs dans notre maison. Whitney Weldon était inscrite à celui d'aujourd'hui. Est-elle venue, Norman ?

— Non, elle n'a pas pu venir.

— Peut-être était-elle au courant des incendies ? suggéra Dew.

— De toute façon, j'ai dû annuler le reste de la session après avoir reçu ton appel, répondit Norman. Il vaut donc mieux pour Whitney qu'elle ne soit pas arrivée à temps. Elle pourra participer au prochain séminaire, bien entendu.

— Elle est très drôle dans ce film, intervint Ricky. Désopilante.

— Quel est le titre du film ? demanda Dew.

— *Pas de veine*.

58

Avant de répondre à Jack, Regan alla fermer la fenêtre de sa chambre pour être certaine que personne ne l'entendrait.

— Il prétend s'appeler Don Lesser, commença-t-elle. Mais je l'ai appelé Don tout à l'heure et il n'a pas réagi tout de suite, comme s'il n'était pas habitué à ce nom.

— Il n'est pas le seul de la bande à changer de nom, répondit Jack en notant quand même le pseudonyme.

— En plus, il porte une perruque. Il a le poil blond et les cheveux noirs. Il se peut aussi qu'il porte des lentilles de contact, mais je n'en suis pas sûre. Et ce n'est pas tout : je suis à peu près convaincue qu'il connaît Edward Fields.

— Pourquoi ?

— Quand Lucretia et Edward sont

arrivés, Don a proposé à Edward de l'aider à porter les bagages, ce que j'ai trouvé bizarre de la part d'un inconnu. Ensuite, ils étaient assis à la même table dans la salle de dégustation quand j'y suis arrivée, ce qui les a visiblement dérangés. Ils sont partis aussi vite qu'ils ont pu sans paraître trop suspects.

— Dis-moi, Regan, il y a sûrement un ordinateur au domaine.

— Oui, j'en ai vu un au bureau.

— Trouve l'adresse e-mail. Je vais t'envoyer par scanner la photo des quatre types au ventre tatoué. Regarde-la bien, tu me diras si l'un des quatre pourrait être le Don en question.

— D'accord, Jack, mais il faudra faire vite. Il m'a dit qu'il comptait reprendre la route.

— Je ne voudrais surtout pas perdre un de ces oiseaux-là.

— Bon, je vais au bureau et je te rappelle tout de suite.

Regan sortit dans le couloir au moment où Don y arrivait pour aller dans sa chambre.

— Bonjour, Don, lui dit-elle.

— Salut, Regan, répondit-il.

Regan pressa le pas. La manière dont il avait prononcé son nom lui donnait le frisson.

Il n'y avait personne à la réception et tout était calme. Regan savait que ses parents se reposaient, ainsi que Lucretia Elle trouva Lilas seule au bureau. Regan ne pouvait pas la mettre au courant de tout, pas encore du moins, elle devait donc rester vague.

— Lilas, mon ami Jack, que vous avez rencontré l'autre jour, est à New York. Il voudrait m'envoyer par e-mail une photo en rapport avec une enquête sur laquelle il travaille. Puis-je lui dire de me la transmettre sur votre ordinateur ?

— Bien sûr, Regan, répondit Lilas qui écrivit l'adresse e-mail et cliqua l'ordinateur sur sa boîte aux lettres. Appelez Jack, dites-lui qu'il peut l'envoyer. Je vais vous laisser seule pendant ce temps, poursuivit-elle en se dirigeant vers la porte. Il y a tant à faire pour ce soir, je dois passer un moment à la cuisine. Ce sera follement amusant ! Prévenez-moi si quelqu'un sonne à la réception, voulez-vous ?

Regan composait déjà le numéro de Jack.

— Vous pouvez y compter... Jack ? Je suis au bureau, devant l'ordinateur. Voici l'adresse e-mail. Tu notes ?

— Parfait. Attends, ne quitte pas. Scannez tout de suite la photo, l'entendit-elle dire à un assistant.

Tous les sens de Regan étaient en alerte. Jack et elle n'avaient pas même eu le temps de parler de la manière dont elle devrait agir s'il s'avérait que Don Lesser était un des suspects de l'affaire.

— Regan ! reprit Jack. On m'appelle sur une autre ligne. Je dois raccrocher, je te rappellerai aussi vite que je pourrai.

— D'accord.

Regan ne quitta pas des yeux l'écran de l'ordinateur. Quand l'icône d'un nouvel e-mail apparut, elle cliqua dessus et vit la photo prendre forme, pixel par pixel. Un flot d'adrénaline se déversa dans ses veines à mesure que l'image se précisait. Le personnage à gauche avait les cheveux blonds, mais sa corpulence, ses traits, son sourire étaient bien ceux de Don Lesser. Le ventre plat, la toison blonde qu'elle avait aperçus ce matin-là étaient identiques.

— Grands dieux ! s'écria-t-elle.

— Il y a quelqu'un ? fit une voix à la porte.

Avant que Regan ait pu réagir, Don Lesser entra et s'arrêta net en voyant l'image sur l'écran. Elle était en couleurs et d'une taille suffisante pour être clairement visible à plusieurs mètres de distance. Regan pressa immédiatement la touche *Suppr*, mais elle vit à son expression de fureur qu'il savait qu'elle avait compris.

— Qu'est-ce que vous foutez ? gronda-t-il.

Il claqua la porte derrière lui, tourna la clef et se rua sur Regan, les mains en avant, dans l'évidente intention de la saisir à la gorge et de l'étrangler. Regan hurla en cherchant autour d'elle de quoi se défendre, avisa sur le bureau un presse-papiers en céramique qu'elle jeta à la tête de Rex. Le projectile lui érafla le front, mais cela suffit à le déséquilibrer un instant avant qu'il puisse repartir à l'attaque. Toujours hurlant, Regan réussit à le ralentir en lui lançant un coup de pied dans le bas-ventre, mais il était plus enragé qu'un taureau devant la muleta et ne s'arrêta pas.

Ses mains se nouèrent autour de la gorge de Regan au moment où son téléphone portable sonnait. À demi asphyxiée, elle parvint cependant à rassembler ses forces et à lever les bras. D'une main, elle lui arracha sa perruque et, de l'autre, lui planta deux doigts dans les yeux. Cette fois, il accusa le coup et dut la lâcher. Elle profita de ce court répit pour lui assener un nouveau coup de pied sans cesser de hurler : « Au secours ! »

On entendit un bruit de course dans le couloir, suivi de violents coups de poing sur la porte.

— Regan ! Regan ! cria la voix de Luke.

Lesser se tourna vers la porte. Comprenant qu'il était pris à son propre piège, il bondit vers la fenêtre, l'ouvrit, sauta dehors et partit en courant vers les vignes.

Le portable sonnait avec insistance, Luke criait et martelait la porte. Regan empoigna le téléphone et répondit tout en traversant la pièce d'un pas mal assuré pour aller ouvrir.

— J'ai identifié la photo, dit-elle à Jack. L'individu que tu recherches, c'est lui. Sans aucun doute.

59

Rex courait à toutes jambes entre les rangs de vignes. Que faire ? Où aller ? se demandait-il, en proie à la panique. Il se maudissait d'avoir accepté cette idiotie de tatouage. Encore une idée de Jimmy ! Après avoir réussi un gros coup, ils avaient copieusement arrosé leur succès et s'étaient tous retrouvés tatoués. J'aurais dû tuer cette garce de Regan Reilly, se disait-il avec rage. Jimmy l'aurait fait, lui.

Qui lui avait transmis cette maudite photo ?

N'y pense plus, le mal est fait. Débrouille-toi plutôt pour foutre le camp d'ici. Cours, cours plus vite, ne t'arrête pas ! Je sais comment je vais partir ! pensa-t-il soudain. Avec la voiture de Whitney qui est dans la grange. C'est ma seule chance.

En forçant l'allure, il longea le rideau d'arbres, tourna à droite. La grange était là, toute proche... Rex s'arrêta net : une voiture était garée juste devant la porte. Un vieux modèle. Impossible de sortir la Jeep. À qui était ce tacot ? Pourquoi l'a-t-on planqué ici ?

Rex regarda autour de lui. Ne voyant personne, il courut jusqu'à la voiture, une berline des années cinquante ou soixante. Constatant que la clef de contact était au tableau de bord, il sauta au volant, lança le moteur qui toussa avant de s'étouffer. Il pompa frénétiquement l'accélérateur, recommença. Au troisième essai, le moteur démarra enfin et Rex passa la marche arrière au moment où un homme corpulent déboulait de derrière la grange en brandissant une pelle et en poussant des cris.

Avec une bordée de jurons, Rex écrasa l'accélérateur, freina, repassa en marche avant, fit demi-tour sur place et partit à fond de train, en soulevant un nuage de poussière à la figure de son poursuivant, sur le chemin de terre qui, heureusement, n'était pas aussi défoncé que le chemin d'accès au domaine.

— Retourne faire tes trous, imbécile ! grommela-t-il à l'adresse de l'inconnu qu'il voyait gesticuler dans le rétroviseur.

Rex jeta un rapide coup d'œil au tableau de bord. Les voitures de cette époque, plus simples, n'étaient pourvues que des instruments essentiels. À côté du compteur de vitesse, le cadran qui lui sauta tout de suite aux yeux fut celui de la jauge à essence, dont l'aiguille bloquée sur le trait rouge indiquait un réservoir presque vide ! Emmène-moi à une pompe si tu ne veux pas que je te laisse en plan, semblait-elle le narguer.

Partagé entre la rage et la frustration, Rex assena un coup de poing sur le volant avant d'aborder la route principale. Distrait, il prit son virage trop large alors même qu'une fourgonnette arrivant de la direction opposée ralentissait au croisement comme si le conducteur cherchait son chemin. Incapable d'éviter l'inévitable, Rex percuta le pare-chocs avant de la fourgonnette et lui laboura le flanc gauche, sur lequel s'étalait en capitales GOS TV – L'INFO CONTINUE. Déséquilibrée par le choc, la vieille berline dérapa, fit un tête-à-queue et s'immobilisa, moteur définitivement bloqué malgré les efforts désespérés de Rex pour redémarrer.

Au comble du désarroi, il dut s'y reprendre à deux fois avant de pouvoir ouvrir la portière, sauta à terre et partit en courant dans la direction d'où il venait au moment même où une voiture de police, sirène hurlante, arrivait sur la grand-route. La voiture vira sans ralentir sur le chemin de terre, le rattrapa en quelques mètres et stoppa juste derrière lui. Deux policiers mirent pied à terre.

— Arrêtez ! cria l'un d'eux. Les mains en l'air, vite !

Sans s'arrêter, Rex voulut regarder derrière lui. Erreur fatale, car il ne vit pas le chat de Lilas qui faisait sa promenade de santé et se trouvait presque sous ses pieds. Quand Rex s'aperçut de sa présence, il essaya de l'éviter en faisant un pas de côté, trébucha et s'étala de tout son long dans la poussière.

Deux secondes plus tard, les policiers lui passèrent les menottes.

À quelques pas de là, Lynne B. Harrison gloussait de ravissement pendant que son cameraman et elle enregistraient dans ses moindres détails le drame qui se déroulait sous leurs yeux. Dans quelques minutes, leur film passerait en léger différé sur tous les écrans de télévision du pays. La gloire !

Un scoop pareil valait bien la tôle défoncée de la fourgonnette.

60

Furieux, abasourdi, Walter n'était pas non plus sans inquiétude. Bella va me tuer, se répétait-il. Se faire voler la voiture parce qu'il avait laissé la clef de contact ! Comme stupidité, on ne faisait pas mieux. Mais qui aurait imaginé que leur vieux tas de ferraille serait volé au milieu de nulle part ? Qui était ce cinglé, un prisonnier en cavale ?

Après avoir vu son carrosse disparaître dans un nuage de poussière, Walter resta figé sur place à marmonner tout seul. Qu'est-ce que je vais faire ? Il faut porter plainte, mais la police voudra savoir ce que je faisais à cet endroit-là. Ils viendront regarder, ils verront les trous creusés derrière la grange. Il vaut mieux les reboucher jusqu'à ce que le calme revienne, conclut-il avec résignation.

Bella me tuera, c'est sûr. Devoir recommencer de zéro après avoir passé toutes ses heures de pause déjeuner à chercher le trésor du grand-père pendant huit jours, elle aura de quoi râler. C'est pas juste ! Pas juste !

Allons-y, décida-t-il, pas de temps à perdre. Je vais reboucher les trous, j'irai après à la boutique et nous appellerons la police. Plein de bonne volonté, Walter contourna la grange, la pelle à la main. Mais la vue de la douzaine d'excavations et d'autant de tas de terre à remuer le fit presque fondre en larmes.

— Ah non ! C'est trop bête ! gronda-t-il.

De rage et de désespoir, il lança la pelle de toutes ses forces. L'outil fit un gracieux vol plané pour aller se planter dans le trou le plus éloigné, le premier creusé par Bella, dont il racla un côté en retombant. Des mottes de terre cascadèrent dans le fond de la cavité.

Tapant du pied de dépit, Walter s'approcha pour récupérer la pelle. Il se penchait, la main tendue vers le manche, quand un objet rouge, heurté par le tranchant de la pelle, attira son attention.

Intrigué, Walter s'agenouilla, frotta d'une main la terre collée à la surface rouge. Plus il frottait, plus la tache rouge grandissait. Serait-ce le côté d'une caisse ou d'une malle ? se demanda-t-il. Mon Dieu... et si c'était le trésor ?

Il empoigna la pelle et, dans un accès d'activité frénétique comme il n'en avait jamais connu de sa vie, entreprit de dégager l'objet mystérieux de sa gangue de terre. Seigneur, faites que ce soit le trésor du grand-père Ward ! priait-il avec ferveur. Faites que le vol de ma voiture ne soit pas inutile !

— C'est une malle ! s'écria-t-il au comble de l'extase. C'est une malle, une malle ! La malle au trésor !

Bien que la malle fût encore à demi enfouie, Walter avait assez dégagé le couvercle pour pouvoir en manœuvrer la serrure. À ce stade, il marqua une pause et fit une nouvelle prière. Faites qu'il y ait dedans quelque chose de précieux ! Vraiment précieux...

Lentement, le cœur battant, il souleva le couvercle. La malle était pleine de bouteilles anciennes, aux formes et aux couleurs variées. Walter prit la première qui lui tomba sous la main. Des armoiries étaient gravées dans le verre au-dessus du mot « London » et d'une date : 1698. Une autre portait des armoiries différentes avec le mot « Roma » et la date de 1707. Et il y en avait au moins une douzaine ! Un rêve de collectionneur ! Un vrai trésor !

— Seigneur ! soupira-t-il. Toutes plus belles les unes que les autres !

Une semaine plus tôt, au pub, il avait bavardé avec des touristes amateurs de vin qui étaient restés au bar, jusqu'à la fermeture, à boire de la bière. « Il faut bien changer de goût de temps en temps », lui avaient-ils déclaré en riant de son étonnement.

Au cours de la conversation, ils avaient appris à Walter qu'à une récente vente aux enchères à Édimbourg, une bouteille du dix-septième siècle avait dépassé le prix de 10 000 livres. À l'époque, avaient-ils expliqué, les riches clients faisaient fabriquer par un maître verrier des bouteilles gravées à leurs armes qu'ils faisaient ensuite remplir des vins de leur choix par un négociant. Une enchère aussi considérable avait étonné les experts eux-mêmes, dont les estimations ne dépassaient pas une fourchette de 300 à 400 livres.

— Eurêka ! hurla Walter. Nous avons gagné le gros lot !

Il regarda autour de lui avec inquiétude pour s'assurer que personne ne rôdait dans les parages, prêt à dérober le trésor de Bella – qui était aussi le sien. Il en oubliait le vol de sa voiture : ces bouteilles pouvaient leur rapporter des centaines de milliers de dollars ! Bella et lui auraient les moyens de s'acheter chacun une voiture neuve. Restait un problème à résoudre, et un problème de taille : comment, sans voiture, transporter leur trésor chez eux ?

Walter rabattit le couvercle, referma la serrure, recouvrit la malle de terre et marqua l'emplacement en disposant des cailloux d'une certaine manière. Il se hâta ensuite de reboucher les autres trous puis, après avoir sommairement épousseté ses vêtements, alla se laver les mains dans le ruisseau et les essuya sur son pantalon, ce qui eut pour effet de le rendre encore plus crasseux.

— Je me paierai un pantalon neuf ! chantonna-t-il. Et puis je me paierai des chaussures neuves ! Et puis je me paierai...

Quiconque l'aurait vu gambader dans les vignes en chantant l'aurait pris pour un fou – ou un acteur se préparant à auditionner pour une comédie de Broadway.

61

Que se passe-t-il dehors ? se demanda Whitney. Serait-on venu à ma recherche ? Elle avait entendu une voiture arriver et s'arrêter devant la porte, quelqu'un avait eu ensuite du mal à la faire redémarrer et quelqu'un d'autre poussait des cris. C'était invraisemblable ! Personne ne venait jamais de ce côté-ci. La grange se trouvait tout au bout de la propriété et était abandonnée depuis des années.

Usant des techniques de relaxation de son oncle Earl, Whitney faisait de son mieux pour garder son calme et sa lucidité. Se forçant à oublier sa peur et sa souffrance, elle essayait de chasser ses pensées négatives pour ne nourrir que des pensées positives. Elle tenta même de s'imaginer qu'elle jouait le rôle de la victime d'un enlèvement attendant sa libération imminente.

Si le bâillon lui interdisait de respirer profondément, elle pouvait quand même contrôler sa respiration. Du calme, pas d'affolement, se répétait-elle. Pense à des choses agréables. Lentement, méthodiquement, elle agitait ses chevilles et ses poignets dans l'espoir de desserrer ses liens. Pendant ce temps, elle pensait à Frank.

Si je pouvais dormir des heures, se disait-elle, ce serait au moins une forme d'évasion. Je serais peut-être sauvée quand je me réveillerais. Il ne peut pas me laisser toujours ici...

Whitney fermait les yeux quand elle sentit une vague odeur de fumée. Mon Dieu ! faites que ce ne soit que le fruit de mon imagination ! pria-t-elle. Au fond de son cœur, elle avait cependant déjà compris que ce n'était pas son imagination qui lui jouait un mauvais tour. Après un printemps sec, les risques d'incendies de forêt étaient bien réels. Plus question de m'endormir maintenant, décida-t-elle.

Eh ! vous là-bas, dans le vaste monde ! Si vous m'entendez, faites passer le message que j'ai besoin d'aide ! Retrouvez-moi. Quelqu'un, n'importe qui mais, de grâce, retrouvez-moi !

62

— La police vient de l'arrêter ! annonça Regan.

Assise au bureau de la réception, elle était en ligne avec le chef de la police locale et relayait la conversation aux autres. Son cou portait les marques de la tentative de strangulation dont elle avait été victime.

— Il avait volé une voiture et il est entré en collision avec la camionnette d'une station de télévision de Los Angeles.

— J'aimerais le tenir entre mes mains ! commenta Luke avec véhémence.

Luke, Nora et Lilas étaient accourus en entendant les appels au secours de Regan, et Lilas avait aussitôt appelé le commissariat. Les policiers étaient en route pour le domaine quand ils avaient intercepté et appréhendé Don Lesser, ainsi que leur chef l'annonçait à Regan au téléphone.

— Il s'appelle Rex Jordan de son vrai nom, reprit Regan.

Lilas avait couru avertir Earl et Léon de ce qui se passait. Revenus en hâte à la maison, ils se tenaient maintenant autour de Regan. Nora posait une main protectrice sur son épaule et Luke montait de l'autre côté une garde vigilante.

— À qui appartenait la voiture volée ? demanda Regan au policier.

— Elle est immatriculée aux noms de Walter et Bella Hagan, répondit celui-ci à l'appareil.

— Bella ? répéta Regan avec étonnement. Elle travaille au domaine. Lesser, ou plutôt Jordan, s'était échappé par une fenêtre et avait pris la fuite à travers les vignes. Où la voiture se trouvait-elle ?

— Va chercher Bella, ordonna Lilas à Earl, qui partit aussitôt.

— Jordan sera bientôt au poste, répondit le chef à Regan. Nous procéderons immédiatement à son interrogatoire.

— Je vais tout de suite appeler mon ami Jack Reilly à New York. Il sera très content de la nouvelle et il voudra sûrement vous parler.

— Je n'en doute pas. Dites-lui que je suis à sa disposition.

Regan hésita. Elle ne voulait pas exposer devant Lilas ses craintes concernant Whitney. Ce Rex aurait-il quelque chose à voir dans le fait que Whitney n'avait pas donné signe de vie depuis le matin ? Elle se borna donc à remercier le policier et à prendre congé. C'est Jack qu'elle chargerait de lui parler de Whitney.

— Je crois, déclara Lilas, que le moment est venu de goûter le meilleur vin du domaine.

— En effet, approuva Luke, il n'est pas loin de cinq heures. Viens, ma chérie, poursuivit-il en prenant Regan par la taille. Allons nous asseoir au salon. Nous avons tous besoin de nous détendre.

— Volontiers, papa, mais je dois d'abord téléphoner à Jack.

Elle prit son portable et alla s'isoler un instant sur la terrasse. Le soleil déclinant jetait une douce lumière dorée sur le vignoble. Était-ce seulement l'avant-veille que Jack et elle étaient arrivés ici à la même heure passer un long week-end reposant ? Tout en attendant que Jack décroche, elle contempla le décor des collines. Une vague odeur de fumée flottait dans l'air. Le vent qui soufflait en direction du domaine teintait par moments le ciel de minces écharpes grises.

— Si tu savais tout ce que je fais pour toi ! dit-elle quand Jack eut décroché.

— Quoi donc ? demanda-t-il en riant.

— Il est sous les verrous.

— Hein ?

— La police locale a arrêté Rex Jordan.

— Non ! Tu plaisantes ?

— Pas le moins du monde. Il avait volé une voiture et accroché une camionnette en débouchant sur la route principale. J'ai dit au chef de la police que tu l'appellerais. Quand tu l'auras au téléphone, peux-tu lui parler de Whitney ? Elle n'est pas officiellement portée disparue, je sais, mais je suis quand même inquiète à son sujet. J'ai peur que ce Rex ait quelque chose à voir avec son silence prolongé. Il était ici quand elle a quitté le domaine de bonne heure ce matin. La police devrait peut-être l'interroger sur ce point.

— Je lui en parlerai, promit Jack.

— Et je persiste à croire qu'il y a un

rapport entre lui et le fiancé de Lucretia. Si tu découvres quoi que ce soit...

— Je m'en occupe.

— Merci, Jack. Tiens-moi au courant.

— C'est toi qui es au cœur des événements captivants !

— Écoute, ce qui me captiverait le plus en ce moment serait d'apprendre que Whitney est saine et sauve.

— Franchement, renchérit Jack, moi aussi.

63

Edward était accablé. Il venait de parler à Rex avant son départ et regagnait sa chambre quand il avait entendu les cris et le vacarme dans le hall. En regardant par la fenêtre, il avait vu Rex s'enfuir en courant dans les vignes. Les choses se présentaient mal. De plus en plus mal. Rex le mettrait-il dans le bain s'il se faisait prendre ?

On frappa à sa porte.

— Qui est là ? dit-il d'une voix mourante.

— C'est moi, annonça Lucretia.

— Entrez, dit-il sans conviction.

En tailleur-pantalon de soie abricot, reposée, pomponnée, Lucretia était prête pour les festivités de la soirée alors qu'Edward restait couché en chien de fusil sur son lit.

Lucretia vint s'asseoir à son chevet.

— Ça ne va pas ? demanda-t-elle avec sollicitude.

— J'ai mal au ventre, gémit-il.

— Quel dommage ! Mais il faut essayer de vous remettre, mon chéri. Nous allons avoir notre grand dîner et il se passe tellement de choses excitantes que vous devrez être en forme.

— Quelles choses excitantes ? demanda-t-il en feignant l'innocence.

— Un homme a attaqué la charmante Regan Reilly dans le bureau. Un repris de justice qu'elle avait démasqué. Il s'est enfui, mais la police l'a rattrapé.

— C'est vrai ?

— Oui. C'est merveilleux, n'est-ce pas ? Quel horrible personnage ! Il était recherché à New York par la police qui va pouvoir lui mettre la main dessus. Il restera très longtemps derrière les barreaux, à ce qu'on dit. Enfin, ce sera bientôt réglé, j'en suis sûre. Tout le monde se réunit pour boire un verre de bon vin, poursuivit-elle en tapotant la joue d'Edward. Prenez donc une douche, cela vous remettra d'aplomb et venez vite nous rejoindre. Cette soirée est en votre honneur à vous aussi, mon chéri.

— Je ferai de mon mieux.

Une fois la porte refermée, Edward resta immobile à contempler le plafond. Que faire ? se demanda-t-il. Vaut-il mieux leur dire que Whitney est ligotée dans un bâtiment de la propriété ? Si Rex me dénonce, j'aurais au moins le mérite d'avoir essayé d'aider Whitney et on sera plus indulgent envers moi. Je dirai que j'avais simplement demandé à Rex de l'occuper jusqu'à la fin du week-end, une fois le mariage terminé. Que je n'avais pas l'intention de la kidnapper.

Oui, se dit-il sombrement, mais alors, tout serait fini. Lucretia ne voudrait plus m'épouser et je finirais quand même en prison. Non, je vais prendre le risque, je m'en sortirai. Whitney ne risque rien de grave. Elle sera délivrée dès que nous serons mariés et tout ira bien pour tout le monde.

Edward se leva, alla dans la salle de bains – et n'eut que le temps de se pencher sur les toilettes en vomissant tripes et boyaux.

Sur ce point-là, du moins, il n'avait pas menti.

64

Bella était à la caisse de la boutique quand Earl s'approcha et lui prit la main, la mine grave.

— Il faut garder votre calme, dit-il.

— Qu'est-il arrivé ? s'écria-t-elle. Walter a eu un accident ?

Earl fit un signe de dénégation.

— Quoi, alors ? voulut-elle savoir, soulagée, en se disant qu'Earl était parfois exaspérant.

— Votre voiture a été volée.

— Volée ? Où cela ?

— J'ignore l'endroit exact.

Il entreprit alors de lui relater les événements survenus dans le bureau, la fuite de Don à travers les vignes, le vol de la voiture et l'accident qui avait suivi. Bella l'écouta, atterrée. La voiture avait donc été volée derrière la vieille grange. Mais alors, où était Walter ?

— Allez vite à la maison, conclut-il. Je me chargerai de tout ici.

Bella sortit de la boutique au moment même où Walter arrivait par les vignes. Il courut à sa rencontre, la souleva dans ses bras, la fit tournoyer en l'air et lui donna un gros baiser gourmand.

— Walter ! s'exclama-t-elle quand elle reprit son souffle. Tu n'es pas malade, au moins ?

— Bien sûr que non, je vais très bien.

— Mais notre voiture a été volée ! Et, en plus, par un individu qui a essayé de tuer une fille, ici même, et qui a eu un accident en arrivant sur la route !

Le sourire de Walter ne s'altéra pas, au contraire. Cette fois, Bella éprouva une réelle inquiétude.

— Tu es resté trop longtemps au soleil, Walter.

— Non. J'ai une grande nouvelle, Bella. J'ai trouvé le trésor.

Bella sauta de joie deux ou trois fois.

— Qu'est-ce que c'est ? voulut-elle savoir.

Walter lui décrivit brièvement le contenu de la malle.

— Mais il faut vite louer une voiture et aller chercher la malle, conclut-il. Il y en a pour des dizaines de milliers de dollars.

— Incroyable ! commenta Bella. Grand-père Ward collectionnait les vieilles bouteilles ! Depuis qu'il était au Canada, il ne gardait que les magazines et les journaux Écoute, poursuivit-elle en baissant la voix, il faut appeler la police pour signaler le vol de la voiture. Quelle excuse vas-tu donner à ta présence là-bas ?

— Je venais te voir et je me suis trompé de chemin.

— Mais... tu m'as conduite ici ce matin même !

— Je n'ai pas le sens de l'orientation, voilà tout.

Bella rit et lui donna un baiser. Puis, la main dans la main, ils se dirigèrent vers la grande maison avec l'insouciance des âmes pures.

65

Lynne B. Harrison émettait en direct sur les lieux de l'accident.

— La réalité dépasse souvent la fiction ! Nous étions en route pour le domaine des États Seconds afin d'interviewer Lucretia Standish quand nous avons été heurtés par une voiture volée. Elle était conduite par un repris de justice qui avait passé la nuit précédente dans une des chambres d'hôtes du domaine. Nous étions à la limite de la propriété quand la voiture est sortie à toute allure d'un chemin...

La régie repassa la séquence montrant Rex bondissant de la voiture et fuyant à toutes jambes avant de trébucher en voulant éviter le chat. Le plan se terminait par un zoom sur le visage ahuri de Rex.

— ... Le fugitif a été identifié, poursuivit Lynne. Il s'agit d'un certain Rex Jordan, recherché par la police de New York. Nous vous tiendrons informés de tous les détails le concernant. Mais maintenant, nous rendons l'antenne, le temps d'aller rencontrer la future mariée, Lucretia Standish. Ici Lynne B. Harrison de GOS TV. À très bientôt !

66

Sa conversation avec Jack terminée, Regan rentrait au salon quand elle aperçut dans le parking Bella qui embrassait un homme. Ils avaient l'air d'exulter. Curieux qu'ils soient aussi joyeux alors qu'on vient de leur voler leur voiture, pensa Regan avant de s'asseoir sur l'un des canapés.

Elle prenait le verre de vin que lui offrait Lilas quand Lucretia fit son entrée.

— Mes chéris, que la fête commence ! déclara-t-elle avec une grandeur toute royale.

— Edward se joindra-t-il à nous ? demanda Regan.

— Je l'espère. Le pauvre chou a très mal au ventre.

Le contraire m'aurait étonnée, pensa Regan.

Nora et Luke avaient pris place sur le canapé en face d'elle. Lucretia s'assit à côté d'eux. Lilas servait le vin aux uns et aux autres.

— Léon avait quelque chose à terminer au chai, mais il sera avec nous d'une minute à l'autre, dit Lilas. Ah ! Voilà Bella.

Bella et un homme qui paraissait s'être roulé dans la boue entraient dans le hall. Lilas leur fit signe d'approcher et les présenta à Nora et à Luke.

— Regan, ajouta-t-elle, je vous présente Walter, le mari de Bella. Je suis désolée pour le vol de votre voiture, Walter. Où était-elle ?

— J'étais venu rendre une petite visite à Bella et je me suis trompé de chemin, répondit Walter en riant de sa bévue. Je me suis retrouvé à la vieille grange au bout de votre propriété. Les montagnes étaient si belles vues de cet endroit-là que j'en ai profité pour me promener un peu. Sur le chemin du retour, j'ai vu ce type qui partait dans ma voiture et je suis venu ici pour appeler la police. Bella m'a dit que vous étiez déjà au courant du vol et de l'accident. Incroyable tout ça, non ?

Sa version ne me paraît pas très crédible, se dit Regan. Et si on m'avait volé ma voiture, je ne rigolerais pas comme il le fait en ce moment. Qu'est-ce qu'ils ont de louche, ces deux-là ? Ils semblent autant l'un que l'autre aimer la terre et la poussière. Bella a disparu pendant son heure de déjeuner et en est revenue avec les ongles noirs, quant à Walter son pantalon est raide de crasse.

— Eh bien, appelez la police et vous boirez ensuite un verre avec nous, l'invita Lilas.

— Volontiers, répondit Bella. Mais il faut d'abord que je retourne à la boutique.

— Je dirai à Earl de la fermer. Il est d'ailleurs bientôt l'heure.

— Puisque vous insistez, minauda Bella en riant.

Elle est d'aussi bonne humeur que son mari, nota Regan pendant que la porte du hall s'ouvrait à nouveau devant un jeune couple.

— Vous désirez ? s'enquit Lilas en allant au-devant d'eux.

— Nous voudrions rencontrer Lucretia Standish, répondit la jeune femme qui l'avait déjà repérée.

— Bonjour ! les héla Lucretia. Soyez les bienvenus !

— Je m'appelle Heidi Durst, se présenta la femme. Et voici Frank Kipsman. Êtes-vous la mère de Whitney Weldon ? ajouta-t-elle en se tournant vers Lilas.

— Oui, bien sûr.

— Je l'aurais juré ! Vous vous ressemblez comme deux gouttes d'eau. Enchantée de faire votre connaissance. Je suis le producteur et Frank le réalisateur du film dans lequel votre fille joue en ce moment. J'ai eu Lucretia tout à l'heure au téléphone pour lui proposer un rôle et elle m'a invitée à venir boire un verre avec vous.

— Vous arrivez au bon moment, déclara Lilas en souriant aimablement. Asseyez-vous, je vous en prie.

Regan nota que le réalisateur n'avait pas l'air à son aise.

— Whitney est-elle ici ? demanda Frank à Lilas.

— Non, elle participe aujourd'hui à un séminaire, mais elle nous rejoindra demain pour le mariage de Lucretia.

Ce garçon n'est pas heureux du tout,

pensa Regan. Il n'a visiblement pas envie d'être ici alors que Heidi n'a eu aucun scrupule à faire irruption et à s'asseoir à côté de Lucretia.

Regan se leva et s'approcha de Frank, qui restait à l'écart.

— Je suis Regan Reilly. J'ai fait la connaissance de Whitney ici hier soir, lui dit-elle.

— C'est vrai ? demanda-t-il, surpris.

— Vous ne l'auriez pas eue au téléphone aujourd'hui, par hasard ?

Frank parut de plus en plus étonné.

— Non. Pourquoi me le demandez-vous ?

— J'espérais que vous lui auriez parlé. Nous avons essayé de la joindre à plusieurs reprises, mais elle ne nous a pas rappelés.

L'expression de Frank se mua en réelle inquiétude.

— Je l'ai appelée deux ou trois fois ce matin vers huit heures, répondit-il. D'habitude, elle consulte sa messagerie et me rappelle aussitôt. Je n'ai aucune nouvelle d'elle depuis.

— Vous vous aimez, vous deux ? demanda Regan à mi-voix.

— Oui, répondit Frank sans hésiter.

Regan comprit alors avec certitude qu'il était arrivé quelque chose à Whitney Weldon.

67

Phyllis était prête à jeter l'éponge. Après avoir vidé à lui seul une théière, Charles était rentré chez lui conscient qu'ils ne pouvaient ni l'un ni l'autre faire grand-chose pour empêcher le mariage de Lucretia. Si elle tenait à épouser cet individu, après tout, cela la regardait. Ils n'avaient pas de raisons précises à lui opposer, sauf qu'ils n'aimaient ni l'un ni l'autre l'allure, la voix et la personne de son fiancé.

— S'il vous vient la moindre idée, avait dit Charles sur le pas de la porte, n'hésitez pas à m'appeler.

Phyllis s'en consolait en se disant qu'elle aurait la « commission » de Lilas même si le mariage n'avait pas lieu, puisque Lucretia avait prévu, de toute façon, de donner l'argent à ses neveux.

C'était perdre une manche et gagner quand même le gros lot. Lucretia faisait connaissance avec sa prétendue famille parce que Phyllis avait rappelé Lilas, sans quoi Lilas ne l'aurait pas invitée au domaine. De plus, si Lucretia ne se mariait pas, les Weldon hériteraient de ses millions. Ils n'avaient donc aucune raison de vouloir court-circuiter Phyllis.

Rassérénée, Phyllis astiqua une dernière fois les comptoirs de la cuisine et vérifia si tout était en ordre. Elle serait de retour demain aux aurores pour préparer les festivités. D'ici là, elle pouvait s'offrir le luxe de rentrer chez elle, de se mettre à l'aise et de regarder la télévision.

Elle avait bouclé la porte de derrière et sortait de la cuisine quand le téléphone sonna. Elle pensa laisser le répondeur faire son travail mais, finalement, elle se ravisa. Elle n'en était pas à un coup de téléphone malveillant de plus ou de moins.

— Résidence de Mme Standish, annonça-t-elle.

— Êtes-vous Phyllis, la femme de chambre ? s'enquit une voix de femme qui donnait l'impression de toujours vouloir se mêler de tout.

— Elle-même.

— Tant mieux ! J'ai à vous dire quelque chose de très important qui concerne Lucretia Standish. Je suis son histoire depuis deux jours à la télévision et l'épisode que j'ai vu il y a quelques minutes m'a décidée à vous appeler.

— Quel épisode ?

— Celui de l'homme arrêté au domaine vinicole par la police.

— Un homme arrêté par la police au domaine ? répéta Phyllis. Je ne l'ai pas vu !

— C'est normal, ça s'est passé il y a quelques minutes à peine. Il s'agit d'un malfaiteur en fuite qui séjournait au domaine.

— Ça alors !

— Je ne vous le fais pas dire. Eh bien, j'étais assise à côté de lui pas plus tard qu'hier dans l'avion de New York à Los Angeles.

— Pas possible ?

– Si. Incroyable, non ? Je l'avais trouvé plutôt mal élevé, il avait fait des tas de simagrées pour me laisser passer quand j'ai dû me lever de mon siège pour aller aux toilettes. Ensuite, dans la salle des bagages, il a bousculé tout le monde pour récupérer son sac. Nous sommes sortis en même temps de l'aérogare et j'ai vu qu'un ami l'attendait. Je l'ai entendu lui dire « Salut, Eddie » quand il est monté dans sa voiture. Là où je veux en venir, c'est que je suis certaine que l'homme qui l'attendait à l'aéroport est celui avec qui Lucretia Standish va se marier.

Phyllis mit quelques secondes à digérer l'information. Elle s'en voulait amèrement d'avoir manqué ce dernier épisode.

— Ce serait donc Edward qui est allé le chercher à l'aéroport ?

— Eddie, Edward, c'est du pareil au même. L'important, c'est que ces deux individus se connaissent. J'ai donc jugé que je devais en informer Mme Standish. Elle a gagné beaucoup d'argent et le personnage qu'elle compte épouser ne me paraît pas avoir des intentions honorables. Ma sœur avait épousé un type que la famille ne pouvait pas sentir, mais personne n'osait rien dire. Eh bien, il l'a rendue malheureuse comme les pierres et, bien entendu, ils ont fini par divorcer. Maintenant, elle passe son temps à se plaindre qu'on ne l'avait pas prévenue ! Même sans connaître Mme Standish, je considère comme un devoir de lui parler quand il est encore temps. Si je peux épargner le malheur à une seule personne...

— Vous avez raison, l'interrompit Phyllis. Vous êtes sûre que c'est Edward Fields qui attendait cet individu à l'aéroport ?

— Absolument certaine. Quand je l'ai vu hier à la télévision, il portait la même chemise que celle qu'il avait à l'aéroport. Je l'avais remarquée parce qu'elle était rose et que j'avais acheté la même à mon mari. Et quand je vous ai vue ce matin à la télé, je me suis dit que vous étiez la personne à qui parler. La question que je me pose, c'est : pourquoi le fiancé de Lucretia Standish est-il en rapport avec un repris de justice ?

— La question à cent mille dollars, commenta Phyllis.

— Je dirais plutôt à cinquante millions.

— Vous avez raison. Merci d'avoir appelé, madame ?...

— Green. Sherry Green.

— Je ferais peut-être bien de noter votre téléphone.

— Bien sûr.

Phyllis écrivit le numéro, raccrocha et décrocha aussitôt pour composer le numéro de Charles, à qui elle rapporta la conversation.

— Il faut en informer Lucretia sans tarder ! répondit-il. Nous ne pouvons pas attendre demain.

— Les choses de ce genre sont difficiles à dire au téléphone.

— Eh bien, partons tout de suite pour le domaine.

— Tout de suite ?

— Bien sûr. Qu'avons-nous à perdre ? C'est trop important.

— D'accord, mais arrêtons-nous d'abord chez moi, je ne veux pas garder mon uniforme de femme de chambre.

— Tout ce que vous voudrez, promit Charles.

Quand il raccrocha, il exultait.

— Enfin ! s'écria-t-il en battant des mains. Nous allons écraser ce misérable vermisseau avant qu'il soit trop tard !

68

— Ah ! Ma journaliste de la télévision ! s'écria Lucretia en jaillissant de son siège comme un diablotin d'une boîte.

Lynne B. Harrison faisait son entrée avec son cameraman.

— Bonjour à tous ! dit-elle avec un geste large. Nous avons rencontré quelques turbulences sur la route en arrivant ici.

— Venez que je vous présente à tout le monde, ordonna Lucretia.

Elle commença par Heidi qui, depuis son arrivée, était pour ainsi dire assise sur ses genoux.

— Heidi Durst, qui produit le film dans lequel ma nièce Whitney Weldon a le premier rôle...

— Whitney Weldon est votre nièce ? l'interrompit Lynne. On parlait justement d'elle à la radio.

— Qu'en disait-on ? demanda Regan en s'approchant.

— Qu'elle était très drôle dans ce film.

— Qui a dit ça ? voulut savoir Heidi. Je voulais dire, qui serait au courant du tournage ?

— Un assistant de production était invité à l'émission avec un type qui organise des séminaires d'acteurs. Il disait qu'il avait dû évacuer ses élèves à cause des incendies de forêt.

— Whitney devait aller à ce séminaire, intervint Regan.

— Elle n'y était pas, répondit Lynne en se tournant vers elle.

— Elle n'y était pas ? répéta Lilas, incrédule.

Le silence régna un long moment dans la pièce.

— Eh bien... apparemment non, bredouilla Lynne, gênée.

— A-t-on dit autre chose au sujet de Whitney ? demanda Regan.

— Non, pas que je sache. Ils parlaient surtout des incendies.

— Je vais m'adresser à la station de radio pour savoir si le professeur du séminaire y est encore, décida Regan. Whitney lui a peut-être téléphoné ce matin pour se décommander. Quelle est la longueur d'onde de la station ?

— L'émission s'appelle *Dialogue avec Dew*. Scott ! demanda-t-elle au cameraman, te souviens-tu de la longueur d'onde ?

— Non, mais je vais courir à la voiture allumer la radio. Elle est encore branchée dessus. Je reviens tout de suite.

Le silence retomba, plus angoissé qu'auparavant.

— Elle a pu décider à la dernière minute de faire autre chose aujourd'hui, suggéra Heidi au bout d'un moment.

— Je l'ai appelée ce matin, intervint Frank. Elle m'aurait rappelé tout de suite si elle l'avait pu. Mais je n'ai eu aucune réponse.

Heidi darda sur lui un regard meurtrier. Elle avait enfin compris.

— J'avais trouvé Whitney différente hier soir, dit Lilas à Frank. Elle m'a dit qu'elle voulait me parler dimanche à cœur ouvert.

Les visages de Lilas et de Frank exprimaient le même chagrin. Scott revint peu après et tendit à Regan un morceau de papier.

— La radio a indiqué le téléphone de la station pour que les gens donnent des nouvelles des incendies dans leurs secteurs.

Regan se hâta de composer le numéro sur son portable. Une standardiste décrocha, annonça l'indicatif de la station et mit Regan en attente sans même lui demander l'objet de son appel.

— Dépêchons, dépêchons, grommela Regan.

Au bout d'une longue minute, la standardiste revint en ligne.

— Vous désirez ?

— Parler à une personne invitée à une de vos émissions de l'après-midi. Il enseigne à un séminaire...

— Oui, c'est Norman. Ne quittez pas.

Une fois de plus, Regan attendit avec impatience. Elle espérait malgré tout que Whitney s'était décommandée. Peut-être avait-elle préféré passer la journée à la plage. Peut-être y avait-il une explication logique à sa disparition...

— Norman Broda à l'appareil, fit une voix virile et bien posée.

— Je suis en ce moment avec la famille de Whitney Weldon, lui dit Regan après s'être présentée. Nous sommes inquiets à son sujet depuis que nous avons appris qu'elle ne s'est pas rendue à votre séminaire ce matin. Vous a-t-elle appelé pour vous en avertir ?

— Non. J'en suis très surpris, justement, parce qu'elle s'était inscrite hier et paraissait enchantée de venir.

— Si vous avez de ses nouvelles d'une manière ou d'une autre, voulez-vous nous en informer aussitôt ?

— Mon amie est présentatrice de l'émission. Je vais lui demander de passer une annonce à l'antenne pour demander aux auditeurs de signaler s'ils l'ont vue et, si Whitney écoute, qu'elle vous appelle.

Regan le remercia, lui donna le numéro de téléphone du domaine. Après avoir raccroché, elle se tourna vers les autres qui la fixaient avec inquiétude.

— Il faut alerter la police, leur déclara-t-elle. Mais Whitney n'étant absente que depuis ce matin, elle ne peut être officiellement considérée comme disparue et...

— Mais ce criminel séjournait ici ! intervint Lynne.

Lilas eut l'air de quelqu'un qui reçoit un coup sur la tête.

— Je sais, répondit Regan. Nous devrons donc nous lancer nous-mêmes à sa recherche. Elle peut être n'importe où entre ici et le lieu du séminaire, ce qui représente une centaine de kilomètres. Je ne crois toutefois pas qu'elle soit allée très loin. Elle comptait partir ce matin à six heures. Si Rex Jordan est mêlé à sa disparition, il a dû regagner sa chambre avant huit heures, sinon on l'aurait vu. Cela veut dire qu'il ne s'est pas absenté très longtemps et qu'il est revenu à pied, puisque la voiture de Whitney n'est plus ici.

— Je vais tout de suite émettre un flash sur Whitney, proposa Lynne. Je dirai aux téléspectateurs la même chose que la station de radio à ses auditeurs. Avez-vous une photo d'elle ?

— Oui, au bureau, dit Lilas qui quitta la pièce en courant.

Edward apparut à ce moment-là, mais resta près de la porte.

Lucretia le héla :

— Chéri ! Whitney a disparu !

— C'est terrible, dit-il avec un évident manque de conviction.

— Si nous nous déployons... reprit Regan..

La sonnerie de son portable l'interrompit. Le numéro figurant sur son écran était celui de Jack.

— Regan, je viens d'obtenir le relevé des communications du portable de Jordan. Ces derniers jours, il a appelé à plusieurs reprises un même numéro. Ce pourrait être celui de notre ami Edward. Je l'ai composé, mais je n'ai eu que sa boîte vocale.

Regan lança un coup d'œil à Edward qui restait sur le pas de la porte comme s'il se préparait à prendre la fuite.

— Quel est ce numéro ? demanda-t-elle.

Tout en l'écrivant sur un morceau de papier, elle en répéta les chiffres à haute et intelligible voix :

— 310 555 1642...

— C'est le numéro d'Edward ! s'exclama Lucretia.

— Une seconde, Jack, reprit Regan. C'est votre numéro de portable ? demanda-t-elle à Edward.

— Euh... oui.

— Existe-t-il une raison pour laquelle Rex Jordan vous a appelé plusieurs fois ces derniers jours ?

— Quoi ? s'écria Lucretia avec une stupeur mêlée d'indignation.

— Je... je...

— Vous êtes un complice de ce voyou ? hurla Lucretia.

— Je l'ai connu à New York... J'essayais de le ramener dans le droit chemin...

— Vous m'avez menti ! hurla Lucretia une octave au-dessus en arrachant sa bague qu'elle lui jeta à la figure

— Hugo, Edward ou quel que soit votre nom, dit Regan avec sévérité, où est Whitney ?

— Comment le saurais-je ? répondit-il, livide. Je n'ai rien fait de mal Écoutez-moi, Lucretia Il faut me croire...

— Vous savez, je pense, que s'il arrivait quoi que ce soit à Whitney Weldon, vous seriez complice d'un meurtre, dit Regan. Vous n'êtes peut-être pas conscient que le kidnapping et le meurtre sont passibles de la peine de mort en Californie.

Le grondement de vingt et un moteurs de motos devant la maison fit vibrer les fenêtres. Crade entra en courant, Big Boss sur ses talons.

— Les incendies s'étendent à l'ouest et passent par-dessus les collines. Nous sommes revenus par l'autre chemin, à côté de votre vieille grange. Elle est en feu. Des braises volent de tous les côtés.

— Nous allons sortir les tuyaux, décida Léon. Encore heureux que ce ne soit pas la maison. Nous n'avons rien dans cette grange que des vieilles machines.

Edward comprit que sa sinistre comédie ne pouvait plus durer.

— Ce n'est pas vrai, intervint-il d'une voix tremblante. Whitney est dans la grange, ligotée dans sa voiture.

— Whitney ! gémit Lucretia comme si elle était blessée à mort.

Et elle éclata en sanglots pour cette nièce qu'elle ne connaissait pas encore et qu'elle n'aurait peut-être jamais l'occasion de rencontrer.

69

Whitney comprit qu'il serait vain de continuer à se débattre. Elle allait mourir sans rien pouvoir faire pour sauver sa vie. La fumée envahissait la grange, la chaleur s'intensifiait. Aucun exercice de méditation au monde ne parviendrait à lui apporter la sérénité.

Pourquoi ? se demandait-elle. Pourquoi cela lui arrivait-il alors même que tout dans sa vie se présentait si bien ? Elle avait rencontré Frank, qui incarnait ce qu'elle avait toujours rêvé de trouver chez un homme. Ils se connaissaient depuis peu de temps, mais ce peu de temps lui avait suffi pour savoir qu'il était l'homme de sa vie. Ses larmes jaillirent, trempant le bandeau qui l'aveuglait.

Elle pensait aussi à sa mère, qui l'avait élevée seule. Je m'en veux de lui avoir fait tant d'histoires pour m'avoir appelée Fraîcheur, se dit-elle en riant presque. Ç'aurait pu être pire, puisque Lilas avait aussi pensé à Poésie. Oui, ma mère était une vraie hippie, mais je n'aurais pas pu avoir meilleure mère qu'elle. Sa mort allait causer un affreux traumatisme à Lilas qui ne méritait vraiment pas cette épreuve !...

Et oncle Earl. Quel personnage, celui-là ! « Tu dois te concentrer sur tes pensées », lui répétait-il quand elle se plaignait de son attention qui avait trop tendance à se disperser. « Sois écervelée tant que tu voudras dans tes comédies, pas dans ta vie. »

Oncle Léon levait les yeux au ciel quand il entendait de tels propos sortir de la bouche de son frère. « La paille et la poutre, tu connais ? » grommelait-il. Léon était le perpétuel insatisfait de la famille, celui qui agissait discrètement en coulisses afin que tout se passe bien pour les autres.

Vous me manquerez tous énormément, pensa Whitney dans un nouveau flot de larmes accompagné d'une quinte de toux. Oui, vous me manquerez plus que je n'aurais cru.

70

Le groupe entier était instantanément passé à l'action.

— Emmenez-moi à la grange ! ordonna Regan à Crade.

— Je vais avec vous ! cria Frank.

— J'appelle les pompiers, décida Nora.

Léon sortit de la maison en courant.

— J'ai besoin d'aide pour les tuyaux ! cria-t-il aux motards.

Regan sauta en selle derrière Crade qui démarra en trombe et fonça directement vers la grange à travers les vignes, suivi de Big Boss qui emmenait Frank. Mon Dieu ! priait Regan en s'accrochant au gilet de cuir de Crade, faites qu'elle n'ait rien de grave !

Quand ils arrivèrent en vue de la grange, ils virent que le côté gauche était en feu. L'odeur de fumée devenait suffocante. Crade stoppa, Regan sauta à terre et courut vers le bâtiment. La porte brûlait déjà. Regan fit le tour de la grange à la recherche de quelque chose pouvant servir à enfoncer la porte. Avisant deux pelles par terre, elle les empoigna et revint en courant. Frank lui prit une pelle des mains. En conjuguant leurs efforts, ils abattirent un vantail à demi consumé.

Un flot de fumée jaillit de l'intérieur. Regan, Frank, Crade et Big Boss se mirent à crier le nom de Whitney. La fumée était si épaisse qu'ils ne voyaient rien à trois pas.

— Fraîcheur ! hurla Frank.

Dans la voiture, le visage ruisselant de sueur, Whitney perdait conscience. Entendait-elle quelqu'un appeler son nom ou l'imaginait-elle dans sa torpeur ?

— Fraîcheur !

Oui, on l'appelait. On venait la sauver. Il fallait leur signaler où elle était, mais elle était si lasse... Au prix d'un effort surhumain, elle parvint à lever les jambes et à donner des coups de pied contre la vitre arrière de la Jeep.

— J'entends du bruit ! cria Regan. Par ici !

Tenant la pelle devant elle, elle se dirigea à l'aveuglette vers la source des coups. La pelle heurta une surface dure qui sonna comme du verre. La main tendue, Regan avança avec précaution, toucha quelque chose. Une vitre, une portière de voiture.

— Je l'ai trouvée ! cria-t-elle en ouvrant la portière. Whitney, vous êtes là ? demanda-t-elle entre deux quintes de toux.

Un grognement sourd s'éleva à l'arrière. Regan palpa le tableau de bord. La clef de contact y était encore !

— Nous allons vous sortir de là, Whitney ! cria-t-elle en se glissant derrière le volant.

Le moteur démarra du premier coup. Avertisseur bloqué, Regan sortit en marche arrière de la grange en feu et ne s'arrêta qu'une fois hors de portée des flammes et des braises qui retombaient tout autour, portées par le vent. La grange était maintenant un véritable brasier.

Elle avait à peine stoppé que Frank ouvrit le hayon, sauta à l'intérieur, prit Whitney dans ses bras et alla l'étendre dans l'herbe. Crade le rejoignit en deux enjambées, lui tendit son couteau. Frank coupa avec précaution les cordes qui liaient les chevilles et les poignets de Whitney, son bâillon, le bandeau sur ses yeux.

Elle crut être de nouveau le jouet d'une illusion quand elle vit, penché sur elle, l'homme qu'elle aimait et qu'elle n'espérait plus revoir.

— J'ai l'impression que je te dois un coup de téléphone, dit-elle en réussissant à sourire.

Frank essuya d'un revers de main les larmes qui lui montaient aux yeux.

— Ce n'est pas grave, dit-il en souriant. Mais ne recommence pas.

71

Bella et Walter couraient vers la grange avec Nora, Luke, Lilas et Earl. Les motards aidaient Léon à dérouler les tuyaux. Deux des motards étaient restés à la maison assurer la garde d'Edward jusqu'à l'arrivée de la police. Edward l'attendait sans doute comme un soulagement. Tout valait mieux qu'écouter Lucretia l'agonir d'injures.

Hors d'haleine, ils arrivèrent au moment où Frank sortait Whitney de la Jeep tandis que les pompiers débouchaient du chemin, s'arrêtaient devant la grange et mettaient leurs lances en batterie.

— Walter, lui souffla Bella, qu'allons-nous faire, pour le trésor ?

Walter regarda autour de lui. Tout le monde s'attroupait près de Whitney.

— J'ai peur de laisser la malle à l'endroit où elle est. Si les pompiers n'arrêtent pas les flammes, elle pourrait prendre feu, elle est en bois. Qui sait ce qui arrivera aux bouteilles ? Allons la déterrer, personne ne nous verra. Nous la cacherons dans les vignes et nous reviendrons la chercher cette nuit.

Quand ils arrivèrent derrière la grange, Bella s'arrêta net.

— Où sont les pelles ?

— Je ne comprends pas, elles étaient là quand je suis parti. Où sont-elles passées ?

— Nous avons chacun deux mains, décréta Bella. Au travail.

À quelques mètres du bâtiment en feu, ils s'agenouillèrent près des cailloux déposés par Walter et se mirent à creuser.

— Dépêche-toi, Walter ! répétait Bella. Plus vite !

— Je vais aussi vite que je peux ! protestait Walter.

Aussi fébriles que des chiens grattant la terre à la recherche d'un os enfoui, ils dégagèrent peu à peu le trou. La chaleur de la grange enflammée les faisait transpirer d'abondance.

— Je suis contente que Whitney soit sauvée, déclara Bella.

— Moi aussi, tu sais. Moi aussi.

Absorbés par leur tâche, ils ne s'étaient pas rendu compte de la présence de Regan qui les observait d'un air amusé.

— La voilà ! s'écria Walter en voyant apparaître le couvercle.

Chacun d'un côté, ils glissèrent les mains sous la malle qu'ils soulevèrent en ahanant.

— Veux-tu y jeter un coup d'œil ? demanda Walter.

— Pas maintenant, répondit Bella. Mettons-la d'abord en sûreté.

— J'aimerais bien y jeter un coup d'œil, moi, intervint Regan.

Bella sursauta, se retourna.

— Ce trésor appartenait à mon grand-père ! protesta-t-elle sèchement. Maintenant, il est à moi !

— C'est ce que nous verrons, déclara Regan. Je vais dire à deux motards de l'emporter à la maison. Nous demanderons aux Weldon ce qu'ils aimeraient faire d'un trésor découvert dans leur propriété. Ce sera à eux seuls de décider.

Je me doutais que ces deux-là fouillaient la terre, se dit Regan. Mais un trésor enterré, je ne m'y attendais pas ! Et elle s'avoua qu'elle mourait de curiosité de voir ce que contenait la malle.

72

Malgré sa faiblesse et ses quintes de toux, Whitney insista pour rentrer à pied.

— J'ai besoin de fraîcheur ! dit-elle en riant. Je veux être dehors au grand air avec les gens que j'aime.

Elle étira ses bras ankylosés au-dessus de sa tête, les rabaissa en prenant d'un côté la taille de Frank, de l'autre celle de Lilas. Ainsi soutenue, elle prit le chemin de la maison. Léon et Earl suivaient avec Heidi, qui s'efforçait de lier conversation avec Léon qu'elle trouvait très séduisant. La maîtrise dont il avait fait preuve en dirigeant les motards pour combattre les flammes jusqu'à l'arrivée des pompiers lui avait fait une grosse impression.

Marchant derrière eux avec Nora et Luke, Regan appela Jack sur son portable.

— Voici les dernières nouvelles sensationnelles, lui annonça-t-elle quand il eut décroché.

Crade et Big Boss portaient la malle avec un luxe de précautions dont nul ne les aurait crus capables. Aucun des Weldon n'était encore au courant de sa découverte. Ils ne se souciaient que de Whitney.

Bella et Walter formaient l'arrière-garde.

— Je me moque bien de ce qu'ils diront ! fulmina Bella. Ces bouteilles appartenaient à mon grand-père Ward, elles doivent rester dans notre famille !

— Je sais, je sais, répondit Walter qui essayait de la calmer. On verra ce qu'on peut faire.

À l'approche de la petite procession, Lucretia sortit de la maison et courut au-devant de sa nièce.

— Whitney !

— Lucretia !

Les deux femmes s'étreignirent avec des transports d'affection.

— Je suis catastrophée ! gémit Lucretia. J'ai tellement honte !

— Pourquoi ? s'étonna Whitney

— Parce que ce lamentable individu que j'allais faire la folie d'épouser a comploté pour vous empêcher de venir à notre mariage.

Ils arrivaient à la porte quand Edward en sortit, menottes aux poignets, encadré par deux policiers. Ils s'arrêtèrent devant Whitney qui regarda Edward dans les yeux.

— Pourquoi vous ne vouliez pas que j'assiste à votre mariage ?

Il ne répondit pas.

— Il s'appelle en réalité Hugo Fields, précisa Lucretia.

— Et alors ? demanda Whitney, interloquée. Qu'est-ce que cela a à voir avec moi ?

— Vous ne l'aviez jamais vu auparavant ? insista Lucretia.

Whitney dévisagea de nouveau Edward.

— Peut-être, mais je serais bien incapable de dire où et quand.

— Vous ne vous souvenez vraiment pas de moi ? demanda Edward, horrifié.

— Désolée, répondit Whitney. Je n'ai

pas une bonne mémoire visuelle et je reconnais rarement les gens. Oncle Earl m'a toujours dit de faire des efforts dans ce domaine.

Edward parut sur le point de défaillir. Toute cette machination pour l'empêcher d'assister au mariage aurait donc été inutile ? Elle ne le reconnaissait même pas ? Il aurait voulu mourir sur place...

— Nous étions dans le même cours de théâtre ! cria-t-il. Nous devions travailler une scène ensemble !

— C'est pour cela que vous ne vouliez pas de moi au mariage ? demanda Whitney, ébahie. Vous étiez un trop mauvais acteur ?

— Mais non !...

Il sanglotait quand les policiers l'entraînèrent vers leur voiture. Ses pensées divaguaient comme les singes fous sautant de branche en branche qu'Earl citait en exemple. Si seulement il avait eu le courage de tenter sa chance... Si seulement il n'avait pas fait appel à cet imbécile de Rex... Si seulement... si seulement...

— Eh bien, soupira Whitney. Il doit me haïr, maintenant.

— Mais nous, ma chérie, nous t'aimons, dit Lilas. Rentrons, tu as grand besoin de boire et de manger.

— Et il n'y aura pas d'indésirable à notre dîner de famille, Dieu merci ! déclara Lucretia.

Une fois rentrée, Regan attira Lilas un peu à l'écart.

— Bella et Walter ont déterré derrière la grange une malle enfouie là par leur grand-père il y a quatre-vingts ans. Elle contient une collection de bouteilles anciennes. Bella estime avoir le droit de la garder. Je dois préciser que ces bouteilles ont une grande valeur.

Lilas se rappela ses sentiments en apprenant que son oncle Haskell avait laissé toute sa fortune à Lucretia. Elle était mieux placée que quiconque pour comprendre que ce qui avait appartenu à une famille devait rester dans cette famille.

— Vous savez, reprit Regan, nous n'aurions pas trouvé les pelles grâce auxquelles nous avons pu enfoncer la porte de la grange si ces deux amateurs de trésor n'avaient pas fait des fouilles à cet endroit.

— N'en dites pas plus, lui chuchota Lilas en voyant Whitney, rayonnante de bonheur, blottie contre Frank sur le canapé. J'ai tout ce dont j'aurai jamais besoin. Dites-leur que ces bouteilles sont à eux.

Regan se tourna vers Bella et Walter qui attendaient, adossés au mur, et leur fit signe d'un pouce levé qu'ils avaient gain de cause. Bella fondit en larmes en appuyant sa tête sur l'épaule de Walter.

— Maman sera si contente ! Appelons-la tout de suite.

— Et demain, déclara Walter, nous irons nous acheter une belle voiture neuve !

Pendant que les motards allumaient le barbecue et dressaient la table du dîner sur la terrasse, on portait des toasts au salon.

Frank et Whitney étaient tendrement enlacés. Heidi et Léon bavardaient avec animation et paraissaient s'entendre à merveille. Nora et Luke étaient assis à côté de Bella et Walter, que Lilas avait invités à rester dîner. Quant à Lynne B. Harrison et son cameraman, ils enregistraient la scène sur des kilomètres de bande vidéo.

— Au karma ! dit Earl en levant son verre. Ce qui doit advenir advient toujours. Nous sommes tous heureux que Whitney soit de nouveau près de nous et que Lucretia soit entrée dans notre vie.

— Et moi, s'exclama Lucretia, je nage dans le bonheur d'avoir trouvé à la fois une nouvelle famille et de nouveaux amis ! À quoi bon posséder tout ce que j'ai sans personne avec qui le partager ?

Ils feront un bel héritage, pensa Regan irrévérencieusement.

— Ma vie sentimentale n'a pas été une très belle réussite cette fois-ci, reprenait Lucretia quand l'arrivée de Charles et de Phyllis l'interrompit un instant. Mais on ne sait jamais ce que l'avenir réserve, conclut-elle en riant. Charles, Phyllis, entrez vite !

— Phyllis ? dit Lilas, étonnée.

— Oui, c'est moi. Nous nous inquiétions à propos de Lucretia...

— Mais nous venons d'apprendre à la

radio que ce sujet d'inquiétude a disparu, enchaîna Charles qui prit la main de Lucretia, et la serra tendrement.

— Il est en prison et j'en suis ravie, déclara-t-elle.

— Eh bien, j'aimerais porter un toast à mon tour, dit Charles. Que ses gardiens jettent la clef et ne la retrouvent jamais !

Tout le monde applaudit.

— C'est merveilleux ! s'exclama Lucretia. Je ne sais pas ce qui pourrait rendre cette réunion encore plus belle !

— Pourquoi pas nous ? fit une voix.

Toutes les têtes se tournèrent vers la porte où se tenaient deux dames âgées et un monsieur à cheveux blancs. Lucretia les dévisagea d'un air perplexe.

— Allons, Lukey ! lui cria Polly. Tu disais que tu ne nous oublierais jamais !

Lucretia poussa un hurlement à fracasser les verres dans les mains de l'assistance.

— Aaaah ! ! Mes deux plus vieilles amies au monde !

Polly et Sarah se précipitèrent dans ses bras tendus.

— Tes deux vieilles amies, lui dit Sarah

à l'oreille, qui n'auraient jamais, au grand jamais, divulgué notre secret.

— Qui se soucie encore d'un pareil secret ? s'exclama Lucretia en éclatant de rire. Je suis fière, au contraire, d'avouer que nous avons toutes les trois quatre-vingt-seize ans !

— Vous, Lucretia, vous mentiez sur votre âge ? s'esclaffa Charles.

— Citez-moi un acteur qui ne se rajeunit pas. Et puis, sachez que je vais de nouveau exercer mon métier, poursuivit-elle en souriant à Heidi. J'ai un rôle dans le film de Whitney et je vais fonder une société de production. Quittez votre retraite et revenez avec moi dans le monde du cinéma, Charles ! Nous nous amuserons bien ensemble.

— À un tel programme, je lève volontiers mon verre !

Lilas leva le sien à son tour :

— Je voudrais moi aussi porter un toast : à Regan Reilly ! Sans elle, eh bien... je préfère ne même pas y penser.

— Merci, Lilas, répondit Regan en riant. Disons simplement que la journée a été longue pour nous tous.

C'est alors que Crade passa la tête par la fenêtre ouverte.

— À la soupe ! annonça-t-il avec autorité.

La soirée se termina dans la liesse générale. Ils avaient tous bien bu, bien mangé, bien chanté et s'étaient amusés comme jamais. Lilas voulut à tout prix que tout le monde reste passer la nuit au domaine.

— Il y a largement la place ! Nous avons encore quelques chambres libres, j'ai un canapé transformable dans le bureau et un lit de camp qu'il suffit de sortir de la cave et...

Personne ne souleva d'objection.

Lorsque Regan regagna enfin sa chambre, elle sourit en voyant par la fenêtre les motards installer leurs sacs de couchage sous les étoiles, comme ils l'avaient annoncé. Oui, se dit-elle en posant la tête sur l'oreiller, la journée a été longue. Et il m'en reste quinze autres à passer avant de revoir Jack, ajouta-t-elle avec un soupir mélancolique.

73

Le dimanche matin, le soleil brillait, les oiseaux gazouillaient à qui mieux mieux et les derniers foyers d'incendie avaient été vaincus avant l'aube. Quand elle se réveilla, Regan resta couchée quelques instants en écoutant les bruits qui montaient jusqu'à elle. Il était plus de neuf heures. Pour une fois, se dit-elle, j'ai dormi d'une seule traite. Je devais être vraiment morte de fatigue.

Après s'être douchée et habillée, elle alla à la salle à manger. Toutes les places étaient prises. Les motards à eux seuls occupaient plusieurs tables. Nora et Luke étaient assis avec Lucretia, Charles et les deux vieilles amies de Lucretia.

— Bonne fête des Mères, maman, dit Regan en embrassant Nora.

— Merci, ma chérie.

Lilas et Phyllis sortirent de la cuisine, chacune chargée de plats où s'empilaient des crêpes appétissantes.

— Regan, lui demanda Lilas, pourriez-vous aller chercher quelques chaises sur la terrasse ?

— Bien sûr.

Regan traversa la salle à manger, le salon, le hall et sortit sur la terrasse. Il n'y restait qu'une seule chaise.

Et Jack Reilly était assis dessus.

— Je croyais que tu ne te lèverais jamais, dit-il en souriant.

— Jack ! Qu'est-ce que tu fais là ?

Elle s'assit sur ses genoux, se blottit contre lui.

— J'avais deux ou trois jours de libres. Alors, je me suis dit que nous pourrions peut-être reprendre nos vacances où nous les avions interrompues.

— Pas ici, en tout cas ! J'ai trop vu le domaine des États Seconds !

— Je plaisantais, dit Jack en riant. Comme il fallait que quelqu'un ramène Rex Jordan à New York, j'ai considéré que cette corvée m'incombait. Surtout, pour être franc, parce que je ne pouvais pas attendre quinze jours de plus pour te revoir.

L'apparition de Lucretia sur le pas de la porte interrompit leurs effusions.

— Dépêchez-vous, mes chéris ! Il est trop tard pour décommander le traiteur, alors nous partons tous faire la fête chez moi à Beverly Hills. À moins, bien sûr, que vous préfériez célébrer quand même un mariage, ajouta-t-elle avec un sourire et un clin d'œil malicieux.

— Il nous faut un peu plus de temps pour nous y préparer, répondit Jack. Qu'en dis-tu, Regan ?

Elle lui sourit avec tendresse.

— Je dis... oui.

Remerciements

J'aimerais remercier les personnes suivantes qui m'ont apporté leur soutien pendant l'écriture de ce livre.

En tout premier lieu, mon éditrice, Roz Lippel, avec qui c'est un réel plaisir de travailler, qui est une formidable conseillère et une vraie professionnelle. L'assistante de Roz, Laura Petermann, m'a également apporté une aide précieuse. Remerciements particuliers à Michael Korda et Chuck Adams pour leurs indications. Un grand bravo à Lisl Cade, mon attachée de presse, toujours présente pour moi. Merci à mon agent, Nick Ellison, et à la responsable des droits étrangers, Alicka Pistek.

Le directeur artistique, John Fulbrook, a encore une fois fait un boulot formidable, en collaboration avec la directrice du service des textes, Gypsy da Silva. Je tiens à rendre ici un hommage tout particulier à la mémoire de la responsable des textes, Carol Catt. Et comme à chaque fois, merci Maman ! Mary Higgins Clark, ma mère, qui est toujours là quand j'ai besoin d'encouragements !

Enfin, merci à ma famille et à mes amis, qui me demandaient régulièrement : « Ça avance bien ? »

Maintenant, j'ai le droit d'en profiter !

Cet ouvrage a été composé par Nord Compo
59650 Villeneuve-d'Ascq

Impression réalisée sur CAMERON par

BUSSIÈRE CAMEDAN IMPRIMERIES

GROUPE CPI

à Saint-Amand-Montrond (Cher)
pour le compte des Éditions France Loisirs
en mai 2004

N° d'édition : 40768. — N° d'impression : 042341/1.
Dépôt légal : avril 2004.

Imprimé en France